Classiques Bordas

La Vénus d'Ille

et autres nouvelles fantastiques

MÉRIMÉE

Édition présentée par
Frédéric LE BLAY
Ancien élève de l'ENS de Paris
Agrégé de lettres classiques
Docteur ès lettres

UNIVERS des LETTRES BORDAS

www.universdeslettres.fr

Voir « LE TEXTE ET SES IMAGES » p. 170.

1. *La Vénus de Quinipily*, Baud, Morbihan. (Collection particulière.)

LA VÉNUS D'ILLE : VÉNUS, DÉESSE DE L'AMOUR

2. Aphrodite, dite *La Vénus d'Arles*, d'après Praxitèle, vers 360 av. J.-C. (Paris, musée du Louvre.)

3. Rudolf Klein-Rogge dans *Metropolis* de Fritz Lang, 1926.

> **LECTURE D'UNE IMAGE :** p. 171.

IL VICCOLO DI MADAMA LUCREZIA : UNE MAISON HANTÉE ?

4. Gustave de Beaucorps, *Rome : la maison de Lucrèce Borgia*, vers 1857-1860. (Paris, musée d'Orsay.)

5. Carle Van Loo (1705-1765), *La Chasse à l'ours* (détail), 1736, huile sur toile. (Amiens, musée de Picardie.)

6. *Le Loup-garou.* (Paris, musée des arts et traditions populaires.)

7. André Legrand (d'après Charles Le Brun), *Deux têtes d'ours et deux têtes d'hommes en relation avec l'ours*, 1806. (Paris, musée du Louvre.)

8. Bela Lugosi et Helen Chandler dans *Dracula* de Tod Browning, 1931.

REGARDS SUR L'ŒUVRE

Iᵉʳ EMPIRE NAPOLÉON Iᵉʳ	RESTAURATION LOUIS XVIII	CHARLES X	MONARCHIE DE JUILLET LOUIS-PHILIPPE Iᵉʳ	IIᵉ RÉPUBLIQUE	IIᵉ EMPIRE NAPOLÉON III	IIIᵉ RÉPUBLIQUE
1804	1815	1824	1830 (révolution de Juillet)	1848 (révolution)	1851 (coup d'État du 2 décembre)	1870 (guerre franco-allemande)

1783 STENDHAL 1842

1799 BALZAC 1850

1802 HUGO 1885

1803 MÉRIMÉE 1870

1811 GAUTIER 1872

1821 FLAUBERT 1880

1850 MAUPASSANT 1893

ŒUVRES DE MÉRIMÉE

1825	*Théâtre de Clara Gazul*
1827	*La Guzla*
1829	*Chronique du règne de Charles IX, Mateo Falcone, Tamango,* ***Federigo****, L'Enlèvement de la redoute, Le Vase étrusque, La Partie de trictrac*
1831-1833	*Lettres d'Espagne*
1833	*Mosaïque, La Double Méprise*
1834	*Les Âmes du purgatoire, Essai sur l'architecture du Moyen Âge particulièrement en France, Notes de voyage dans le Midi de la France*
1837	***La Vénus d'Ille***
1840	*Colomba*
1841	*Essai sur la guerre sociale*
1844	*La Conjuration de Catilina, Arsène Guillot*
1845	*Carmen*
1846	*L'Abbé Aubain*
1847	*Don Pedro Iᵉʳ*
1850	*Les Deux Héritages de Don Quichotte*
1852	*Étude sur Gogol*
1869	***Le Manuscrit du Professeur Wittembach (Lokis)***
1873	*Djoûmane,* ***Il Viccolo di Madama Lucrezia*** (parutions posthumes)

LIRE AUJOURD'HUI LES NOUVELLES FANTASTIQUES DE MÉRIMÉE

Au sens propre, un texte classique est un texte qu'on lit dans les classes. En ce sens, les nouvelles* de Prosper Mérimée sont des classiques. Auteur pour les classes, Mérimée l'est également par sa dictée restée célèbre. *Carmen*, *Colomba*, *La Vénus d'Ille* appartiennent à ces œuvres considérées comme classiques au point d'éclipser leur auteur et le reste de sa production littéraire. Qui se souvient en effet de l'œuvre de Mérimée, pourtant si importante, comme inspecteur général des monuments historiques ? Sait-on aujourd'hui que cet auteur populaire fut l'un des savants les plus distingués de son temps, un voyageur infatigable et un polyglotte tel qu'il en exista peu en son siècle ?

De cette immense érudition naquirent de courts récits qui passent aujourd'hui pour des modèles d'un genre peu prisé par le XIXe siècle, amateur de longs romans, celui de la nouvelle. L'écriture concise voire sèche de Mérimée, son style avare d'effets et dénué de sentimentalisme furent d'emblée considérés, non sans quelque dédain, comme résolument classiques. Ils marquèrent la différence et le génie personnel de l'auteur, étranger à toute mode et pourtant homme de son siècle. Le fantastique* eut en revanche de nombreux émules parmi la génération romantique et ses héritiers. Mérimée n'échappa pas à cet engouement et mit son savoir étendu au service de l'imagination et de la fiction. Le fantastique de Mérimée plonge au cœur de l'histoire et des plus vieilles légendes, mêlant subtilement traditions et cultures de toutes origines ; en cela également, il est exemplaire. Les ingrédients qui firent la fortune de ces contes* inspirent encore les romanciers à succès et les grandes fictions cinématographiques d'aujourd'hui.

* Les mots suivis d'un astérisque sont expliqués p. 226.

REPÈRES

L'AUTEUR : Prosper Mérimée.

PUBLICATIONS : des débuts de la carrière littéraire de l'auteur (*Federigo*, 1829) jusqu'à ses dernières années (*Lokis* est rédigé en 1869 mais ne sera publié qu'après la mort de l'auteur, en 1873, de même que *Il Viccolo di Madama Lucrezia*). *La Vénus d'Ille* paraît en 1837 dans *La Revue des Deux Mondes.*

LE GENRE : nouvelles ou contes fantastiques, c'est-à-dire récits courts mettant en scène des personnages et des situations étranges et troublants.

LE CONTEXTE : Mérimée, nommé inspecteur général des monuments historiques en 1834, se consacre pleinement à sa mission et partage son temps entre les voyages d'étude, à travers la France et l'Europe, et la lecture d'archives ou d'ouvrages érudits. Il exploite les connaissances qu'il en retire pour rédiger des récits fondés à la fois sur l'imagination pure et sur ses souvenirs personnels. Ainsi, *La Vénus d'Ille* fait clairement écho aux voyages « archéologiques » de l'auteur et reprend de manière amusée la teneur des débats érudits qui agitaient les savants d'alors. Les nouvelles des dernières années ont pour origine les lectures et les jeux littéraires pratiqués à la cour de Napoléon III, dans l'entourage de l'impératrice Eugénie.

LE TEXTE

• **Forme et structure** : récits en prose d'une dizaine de pages *(Federigo)* à une cinquantaine *(Lokis)* présentés comme la relation d'événements mystérieux survenus au narrateur – par conséquent acteur de son propre récit – lors d'un voyage. *Federigo* se présente, lui, comme un conte populaire recueilli par l'auteur en Italie.

• **Lieux et temps** : Roussillon (la petite ville d'Ille), Italie (Rome) et Lituanie contemporains de la rédaction des nouvelles.

• **Personnages** : à l'exception de Federigo, le personnage principal et narrateur du récit est un voyageur en séjour d'étude. Les situations relatées présentent donc de nombreux points communs avec la biographie de l'auteur. Les autres personnages sont les hôtes du narrateur (M. de Peyrehorade et sa famille pour *La Vénus d'Ille*, la marquise Aldobrandi et son fils pour *Il Viccolo di Madama Lucrezia* et le comte Szémioth et son entourage pour *Lokis*). En arrière-plan, le petit peuple, qui contribue à la couleur locale.

• **Intrigues** : proches de celles du roman policier, les intrigues reposent sur une accumulation d'indices et de petits faits énigmatiques qui aboutissent tantôt à un drame (un meurtre affreux et inexpliqué dans *La Vénus d'Ille* et *Lokis*) tantôt à un dénouement heureux sous forme d'explication *(Il Viccolo di Madama Lucrezia)*.

Gravure de Toussaint (1800-1899)
pour *La Vénus d'Ille*, 1833.
(Paris, Bibliothèque nationale de France.)

MÉRIMÉE ET LES NOUVELLES FANTASTIQUES

Né à Paris le 28 septembre 1803, dans une famille bourgeoise et artiste – son père était peintre et théoricien de l'art, et sa mère, elle-même peintre, tenait un salon d'artistes –, Prosper Mérimée s'est certainement forgé dès ses premières années une solide culture artistique et littéraire.

Pendant ses études au lycée Napoléon (aujourd'hui lycée Henri-IV), il est un élève moyen mais un bon latiniste et un bon angliciste. Ce talent et cet attrait pour les langues semblent déterminer son intérêt pour les cultures étrangères et les littératures nationales. Avec son condisciple et ami Jean-Jacques Ampère, il s'essaye à la traduction des poèmes attribués au barde écossais légendaire Ossian, que l'Europe vient alors de découvrir et qui inspireront fortement les romantiques.

En 1819, Mérimée commence des études de droit et sera licencié en 1823. Pendant l'été 1822, il rencontre Henri Beyle, le futur Stendhal. Une amitié étroite et durable naît entre les deux hommes.

LES PREMIERS SUCCÈS LITTÉRAIRES ET L'ESPAGNE

En 1825, Mérimée fait circuler son premier essai littéraire, le *Théâtre de Clara Gazul*, qui lui assure une reconnaissance dans les salons parisiens. Cette série de pièces courtes présentées comme des créations du théâtre espagnol, attribuées à la comédienne Clara Gazul, joue sur l'exotisme en vogue.

En juillet 1827, il publie, sans signer, *La Guzla, Choix de poésies illyriques recueillies dans la Dalmatie, la Bosnie, la Croatie et l'Herzégovine*, prétendue traduction d'un barde, c'est-à-dire d'un poète itinérant tirant son inspiration des légendes de l'ancien temps. Cette supercherie, qui exploite la « couleur locale », trompe plus d'un lecteur, dont Pouchkine (Mérimée y fera allusion en rédigeant *Lokis*).

Suit une série d'œuvres à caractère historique, toujours publiées par « l'auteur du *Théâtre de Clara Gazul* » : *La Jacquerie* (juin 1828), tragédie inspirée de la révolte paysanne de 1358 ; *Chronique du règne de Charles IX*, retraçant, sur le mode du roman historique introduit par Walter Scott, les événements de la Saint-Barthélemy (publiée en mars 1829 et couronnée de succès), douze pièces courtes publiées dans *La Revue de Paris* entre mai 1829 et juin 1830, parmi lesquelles *Le Carrosse*, dont l'action est située à Lima au XVIIIe siècle. Le thème de cette dernière pièce, inscrite à la Comédie-Française en 1920, sera repris, avec des variantes majeures, dans l'opérette *La Périchole* d'Offenbach, en 1868.

La même période voit la publication des premières nouvelles signées du nom de leur auteur, *Mateo Falcone, histoire corse*, *Tamango*, *Federigo*, *L'Enlèvement de la redoute*, *Le Vase étrusque*, *La Partie de trictrac*. Toutes mêlent cruauté, violence et étrangeté, caractéristiques de l'écriture romantique, portées par un style sobre qui se confirmera comme la signature de Mérimée.

En juin 1830, Mérimée entame un long périple en Espagne. Il tombe sous le charme de ce pays, dont il parcourt les villes et les routes. Il est séduit par la vie et les usages du petit peuple ainsi que par les traditions locales, comme la corrida. Ses *Lettres d'Espagne*, publiées dans *La Revue de Paris* entre janvier 1831 et décembre 1833, témoignent de cet engouement. Au cours de ce voyage, il a fait la rencontre de la comtesse de Teba, future comtesse de Montijo, mère de celle qui deviendra l'impératrice Eugénie en 1853. C'est le début d'une longue amitié.

En 1831, débute la correspondance entre Mérimée et Jenny Dacquin, fille d'un notaire de Boulogne-sur-Mer qui, sous le nom de Lady Algemon Seymour, s'est fait connaître comme une admiratrice. Cette correspondance, qui dure jusqu'à la mort de l'écrivain, donnera lieu, en 1873, à la publication par Jenny Dacquin des lettres écrites par Mérimée, sous le titre *Lettres à une inconnue*.

En juin 1833, Mérimée publie *Mosaïque*, recueil des œuvres précédentes, suivi par *La Double Méprise*, en septembre 1833.

L'INSPECTEUR GÉNÉRAL DES MONUMENTS HISTORIQUES

Parallèlement à ses succès littéraires, Mérimée mène une carrière de haut fonctionnaire. D'abord nommé chef de bureau au ministère de la Marine et des Colonies, confié au comte d'Argout, puis chef de cabinet de ce dernier lorsqu'il prit le ministère du Commerce et des Travaux publics, en charge des beaux-arts et des belles-lettres, il s'acquitte de ces fonctions avec sérieux et reçoit la Légion d'honneur en mai 1831.

Cette carrière de grand commis de l'État prend un tour nouveau avec sa nomination, en mai 1834, comme inspecteur général des monuments historiques. Ce poste, créé en 1830, restait encore mal défini. Mérimée va l'occuper pendant vingt-cinq ans et lui donner une ampleur considérable, menant de front une activité d'écriture intense et de nombreuses tournées officielles.

En août 1834, il publie une première nouvelle inspirée de l'Espagne, *Les Âmes du purgatoire*, qui reprend le thème de Don Juan.

Mérimée entame une tournée dans le Midi de la France, qui lui inspire la rédaction de son *Essai sur l'architecture du Moyen Âge particulièrement en France*, d'un ouvrage sur *L'Architecture militaire au Moyen Âge*, et de *Notes de voyages dans le Midi de la France.* Il importe pour l'auteur de se faire connaître et de se poser comme un érudit et un spécialiste, alors que ses collègues de l'inspection des monuments historiques, historiens ou architectes, l'avaient d'abord accueilli comme un dilettante. Il se passionne aussi pour l'histoire romaine et publiera en 1841 un *Essai sur la guerre sociale* et une étude consacrée à *La Conjuration de Catilina* trois ans plus tard.

En 1836 est fondé le Cercle des Arts, dont il prend la présidence. Ce cercle réunit, entre autres artistes et savants, ses amis Stendhal, Cuvier, Delacroix, Grasset et Trousseau.

L'année 1837 voit la création de la Commission des monuments historiques, chargée d'inventorier le patrimoine architectural français, dont Mérimée devient rapidement vice-président.

LA VÉNUS D'ILLE

En mai 1837, *La Revue des Deux Mondes* publie la nouvelle intitulée *La Vénus d'Ille*. Le récit s'inspire manifestement de l'expérience de l'auteur et de ses voyages archéologiques ; le narrateur présente de nombreuses similitudes avec Mérimée lui-même. Le titre original du manuscrit établit clairement le lien entre cette œuvre de fiction et les activités savantes de son auteur : *Relation de la découverte faite à Ille, en 1834, d'une statue antique et d'inscriptions curieuses, expliquées par M. de Peyrehorade, membre du Conseil général des Pyrénées-Orientales, rédigée par M. Mérimée*. La nouvelle s'adresse manifestement à un public cultivé, féru d'Antiquité et de mythologie. La citation du *Philopseudès* du grec Lucien (IIᵉ siècle apr. J.-C.) – un récit où il est également question d'une statue animée – placée en tête du texte (*cf.* p. 22) renvoie à un arrière-plan classique. Les faits rapportés par le narrateur ont aussi bien pu être empruntés à des légendes médiévales consignées par des chroniqueurs comme le bénédictin et historien anglo-normand Guillaume de Malmesbury (1090-1143) et sa *Chronique des rois d'Angleterre* (*De gestibus rerum anglorum*, rédigée vers 1120). On trouve également une légende comparable, « De l'enfant qui mit l'anneau au doigt de la statue », dans la *Chronique rimée des miracles de Notre-Dame* de Gautier de Coincy, composée dans les premières décennies du XIIIᵉ siècle. L'érudition de Mérimée justifie parfaitement de telles attributions.

Les sources possibles de Mérimée sont cependant diverses et ne relèvent pas toutes de la littérature savante. La culture populaire s'était également emparée de ce thème puisque l'opéra comique de Hérold, *Zampa ou la Fiancée de marbre*, créé en 1831, rapportait la vengeance d'une statue contre le corsaire Zampa, qui lui avait mis la bague au doigt. L'auteur à succès Auger (Hippolyte Augé), avait donné dans le journal *La Mode* du 28 février 1830 une nouvelle, « Le dernier des Bracciano », où il était question d'une statue de Vénus vindicatrice. Le thème de la statue qui prend vie et châtie le coupable est également à l'œuvre dans l'histoire de Don Juan, chère à Mérimée.

LA POURSUITE DES VOYAGES

Le 29 juin 1839, Mérimée part en tournée en Corse. Ce voyage s'accompagne d'un séjour en Italie, où Mérimée visite Naples, Paestum, Herculanum et Pompéi avec son ami Stendhal, alors en poste consulaire dans ce pays. Ces pérégrinations alimenteront les nouvelles à venir, à commencer par *Colomba*, parue dans *La Revue des Deux Mondes* en juillet 1840. Ce récit corse connaît immédiatement un grand succès. De septembre à novembre 1841, Mérimée parcourt la Grèce et la Turquie.

Reconnu comme savant et homme de lettres, il brigue un fauteuil académique et est élu successivement à l'Académie des inscriptions et belles-lettres, en novembre 1843, et à l'Académie française, le 14 mars 1844, au fauteuil de Charles Nodier.

Le jour suivant cette élection à l'Académie, la parution d'*Arsène Guillot*, où l'auteur semble faire l'apologie de la courtisane tout en dénonçant l'hypocrisie de la femme du monde dévote, provoque un scandale.

La parution de *Carmen* en octobre 1845 passe en revanche presque inaperçue. La nouvelle suscitera peu d'échos jusqu'à la création de l'opéra de Bizet en 1875.

Jusqu'en 1852, les parutions se succèdent, avec plus ou moins de succès : *L'Abbé Aubain*, paru anonymement en feuilleton, *Don Pedro Ier*, *Les Deux Héritages de Don Quichotte*. *Il Viccolo di Madama Lucrezia*, rédigé au cours de l'année 1846, ne connaîtra qu'une parution *post mortem*.

Outre la veine hispanique et italienne qui fait le fonds de son inspiration, Mérimée s'intéresse de plus en plus à la littérature russe. En 1849, il donne une traduction de *La Dame de pique* de Pouchkine (1799-1837), récit qui mêle réalisme* et éléments fantastiques inspirés par les *Contes fantastiques* d'Hoffmann. En 1852, il publie son *Étude sur Gogol*.

L'HOMME DE COUR

La mise en place du régime impérial après le coup d'État de Louis Napoléon Bonaparte le 2 décembre 1851 transforme

Mérimée en figure politique. Son amitié étroite avec la nouvelle impératrice et sa mère fait de lui un familier de la cour impériale. De son exil, Victor Hugo le traitera de « laquais ».

Sur volonté de Napoléon III et après une certaine résistance de sa part, il est nommé sénateur en juin 1853. Il jouera toutefois au Sénat un rôle très discret, étant peu enclin à l'action politique. Le régime le couvrira néanmoins d'honneurs.

Pendant les deux décennies suivantes, il alterne séjours en Angleterre (il y effectue en tout quatorze voyages), où il se charge à l'occasion de missions diplomatiques, visites à la cour, à Compiègne, Fontainebleau ou Biarritz, et séjours à Cannes, où sa santé déclinante le contraint à résider de plus en plus souvent.

Son inspiration littéraire s'essouffle quelque peu mais ne se tarit pas : en octobre 1866, il rédige *La Chambre bleue,* destinée à être lue à la cour à Biarritz. Dans le cadre des lectures de Fontainebleau, où les familiers de la cour se défient en histoires terribles et fantastiques, il fait le pari d'en écrire une des plus atroces, où il se moquerait des romans « horribles et prodigieux » tels que *Thérèse Raquin* de Zola (paru en 1867). Il travaille ainsi à la rédaction d'un conte inspiré de *L'Homme-ours*, conte traduit du danois publié dans *La Revue de Paris* en 1833. La nouvelle est lue publiquement devant l'impératrice en juillet 1869 et publiée le 15 septembre 1869 par *La Revue des Deux Mondes* sous le titre *Le Manuscrit du Professeur Wittembach.*

En mars 1870, il achève la rédaction de *Djoûmane* et publie une traduction d'*Étrange histoire* de Tourgueniev.

De plus en plus affaibli par sa maladie respiratoire, très affecté par la guerre et la défaite de 1870, il meurt le 23 septembre de la même année.

Portrait de Mérimée (1803-1870) par Toussaint (1800-1899).
(Paris, Bibliothèque nationale de France.)

La Vénus d'Ille

et autres nouvelles fantastiques

MÉRIMÉE

La Vénus d'Ille

Ἵλεως, ἦν δ' ἐγώ, ἔστω ὁ ἀνδριὰς καὶ ἤπιος, οὕτως ἀνδρεῖος ὤν.

ΛΟΥΚΙΑΝΟΥ ΦΙΛΟΨΕΥΔΗΣ[*].

Je descendais le dernier coteau du Canigou, et, bien que le soleil fût déjà couché, je distinguais dans la plaine les maisons de la petite ville d'Ille, vers laquelle je me dirigeais.

« Vous savez, dis-je au Catalan qui me servait de guide depuis la veille, vous savez sans doute où demeure M. de Peyrehorade ?

— Si je le sais ! s'écria-t-il, je connais sa maison comme la mienne, et s'il ne faisait pas si noir, je vous la montrerais. C'est la plus belle d'Ille. Il a de l'argent, oui, M. de Peyrehorade ; et il marie son fils à plus riche que lui encore.

— Et ce mariage se fera-t-il bientôt ? lui demandai-je.

— Bientôt ! il se peut que déjà les violons soient commandés pour la noce. Ce soir, peut-être, demain, après-demain, que sais-je ! C'est à Puygarrig que ça se fera ; car c'est Mlle de Puygarrig que monsieur le fils épouse. Ce sera beau, oui ! »

J'étais recommandé à M. de Peyrehorade par mon ami M. de P. C'était, m'avait-il dit, un antiquaire[1] fort instruit et d'une complaisance à toute épreuve. Il se ferait un plaisir de me montrer toutes les ruines à dix lieues[2] à la ronde. Or je comptais sur lui pour visiter les environs d'Ille, que je savais riches en monuments antiques et du Moyen Âge. Ce mariage, dont on me parlait alors pour la première fois, dérangeait tous mes plans.

Je vais être un trouble-fête, me dis-je. Mais j'étais attendu ; annoncé par M. de P., il fallait bien me présenter.

* « Que la statue, disais-je, soit favorable et bienveillante, puisqu'elle ressemble tant à un homme. » Lucien, écrivain grec (IIe siècle apr. J.-C.), *Philopseudès*, « l'Homme qui aime les mensonges », chap. XIX (note de l'auteur).

1. **Antiquaire :** personne passionnée par l'Antiquité et plus généralement par tout ce qui est ancien. Le terme pouvait aussi bien désigner un archéologue.

2. **Dix lieues :** environ 40 km (cette ancienne mesure itinéraire représente à peu près 4 km).

« Gageons, monsieur, me dit mon guide, comme nous étions déjà dans la plaine, gageons un cigare que je devine ce que vous allez faire chez M. de Peyrehorade.

— Mais, répondis-je en lui tendant un cigare, cela n'est pas bien difficile à deviner. À l'heure qu'il est, quand on a fait six lieues dans le Canigou, la grande affaire, c'est de souper.

— Oui, mais demain ?... Tenez, je parierais que vous venez à Ille pour voir l'idole[1]. J'ai deviné cela à vous voir tirer en portrait[2] les saints de Serrabona.

— L'idole ! quelle idole ? » Ce mot avait excité ma curiosité.

« Comment ! on ne vous a pas conté, à Perpignan, comment M. de Peyrehorade avait trouvé une idole en terre ?

— Vous voulez dire une statue en terre cuite, en argile ?

— Non pas. Oui, bien en cuivre, et il y en a de quoi faire des gros sous. Elle vous pèse autant qu'une cloche d'église. C'est bien avant dans la terre[3], au pied d'un olivier, que nous l'avons eue.

— Vous étiez donc présent à la découverte ?

— Oui, monsieur. M. de Peyrehorade nous dit, il y a quinze jours, à Jean Coll et à moi, de déraciner un vieil olivier qui était gelé de l'année dernière, car elle a été bien mauvaise, comme vous savez. Voilà donc qu'en travaillant Jean Coll qui y allait de tout cœur, il donne un coup de pioche, et j'entends bimm... comme s'il avait tapé sur une cloche. Qu'est-ce que c'est ? que je dis. Nous piochons toujours, nous piochons, et voilà qu'il paraît une main noire, qui semblait la main d'un mort qui sortait de terre. Moi, la peur me prend. Je m'en vais à Monsieur, et je lui dis : — Des morts, notre maître, qui sont sous l'olivier ! Faut appeler le curé. — Quels morts ? qu'il me dit. Il vient, et il n'a pas plus tôt vu la main qu'il s'écrie : — Un antique ! un antique ! Vous auriez cru qu'il avait trouvé un trésor. Et le voilà, avec la

1. **L'idole :** la représentation d'une divinité, le plus souvent sous forme de statue.
2. **Tirer en portrait :** dessiner ou peindre.
3. **Bien avant dans la terre :** profondément.

pioche, avec les mains, qui se démène et qui faisait quasiment autant d'ouvrage que nous deux.

— Et enfin que trouvâtes-vous ?

— Une grande femme noire plus qu'à moitié nue, révérence parler[1], monsieur, toute en cuivre, et M. de Peyrehorade nous a dit que c'était une idole du temps des païens... du temps de Charlemagne, quoi !

— Je vois ce que c'est... Quelque bonne Vierge en bronze d'un couvent détruit.

— Une bonne Vierge ! ah bien oui !... Je l'aurais bien reconnue, si ç'avait été une bonne Vierge. C'est une idole, vous dis-je ; on le voit bien à son air. Elle vous fixe avec ses grands yeux blancs[2]... On dirait qu'elle vous dévisage. On baisse les yeux, oui, en la regardant.

— Des yeux blancs ? Sans doute ils sont incrustés dans le bronze. Ce sera peut-être quelque statue romaine.

— Romaine ! c'est cela. M. de Peyrehorade dit que c'est une Romaine. Ah ! je vois bien que vous êtes un savant comme lui.

— Est-elle entière, bien conservée ?

— Oh ! monsieur, il ne lui manque rien. C'est encore plus beau et mieux fini que le buste de Louis-Philippe[3] qui est à la mairie, en plâtre peint. Mais avec tout cela, la figure de cette idole ne me revient pas. Elle a l'air méchante... et elle l'est aussi.

— Méchante ! Quelle méchanceté vous a-t-elle faite ?

— Pas à moi précisément ; mais vous allez voir. Nous nous étions mis à quatre pour la dresser debout, et M. de Peyrehorade, qui lui aussi tirait à la corde, bien qu'il n'ait guère plus de force qu'un poulet, le digne homme ! Avec

1. **Révérence parler :** sauf votre respect (formule de politesse destinée à atténuer un propos).

2. **Ses grands yeux blancs :** les yeux des statues étaient souvent représentés par des incrustations de marbre, d'ivoire ou d'argent.

3. **Le buste de Louis-Philippe :** l'histoire est censée s'être déroulée sous le règne de Louis-Philippe – la nouvelle fut publiée en 1837, sous ce même règne – qui fut roi des Français de 1830 à 1848. Son buste ornait donc la plupart des bâtiments publics et officiels, en particulier les mairies (comme les Mariannes républicaines d'aujourd'hui).

SITUER

L'arrivée du narrateur à Ille joue le rôle d'une scène d'exposition*. Les lieux et les principaux personnages y sont présentés, ainsi que le centre de l'intrigue, la statue de la Vénus. Plusieurs indices annonçant les événements à venir y sont également introduits.

RÉFLÉCHIR

QUI PARLE ? QUI VOIT ? Auteur et narrateur

1. Que pouvons-nous savoir sur ce « je » qui est le narrateur ? Quels indices permettent d'en établir un premier portrait ?

STRUCTURE : les voies du récit

2. La nouvelle s'ouvre sur un dialogue. Quel intérêt ce choix de l'auteur présente-t-il ?

PERSONNAGES : la présentation des protagonistes*

3. Relevez et identifiez l'ensemble des personnages présents ou simplement évoqués dans cet extrait. Comment sont-ils présentés ? S'agit-il de portraits ?

SOCIÉTÉ : ville et campagne

4. Quelles sont les indications permettant de situer l'action de ce récit ? Relevez les éléments qui définissent le milieu social et l'origine des personnages.

5. Comment qualifieriez-vous les registres* de langue du narrateur et de son guide ? Qu'est-ce qui les distingue ? Relevez ce qui, dans le discours du guide, caractérise le parler populaire.

THÈMES : une trouvaille mystérieuse

6. Comment la statue se manifeste-t-elle tout d'abord ? Énoncez les étapes de sa découverte et de sa présentation au narrateur et au lecteur.

7. Quels sont les signes avant-coureurs d'un drame à venir ?

8. Qu'est-ce qui semble faire de la statue un personnage et un être vivant à part entière ?

ÉCRIRE

9. En vous inspirant de celui fait par le guide, vous rédigerez de manière vivante le récit d'une découverte inattendue.

bien de la peine nous la mettons droite. J'amassais un tuileau[1] pour la caler, quand, patatras ! la voilà qui tombe à la renverse tout d'une masse. Je dis : Gare dessous ! Pas assez vite pourtant, car Jean Coll n'a pas eu le temps de tirer sa jambe...

— Et il a été blessé ?

— Cassée net comme un échalas[2], sa pauvre jambe ! Pécaïre[3] ! quand j'ai vu cela, moi, j'étais furieux. Je voulais défoncer l'idole à coups de pioche, mais M. de Peyrehorade m'a retenu. Il a donné de l'argent à Jean Coll, qui tout de même est encore au lit depuis quinze jours que cela lui est arrivé, et le médecin dit qu'il ne marchera jamais de cette jambe-là comme de l'autre. C'est dommage, lui qui était notre meilleur coureur et, après monsieur le fils, le plus malin joueur de paume[4]. C'est que M. Alphonse de Peyrehorade en a été triste, car c'est Coll qui faisait sa partie[5]. Voilà qui était beau à voir comme ils se renvoyaient les balles. Paf ! paf ! Jamais elles ne touchaient terre. »

Devisant de la sorte, nous entrâmes à Ille, et je me trouvai bientôt en présence de M. de Peyrehorade. C'était un petit vieillard vert encore[6] et dispos, poudré, le nez rouge, l'air jovial et goguenard[7]. Avant d'avoir ouvert la lettre de M. de P., il m'avait installé devant une table bien servie, et m'avait présenté à sa femme et à son fils comme un archéologue illustre, qui devait tirer le Roussillon de l'oubli où le laissait l'indifférence des savants.

Tout en mangeant de bon appétit, car rien ne dispose mieux que l'air vif des montagnes, j'examinais mes hôtes. J'ai

1. **Tuileau :** fragment de tuile.
2. **Échalas :** pieu destiné à soutenir un arbre ou un pied de vigne.
3. **Pécaïre :** exclamation méridionale exprimant l'ironie ou la compassion (syn. peuchère).
4. **Joueur de paume :** le jeu de paume est l'ancêtre du tennis. Il s'agissait de renvoyer une balle de part et d'autre d'un filet en la frappant avec la paume de la main.
5. **Qui faisait sa partie :** qui jouait habituellement contre lui.
6. **Vert encore :** encore vigoureux et en bonne forme physique.
7. **Goguenard :** moqueur, narquois.

dit un mot de M. de Peyrehorade ; je dois ajouter que c'était la vivacité même. Il parlait, mangeait, se levait, courait à sa bibliothèque, m'apportait des livres, me montrait des estampes[1], me versait à boire ; il n'était jamais deux minutes en repos. Sa femme, un peu trop grasse, comme la plupart des Catalanes lorsqu'elles ont passé quarante ans, me parut une provinciale renforcée[2], uniquement occupée des soins de son ménage. Bien que le souper fût suffisant pour six personnes au moins, elle courut à la cuisine, fit tuer des pigeons, frire des miliasses[3], ouvrit je ne sais combien de pots de confitures. En un instant la table fut encombrée de plats et de bouteilles, et je serais certainement mort d'indigestion si j'avais goûté seulement à tout ce qu'on m'offrait. Cependant, à chaque plat que je refusais, c'étaient de nouvelles excuses. On craignait que je ne me trouvasse bien mal à Ille. Dans la province on a si peu de ressources, et les Parisiens sont si difficiles !

Au milieu des allées et venues de ses parents, M. Alphonse de Peyrehorade ne bougeait pas plus qu'un Terme[4]. C'était un grand jeune homme de vingt-six ans, d'une physionomie belle et régulière, mais manquant d'expression. Sa taille et ses formes athlétiques justifiaient bien la réputation d'infatigable joueur de paume qu'on lui faisait dans le pays. Il était ce soir-là habillé avec élégance, exactement d'après la gravure du dernier numéro du *Journal des modes.* Mais il me semblait gêné dans ses vêtements ; il était roide comme un piquet dans son col de velours, et ne se tournait que tout d'une pièce. Ses mains grosses et hâlées[5], ses ongles courts contrastaient singulièrement avec son costume. C'étaient des mains de laboureur sortant des manches d'un dandy[6]. D'ailleurs, bien qu'il me considérât de la tête aux pieds fort curieusement, en ma qualité de Parisien, il ne m'adressa

1. **Estampes :** gravures.
2. **Renforcée :** typique, presque caricaturale.
3. **Miliasses :** pâtisseries à base de farine de maïs.
4. **Un Terme :** le dieu romain Terminus était représenté sous forme de bornes sculptées, utilisées pour marquer les limites entre les terres et les propriétés.
5. **Hâlées :** brunies par le soleil, bronzées.
6. **Dandy :** homme élégant et distingué.

qu'une seule fois la parole dans toute la soirée, ce fut pour me demander où j'avais acheté la chaîne de ma montre.

« Ah çà ! mon cher hôte, me dit M. de Peyrehorade, le souper tirant à sa fin, vous m'appartenez, vous êtes chez moi. Je ne vous lâche plus, sinon quand vous aurez vu tout ce que nous avons de curieux dans nos montagnes. Il faut que vous appreniez à connaître notre Roussillon, et que vous lui rendiez justice. Vous ne vous doutez pas de tout ce que nous allons vous montrer. Monuments phéniciens, celtiques, romains, arabes, byzantins, vous verrez tout, depuis le cèdre jusqu'à l'hysope[1]. Je vous mènerai partout et ne vous ferai pas grâce d'une brique. »

Un accès de toux l'obligea de s'arrêter. J'en profitai pour lui dire que je serais désolé de le déranger dans une circonstance aussi intéressante pour sa famille. S'il voulait bien me donner ses excellents conseils sur les excursions que j'aurais à faire, je pourrais, sans qu'il prît la peine de m'accompagner…

« Ah ! vous voulez parler du mariage de ce garçon-là, s'écria-t-il en m'interrompant. Bagatelle ! ce sera fait après-demain. Vous ferez la noce avec nous, en famille, car la future est en deuil d'une tante dont elle hérite. Ainsi point de fête, point de bal… C'est dommage… vous auriez vu danser nos Catalanes… Elles sont jolies, et peut-être l'envie vous aurait-elle pris d'imiter mon Alphonse. Un mariage, dit-on, en amène d'autres… Samedi, les jeunes gens mariés, je suis libre, et nous nous mettons en course. Je vous demande pardon de vous donner l'ennui d'une noce de province. Pour un Parisien blasé sur les fêtes… et une noce sans bal encore ! Pourtant, vous verrez une mariée… une mariée… vous m'en direz des nouvelles… Mais vous êtes un homme grave[2] et vous ne regardez plus les femmes. J'ai mieux que cela à vous montrer. Je vous ferai voir quelque chose !… Je vous réserve une fière surprise pour demain.

1. **Depuis le cèdre jusqu'à l'hysope :** expression biblique signifiant « du plus grand au plus petit », le cèdre étant un grand conifère d'origine méditerranéenne et l'hysope un arbrisseau de même origine.
2. **Grave :** sérieux, voire austère.

— Mon Dieu ! lui dis-je, il est difficile d'avoir un trésor dans sa maison sans que le public en soit instruit. Je crois deviner la surprise que vous me préparez. Mais si c'est de votre statue qu'il s'agit, la description que mon guide m'en a faite n'a servi qu'à exciter ma curiosité et à me disposer à l'admiration.

— Ah ! il vous a parlé de l'idole, car c'est ainsi qu'ils appellent ma belle Vénus Tur… mais je ne veux rien vous dire. Demain, au grand jour, vous la verrez, et vous me direz si j'ai raison de la croire un chef-d'œuvre. Parbleu ! vous ne pouviez arriver plus à propos ! Il y a des inscriptions que moi, pauvre ignorant, j'explique à ma manière… mais un savant de Paris !… Vous vous moquerez peut-être de mon interprétation… car j'ai fait un mémoire[1]… moi qui vous parle… vieil antiquaire de province, je me suis lancé… Je veux faire gémir la presse[2]… Si vous vouliez bien me lire et me corriger, je pourrais espérer… Par exemple, je suis bien curieux de savoir comment vous traduirez cette inscription sur le socle : *CAVE*[3]… Mais je ne veux rien vous demander encore ! À demain, à demain ! Pas un mot sur la Vénus aujourd'hui !

— Tu as raison, Peyrehorade, dit sa femme, de laisser là ton idole. Tu devrais voir que tu empêches monsieur de manger. Va, monsieur a vu à Paris de bien plus belles statues que la tienne. Aux Tuileries, il y en a des douzaines, et en bronze aussi.

— Voilà bien l'ignorance, la sainte ignorance de la province ! interrompit M. de Peyrehorade. Comparer un antique admirable aux plates figures de Coustou[4] !

Comme avec irrévérence
Parle des dieux ma ménagère[5] !

---

1. **Un mémoire :** un travail écrit portant sur un sujet précis et destiné à un public savant.
2. **Je veux faire gémir la presse :** je veux le faire imprimer (au moyen d'une presse).
3. ***CAVE* :** « attention », « prends garde », en latin.
4. **Coustou :** nom d'une famille de sculpteurs français du XVIIIe siècle ; le plus fameux d'entre eux est l'auteur des *Chevaux de Marly* (aujourd'hui visibles à Paris sur la place de la Concorde).
5. **Comme avec irrévérence / Parle des dieux ma ménagère ! :** citation déformée de l'*Amphitryon* de Molière (acte I, sc. 2).

Savez-vous que ma femme voulait que je fondisse ma statue pour en faire une cloche à notre église ? C'est qu'elle en eût été la marraine. Un chef-d'œuvre de Myron[1], monsieur !

— Chef-d'œuvre ! chef-d'œuvre ! un beau chef-d'œuvre qu'elle a fait ! casser la jambe d'un homme !

— Ma femme, vois-tu ? dit M. de Peyrehorade d'un ton résolu, et tendant vers elle sa jambe droite dans un bas de soie chinée[2], si ma Vénus m'avait cassé cette jambe-là, je ne la regretterais pas.

— Bon Dieu ! Peyrehorade, comment peux-tu dire cela ! Heureusement que l'homme va mieux... Et encore je ne peux pas prendre sur moi de regarder la statue qui fait des malheurs comme celui-là. Pauvre Jean Coll !

— Blessé par Vénus, monsieur, dit M. de Peyrehorade riant d'un gros rire, blessé par Vénus, le maraud[3] se plaint :

Veneris nec prœmia noris[4].

Qui n'a été blessé par Vénus ? »

M. Alphonse, qui comprenait le français mieux que le latin, cligna de l'œil d'un air d'intelligence, et me regarda comme pour me demander : et vous, Parisien, comprenez-vous ?

Le souper finit. Il y avait une heure que je ne mangeais plus. J'étais fatigué, et je ne pouvais parvenir à cacher les fréquents bâillements qui m'échappaient. Mme de Peyrehorade s'en aperçut la première, et remarqua qu'il était temps d'aller dormir. Alors commencèrent de nouvelles excuses sur le mauvais gîte que j'allais avoir. Je ne serais pas comme à Paris. En province on est si mal ! Il fallait de l'indulgence pour les Roussillonnais. J'avais beau protester qu'après une course dans les montagnes une botte de paille me serait un coucher délicieux, on me priait toujours de pardonner à de pauvres campagnards s'ils ne me traitaient pas aussi bien qu'ils

1. **Myron :** l'un des plus célèbres sculpteurs grecs (Ve siècle av. J.-C.).
2. **Chinée :** tissée avec des couleurs alternées formant un dessin irrégulier.
3. **Maraud :** vaurien.
4. ***Veneris nec prœmia noris* :** « Et les présents de Vénus, tu ne les connaîtras pas. » (Virgile, *Énéide*, IV, 33.)

SITUER

Premier contact avec ses hôtes, le dîner offre au narrateur l'occasion d'une scène de genre* et d'un tableau cocasse de la province.

RÉFLÉCHIR

QUI PARLE ? QUI VOIT ? Un observateur amusé

1. « Tout en mangeant de bon appétit, [...] j'examinais mes hôtes » (l. 114-115) : en quoi cette phrase introductive définit-elle bien le genre de la scène à suivre ? En quoi résume-t-elle parfaitement la situation du narrateur ?

2. Quel type de discours* les lignes 129-131 mettent-elles en œuvre ? Même question pour les lignes 234-236.

GENRES : scène de la vie de province

3. En quels termes l'opposition entre le narrateur et ses hôtes se marque-t-elle ?

4. « un lit long de sept pieds, large de six, et si haut qu'il fallait un escabeau pour s'y guinder » (l. 251-253) : quel rôle cette précision remplit-elle ?

PERSONNAGES : l'art de la caricature

5. Quel trait distingue Alphonse de ses parents ?

6. « M. Alphonse de Peyrehorade ne bougeait pas plus qu'un Terme » (l. 132-133) : à quoi le narrateur compare-t-il le jeune homme ? Quels éléments viennent renforcer cette comparaison ?

7. Par quel(s) procédé(s) M. de Peyrehorade cherche-t-il à paraître savant aux yeux de son invité ?

STRATÉGIES : un suspense* entretenu

8. Comment M. de Peyrehorade parvient-il à exciter la curiosité de son interlocuteur ? Du point de vue de la narration, à quelle stratégie les lignes 185-198 obéissent-elles ?

TONALITÉS : l'auteur et ses lecteurs

9. Quelle est la tonalité* d'ensemble du passage ?

ÉCRIRE

10. Imaginez que cette scène de dîner soit rapportée par Alphonse de Peyrehorade ; vous rédigerez son récit.

l'eussent désiré. Je montai enfin à la chambre qui m'était destinée, accompagné de M. de Peyrehorade. L'escalier, dont les marches supérieures étaient en bois, aboutissait au milieu d'un corridor, sur lequel donnaient plusieurs chambres.

« À droite, me dit mon hôte, c'est l'appartement que je destine à la future Mme Alphonse. Votre chambre est au bout du corridor opposé. Vous sentez bien, ajouta-t-il d'un air qu'il voulait rendre fin[1], vous sentez bien qu'il faut isoler de nouveaux mariés. Vous êtes à un bout de la maison, eux à l'autre. »

Nous entrâmes dans une chambre bien meublée, où le premier objet sur lequel je portai la vue fut un lit long de sept pieds[2], large de six, et si haut qu'il fallait un escabeau pour s'y guinder[3]. Mon hôte m'ayant indiqué la position de la sonnette, et s'étant assuré par lui-même que le sucrier était plein, les flacons d'eau de Cologne dûment placés sur la toilette[4], après m'avoir demandé plusieurs fois si rien ne me manquait, me souhaita une bonne nuit et me laissa seul.

Les fenêtres étaient fermées. Avant de me déshabiller, j'en ouvris une pour respirer l'air frais de la nuit, délicieux après un long souper. En face était le Canigou, d'un aspect admirable en tout temps, mais qui me parut ce soir-là la plus belle montagne du monde, éclairé qu'il était par une lune resplendissante. Je demeurai quelques minutes à contempler sa silhouette merveilleuse, et j'allais fermer ma fenêtre, lorsque, baissant les yeux, j'aperçus la statue sur un piédestal à une vingtaine de toises[5] de la maison. Elle était placée à l'angle d'une haie vive qui séparait un petit jardin d'un vaste carré parfaitement uni, qui, je l'appris plus tard, était le jeu de paume de la ville. Ce terrain, propriété de M. de Peyreho-

1. **Fin :** spirituel.
2. **Sept pieds :** plus de deux mètres (le pied, ancienne unité de mesure, équivalait à 0,325 mètre).
3. **S'y guinder :** s'y hisser, y monter (terme de marine signifiant hisser au moyen d'un palan, c'est-à-dire au moyen d'un appareil constitué de poulies et de cordages).
4. **Toilette :** meuble où l'on dispose tout ce qui peut servir à la toilette.
5. **Une vingtaine de toises :** environ 40 mètres (une toise équivaut à six pieds).

rade, avait été cédé par lui à la commune, sur les pressantes sollicitations[1] de son fils.

À la distance où j'étais, il m'était difficile de distinguer l'attitude de la statue ; je ne pouvais juger que de sa hauteur, qui me parut de six pieds[2] environ. En ce moment, deux polissons de la ville passaient sur le jeu de paume, assez près de la haie, sifflant le joli air du Roussillon : *Montagnes régalades*[3]. Ils s'arrêtèrent pour regarder la statue ; un d'eux l'apostropha même à haute voix. Il parlait catalan ; mais j'étais dans le Roussillon depuis assez longtemps pour pouvoir comprendre à peu près ce qu'il disait.

« Te voilà donc, coquine ! (Le terme catalan était plus énergique.) Te voilà ! disait-il. C'est donc toi qui as cassé la jambe à Jean Coll ! Si tu étais à moi, je te casserais le cou.

— Bah ! avec quoi ? dit l'autre. Elle est de cuivre, et si dure qu'Étienne a cassé sa lime dessus, essayant de l'entamer. C'est du cuivre du temps des païens ; c'est plus dur que je ne sais quoi.

— Si j'avais mon ciseau à froid[4] (il paraît que c'était un apprenti serrurier), je lui ferais bientôt sauter ses grands yeux blancs, comme je tirerais une amande de sa coquille. Il y a pour plus de cent sous d'argent. »

Ils firent quelques pas en s'éloignant.

« Il faut que je souhaite le bonsoir à l'idole », dit le plus grand des apprentis, s'arrêtant tout à coup.

Il se baissa, et probablement ramassa une pierre. Je le vis déployer le bras, lancer quelque chose, et aussitôt un coup sonore retentit sur le bronze. Au même instant l'apprenti porta la main à sa tête en poussant un cri de douleur.

« Elle me l'a rejetée ! » s'écria-t-il.

Et mes deux polissons prirent la fuite à toutes jambes. Il était évident que la pierre avait rebondi sur le métal, et avait puni ce drôle[5] de l'outrage qu'il faisait à la déesse.

---

1. **Les pressantes sollicitations :** les demandes insistantes et répétées.
2. **Six pieds :** 1, 90 mètre, soit la taille d'un grand homme.
3. ***Régalades* :** royales.
4. **Mon ciseau à froid :** outil d'acier servant à travailler le bois, le fer ou la pierre.
5. **Ce drôle :** ce jeune garçon, ce gamin (terme méridional).

Je fermai la fenêtre en riant de bon cœur.

« Encore un Vandale[1] puni par Vénus ! Puissent tous les destructeurs de nos vieux monuments avoir ainsi la tête cassée ! » Sur ce souhait charitable, je m'endormis.

Il était grand jour quand je me réveillai. Auprès de mon lit étaient, d'un côté, M. de Peyrehorade, en robe de chambre ; de l'autre, un domestique envoyé par sa femme, une tasse de chocolat à la main.

« Allons, debout, Parisien ! Voilà bien mes paresseux de la capitale ! disait mon hôte pendant que je m'habillais à la hâte. Il est huit heures, et encore au lit ! Je suis levé, moi, depuis six heures. Voilà trois fois que je monte ; je me suis approché de votre porte sur la pointe du pied : personne, nul signe de vie. Cela vous fera mal de trop dormir à votre âge. Et ma Vénus que vous n'avez pas encore vue ! Allons, prenez-moi vite cette tasse de chocolat de Barcelone... Vraie contrebande... Du chocolat comme on n'en a pas à Paris. Prenez des forces, car lorsque vous serez devant ma Vénus, on ne pourra plus vous en arracher. »

En cinq minutes je fus prêt, c'est-à-dire à moitié rasé, mal boutonné, et brûlé par le chocolat que j'avalai bouillant. Je descendis dans le jardin, et me trouvai devant une admirable statue.

C'était bien une Vénus, et d'une merveilleuse beauté. Elle avait le haut du corps nu, comme les Anciens représentaient d'ordinaire les grandes divinités ; la main droite, levée à la hauteur du sein, était tournée, la paume en dedans, le pouce et les deux premiers doigts étendus, les deux autres légèrement ployés. L'autre main, rapprochée de la hanche, soutenait la draperie qui couvrait la partie inférieure du corps. L'attitude de cette statue rappelait celle du Joueur de mourre[2] qu'on désigne, je ne sais trop pourquoi, sous le

1. **Vandale :** peuple germanique qui, à l'époque des invasions barbares, dévasta une partie de l'Empire romain. Par extension, personne qui se livre à des actes de destruction ou de pillage.

2. **Joueur de mourre :** jeu de hasard dans lequel on doit montrer rapidement un certain nombre de doigts que le partenaire doit deviner en criant le chiffre correspondant.

Le récit de l'arrivée du narrateur et de sa première nuit à Ille joue le rôle d'un prologue préparant la découverte de la statue. Cette dernière, plusieurs fois annoncée, constitue en effet le centre de l'intrigue.

PERSONNAGES : qui est le héros de la fable ?

La Vénus est-elle un simple objet autour duquel le récit s'organise ou bien un véritable protagoniste, voire le personnage central du conte ?

1. Établissez la liste de tous les personnages participant au récit, présents ou nommés, et pour chacun d'eux, résumez en quelques mots la relation qu'ils entretiennent avec la statue de Vénus.

2. Pourquoi peut-on dire que l'épisode des deux polissons punis (l. 272-302) constitue une répétition d'un épisode précédemment narré ?

3. Qu'est-ce qui, dans l'identité et la situation du narrateur, fait de lui un protagoniste à part et donc un observateur idéal ?

GENRES : une fable méridionale

Ce récit d'un voyage dans le Midi de la France, inspiré de l'expérience de l'auteur, s'apparente dans sa première partie à un conte pittoresque jouant sur la couleur locale.

4. Relevez l'ensemble des lieux (villes, régions, pays) évoqués dans cette première partie et situez-les les uns par rapport aux autres (en vous aidant éventuellement d'une carte).

5. À quels lecteurs cette nouvelle semble-t-elle destinée principalement ? Justifiez votre réponse.

THÈMES : fable et mythologie

Le titre de cette nouvelle constitue une référence directe à l'Antiquité et à sa mythologie. De nombreux éléments du récit font appel à la culture classique des lecteurs.

6. Quelles sont les références au monde antique dans ce prologue ? Quelles sont les références historiques ou culturelles ?

7. Quelles sont les religions évoquées ? Relevez les références à la religion dans cette première partie du texte.

nom de Germanicus[1]. Peut-être avait-on voulu représenter la déesse jouant au jeu de mourre.

Quoi qu'il en soit, il est impossible de voir quelque chose de plus parfait que le corps de cette Vénus, rien de plus suave[2], de plus voluptueux que ses contours, rien de plus élégant et de plus noble que sa draperie. Je m'attendais à quelque ouvrage du Bas-Empire[3] ; je voyais un chef-d'œuvre du meilleur temps de la statuaire. Ce qui me frappait surtout, c'était l'exquise vérité des formes, en sorte qu'on aurait pu les croire moulées sur nature, si la nature produisait d'aussi parfaits modèles.

La chevelure, relevée sur le front, paraissait avoir été dorée autrefois. La tête, petite comme celle de presque toutes les statues grecques, était légèrement inclinée en avant. Quant à la figure, jamais je ne parviendrai à exprimer son caractère étrange, et dont le type ne se rapprochait de celui d'aucune statue antique dont il me souvienne. Ce n'était point cette beauté calme et sévère des sculpteurs grecs, qui, par système[4], donnaient à tous les traits une majestueuse immobilité. Ici, au contraire, j'observais avec surprise l'intention marquée de l'artiste de rendre la malice[5] arrivant jusqu'à la méchanceté. Tous les traits étaient contractés légèrement : les yeux un peu obliques, la bouche relevée des coins, les narines quelque peu gonflées. Dédain, ironie, cruauté se lisaient sur ce visage d'une incroyable beauté cependant. En vérité, plus on regardait cette admirable statue, et plus on éprouvait le sentiment pénible qu'une si merveilleuse beauté pût s'allier à l'absence de toute sensibilité.

« Si le modèle a jamais existé, dis-je à M. de Peyrehorade, et je doute que le ciel ait jamais produit une telle femme,

1. **Germanicus :** général romain mort en 19 apr. J.-C. Il s'agit en réalité de la statue d'un orateur romain, dans une position classique, que celle de la Vénus semble reprendre.
2. **Suave :** doux.
3. **Bas-Empire :** période de l'Empire romain commençant avec la fin de la dynastie des Antonins (192 apr. J.-C.) et s'achevant avec la chute de Rome (476 apr. J.-C.) ; elle fut longtemps considérée comme une période de décadence.
4. **Par système :** par principe, par convention.
5. **Malice :** malignité, inclination à faire le mal de manière détournée.

que je plains ses amants ! Elle a dû se complaire à les faire mourir de désespoir. Il y a dans son expression quelque chose de féroce, et pourtant je n'ai jamais vu rien de si beau.

— C'est Vénus tout entière à sa proie attachée[1] ! » s'écria M. de Peyrehorade, satisfait de mon enthousiasme.

Cette expression d'ironie infernale était augmentée peut-être par le contraste de ses yeux incrustés d'argent et très brillants avec la patine[2] d'un vert noirâtre que le temps avait donnée à toute la statue. Ces yeux brillants produisaient une certaine illusion qui rappelait la réalité, la vie. Je me souvins de ce que m'avait dit mon guide, qu'elle faisait baisser les yeux à ceux qui la regardaient. Cela était presque vrai, et je ne pus me défendre d'un mouvement de colère contre moi-même en me sentant un peu mal à mon aise devant cette figure de bronze.

« Maintenant que vous avez tout admiré en détail, mon cher collègue en antiquaillerie[3], dit mon hôte, ouvrons, s'il vous plaît, une conférence scientifique. Que dites-vous de cette inscription, à laquelle vous n'avez point pris garde encore ? »

Il me montrait le socle de la statue, et j'y lus ces mots : *CAVE AMANTEM.*

« *Quid dicis, doctissime*[4] ? me demanda-t-il en se frottant les mains. Voyons si nous nous rencontrerons sur le sens de ce *cave amantem* !

— Mais, répondis-je, il y a deux sens. On peut traduire : "Prends garde à celui qui t'aime, défie-toi des amants." Mais, dans ce sens, je ne sais si *cave amantem* serait d'une bonne latinité. En voyant l'expression diabolique de la dame, je croirais plutôt que l'artiste a voulu mettre en garde le spectateur contre cette terrible beauté. Je traduirais donc : "Prends garde à toi si elle t'aime."

1. **C'est Vénus tout entière à sa proie attachée ! :** citation de Racine, *Phèdre*, acte I, scène 3.
2. **Patine :** dépôt qui se forme par oxydation sur les objets de bronze ou de cuivre et leur donne une couleur verte.
3. **Antiquaillerie :** terme péjoratif marquant l'autodérision. Une antiquaille est un objet ancien sans valeur (syn. vieillerie).
4. ***Quid dicis, doctissime ?* :** « Que dis-tu, homme très savant ? »

— Humph ! dit M. de Peyrehorade, oui, c'est un sens admirable ; mais, ne vous en déplaise, je préfère la première traduction, que je développerai pourtant. Vous connaissez l'amant de Vénus ?

— Il y en a plusieurs.

— Oui ; mais le premier, c'est Vulcain[1]. N'a-t-on pas voulu dire : "Malgré toute ta beauté, ton air dédaigneux, tu auras un forgeron, un vilain boiteux, pour amant" ? Leçon profonde, monsieur, pour les coquettes[2] ! »

Je ne pus m'empêcher de sourire, tant l'explication me parut tirée par les cheveux.

« C'est une terrible langue que le latin avec sa concision, observai-je pour éviter de contredire formellement mon antiquaire, et je reculai de quelques pas afin de mieux contempler la statue.

— Un instant, collègue ! dit M. de Peyrehorade en m'arrêtant par le bras, vous n'avez pas tout vu. Il y a encore une autre inscription. Montez sur le socle et regardez au bras droit. » En parlant ainsi il m'aidait à monter.

Je m'accrochai sans trop de façons au cou de la Vénus, avec laquelle je commençais à me familiariser. Je la regardai même un instant sous le nez, et la trouvai de près encore plus méchante et encore plus belle. Puis je reconnus qu'il y avait, gravés sur le bras, quelques caractères d'écriture cursive[3] antique, à ce qu'il me sembla. À grand renfort de besicles[4] j'épelai ce qui suit, et cependant M. de Peyrehorade répétait chaque mot à mesure que je le prononçais, approuvant du geste et de la voix. Je lus donc :

VENERI TVRBVL...
EVTYCHES MYRO
IMPERIO FECIT

1. **Vulcain :** dieu romain des volcans et des forgerons, époux de Vénus, laid et boiteux.
2. **Coquettes :** femmes attachées à l'excès à leur apparence.
3. **Écriture cursive :** tracée à main courante, de façon à ce que les lettres se touchent.
4. **Besicles :** lunettes.

Après ce mot *TVRBVL* de la première ligne, il me sembla qu'il y avait quelques lettres effacées ; mais *TVRBVL* était parfaitement lisible.

« Ce qui veut dire ?... » me demanda mon hôte radieux et souriant avec malice, car il pensait bien que je ne me tirerais pas facilement de ce *TVRBVL.*

« Il y a un mot que je ne m'explique pas encore, lui dis-je ; tout le reste est facile. Eutychès Myron a fait cette offrande à Vénus par son ordre.

— À merveille. Mais *TVRBVL*, qu'en faites-vous ? Qu'est-ce que *TVRBVL* ?

— *TVRBVL* m'embarrasse fort. Je cherche en vain quelque épithète[1] connue de Vénus qui puisse m'aider. Voyons, que diriez-vous de *TVRBVLENTA* ? Vénus qui trouble, qui agite... Vous vous apercevez que je suis toujours préoccupé de son expression méchante. *TVRBVLENTA*, ce n'est point une trop mauvaise épithète pour Vénus », ajoutai-je d'un ton modeste, car je n'étais pas moi-même fort satisfait de mon explication.

« Vénus turbulente ! Vénus la tapageuse ! Ah ! vous croyez donc que ma Vénus est une Vénus de cabaret ? Point du tout, monsieur ; c'est une Vénus de bonne compagnie. Mais je vais vous expliquer ce *TVRBVL*... Au moins vous me promettez de ne point divulguer ma découverte avant l'impression de mon mémoire. C'est que, voyez-vous, je m'en fais gloire, de cette trouvaille-là... Il faut bien que vous nous laissiez quelques épis à glaner[2], à nous autres pauvres diables de provinciaux. Vous êtes si riches, messieurs les savants de Paris ! »

Du haut du piédestal, où j'étais toujours perché, je lui promis solennellement que je n'aurais jamais l'indignité de lui voler sa découverte.

1. **Quelque épithète :** un qualificatif traditionnellement attribué à une divinité (ex. : *Iupiter Tonans*, Jupiter Tonnant, *Mars Ultor*, Mars Vengeur).
2. **Il faut bien que vous nous laissiez quelques épis à glaner :** allusion à l'usage qui voulait que l'on autorise le tout venant à ramasser les épis laissés à terre après la moisson ; cette tâche, généralement réservée aux femmes et aux enfants, inspira le peintre Millet pour son célèbre tableau *Les Glaneuses* (1857).

« *TVRBVL...*, monsieur, dit-il en se rapprochant et baissant la voix de peur qu'un autre que moi ne pût l'entendre, lisez *TVRBVLNERÆ*.

— Je ne comprends pas davantage.

— Écoutez bien. À une lieue d'ici, au pied de la montagne, il y a un village qui s'appelle Boulternère. C'est une corruption[1] du mot latin *TVRBVLNERA*. Rien de plus commun que ces inversions. Boulternère, monsieur, a été une ville romaine. Je m'en étais toujours douté, mais jamais je n'en avais eu la preuve. La preuve, la voilà. Cette Vénus était la divinité topique[2] de la cité de Boulternère ; et ce mot de Boulternère, que je viens de démontrer d'origine antique, prouve une chose bien plus curieuse, c'est que Boulternère, avant d'être une ville romaine, a été une ville phénicienne ! »

Il s'arrêta un moment pour respirer et jouir de ma surprise. Je parvins à réprimer une forte envie de rire.

« En effet, poursuivit-il, *TVRBVLNERA* est pur phénicien, *TVR*, prononcez *TOUR*... *TOUR* et *SOUR*, même mot, n'est-ce pas ? *SOUR* est le nom phénicien de Tyr, je n'ai pas besoin de vous en rappeler le sens. *BVL*, c'est Baal[3], Bâl, Bel, Bul, légères différences de prononciation. Quant à *NERA*, cela me donne un peu de peine. Je suis tenté de croire, faute de trouver un mot phénicien, que cela vient du grec νηρός, humide, marécageux. Ce serait donc un mot hybride[4]. Pour justifier νηρός, je vous montrerai à Boulternère comment les ruisseaux de la montagne y forment des mares infectes. D'autre part, la terminaison *NERA* aurait pu être ajoutée beaucoup plus tard en l'honneur de la Nera Pivesuvia, femme de Tétricus, laquelle aurait fait quelque bien à la cité de Turbul. Mais, à cause des mares, je préfère l'étymologie de νηρός. »

Il prit une prise de tabac d'un air satisfait.

1. **Corruption :** version fautive ou en partie tronquée.
2. **Topique :** liée à un lieu déterminé, qu'elle protège et représente.
3. **Baal :** dieu du panthéon phénicien.
4. **Hybride :** formé d'éléments d'origines diverses.

« Mais laissons les Phéniciens, et revenons à l'inscription. Je traduis donc : "À Vénus de Boulternère Myron dédie par son ordre cette statue, son ouvrage." »

Je me gardai bien de critiquer son étymologie, mais je voulus à mon tour faire preuve de pénétration, et je lui dis : « Halte-là, monsieur. Myron a consacré quelque chose, mais je ne vois nullement que ce soit cette statue.

— Comment ! s'écria-t-il, Myron n'était-il pas un fameux sculpteur grec ? Le talent se sera perpétué dans sa famille : c'est un de ses descendants qui aura fait cette statue. Il n'y a rien de plus sûr.

— Mais, répliquai-je, je vois sur le bras un petit trou. Je pense qu'il a servi à fixer quelque chose, un bracelet, par exemple, que ce Myron donna à Vénus en offrande expiatoire[1]. Myron était un amant malheureux. Vénus était irritée contre lui : il l'apaisa en lui consacrant un bracelet d'or. Remarquez que *fecit* se prend fort souvent pour *consecravit*[2]. Ce sont termes synonymes. Je vous en montrerais plus d'un exemple si j'avais sous la main Gruter ou bien Orellius[3]. Il est naturel qu'un amoureux voie Vénus en rêve, qu'il s'imagine qu'elle lui commande de donner un bracelet d'or à sa statue. Myron lui consacra un bracelet... Puis les Barbares ou bien quelque voleur sacrilège...

— Ah ! qu'on voit bien que vous avez fait des romans ! s'écria mon hôte en me donnant la main pour descendre. Non, monsieur, c'est un ouvrage de l'école de Myron. Regardez seulement le travail, et vous en conviendrez. »

M'étant fait une loi de ne jamais contredire à outrance les antiquaires entêtés, je baissai la tête d'un air convaincu en disant : « C'est un admirable morceau.

— Ah ! mon Dieu, s'écria M. de Peyrehorade, encore un trait de vandalisme ! On aura jeté une pierre à ma statue ! »

1. **En offrande expiatoire :** une offrande dont le but est d'apaiser une divinité ou de se purifier après une faute.
2. ***Fecit, consecravit* :** « il a fait », « il a consacré ».
3. **Gruter ou bien Orellius :** deux savants célèbres pour leurs éditions et leurs traductions des auteurs latins.

Il venait d'apercevoir une marque blanche un peu au-dessus du sein de la Vénus. Je remarquai une trace semblable sur les doigts de la main droite, qui, je le supposai alors, avaient été touchés dans le trajet de la pierre, ou bien un fragment s'en était détaché par le choc et avait ricoché sur la main. Je contai à mon hôte l'insulte dont j'avais été témoin et la prompte punition qui s'en était suivie. Il en rit beaucoup, et, comparant l'apprenti à Diomède[1], il lui souhaita de voir, comme le héros grec, tous ses compagnons changés en oiseaux blancs.

La cloche du déjeuner interrompit cet entretien classique[2], et, de même que la veille, je fus obligé de manger comme quatre. Puis vinrent des fermiers de M. de Peyrehorade ; et pendant qu'il leur donnait audience, son fils me mena voir une calèche qu'il avait achetée à Toulouse pour sa fiancée, et que j'admirai, cela va sans dire. Ensuite j'entrai avec lui dans l'écurie, où il me tint une demi-heure à me vanter ses chevaux, à me faire leur généalogie, à me conter les prix qu'ils avaient gagnés aux courses du département. Enfin il en vint à me parler de sa future, par la transition[3] d'une jument grise qu'il lui destinait.

« Nous la verrons aujourd'hui, dit-il. Je ne sais si vous la trouverez jolie. Vous êtes difficiles, à Paris ; mais tout le monde, ici et à Perpignan, la trouve charmante. Le bon, c'est qu'elle est fort riche. Sa tante de Prades lui a laissé son bien. Oh ! je vais être fort heureux. »

Je fus profondément choqué de voir un jeune homme paraître plus touché de la dot[4] que des beaux yeux de sa future.

« Vous vous connaissez en bijoux, poursuivit M. Alphonse, comment trouvez-vous ceci ? Voici l'anneau que je lui donnerai demain. »

---

1. **Diomède :** combattant grec qui, lors du siège de Troie, fut puni par Vénus pour l'avoir blessée.
2. **Classique :** portant sur l'Antiquité gréco-romaine.
3. **Par la transition :** par association d'idée avec.
4. **Dot :** somme d'argent ou biens qu'une femme apporte en se mariant.

SITUER

Longuement annoncée, cette scène constitue le cœur de la nouvelle, puisque le narrateur découvre enfin l'objet qui semble alimenter toutes les conversations et susciter toutes les superstitions.

RÉFLÉCHIR

STRUCTURE : une narration bien menée

1. Par quelles indications le narrateur marque-t-il les différentes phases de son récit ?

THÈMES : une divinité ambiguë

2. Relevez le champ lexical de la beauté et de la grâce dans la description de la statue (l. 325-359).

3. Quelle autre impression se dégage du spectacle de l'idole ? Relevez les termes exprimant les sentiments du narrateur.

4. La statue ressemble-t-elle à une femme véritable ou présente-t-elle au contraire une forme stylisée ? Justifiez votre réponse.

GENRES : la parodie d'une discussion savante

5. Que faut-il penser des explications données par M. de Peyrehorade sur le sens des inscriptions ? Relevez les indications marquant l'opinion du narrateur.

6. Quels sont les termes renvoyant à la langue des savants et des érudits dans le dialogue entre les deux hommes (l. 411-514) ?

7. « Boulternère, avant d'être une ville romaine, a été une ville phénicienne » (l. 466-467) : pourquoi cette conclusion formulée par M. de Peyrehorade est-elle ridicule ?

8. Pourquoi M. de Peyrehorade tient-il absolument à ce que la Vénus soit l'œuvre du sculpteur Myron (l. 492-495 et 508-511) ?

9. Comment l'attachement et la fierté de M. de Peyrehorade à l'égard de sa découverte s'expriment-ils ?

ÉCRIRE

10. Imaginez que vous soyez guide dans un musée : vous choisirez une œuvre d'art célèbre et en rédigerez une description et une explication destinées à un groupe de visiteurs. Votre exposé pourra s'inspirer de faits avérés ou relever de la pure fantaisie.

En parlant ainsi, il tirait de la première phalange de son petit doigt une grosse bague enrichie de diamants, et formée de deux mains entrelacées ; allusion qui me parut infiniment poétique. Le travail en était ancien, mais je jugeai qu'on l'avait retouchée pour enchâsser les diamants. Dans l'intérieur de la bague se lisaient ces mots en lettres gothiques[1] : *Sempr' ab ti*, c'est-à-dire, toujours avec toi.

« C'est une jolie bague, lui dis-je ; mais ces diamants ajoutés lui ont fait perdre un peu de son caractère.

— Oh ! elle est bien plus belle comme cela, répondit-il en souriant. Il y a là pour douze cents francs de diamants. C'est ma mère qui me l'a donnée. C'était une bague de famille, très ancienne... du temps de la chevalerie. Elle avait servi à ma grand-mère, qui la tenait de la sienne. Dieu sait quand cela a été fait.

— L'usage à Paris, lui dis-je, est de donner un anneau tout simple, ordinairement composé de deux métaux différents, comme de l'or et du platine. Tenez, cette autre bague, que vous avez à ce doigt, serait fort convenable. Celle-ci, avec ses diamants et ses mains en relief, est si grosse qu'on ne pourrait mettre un gant par-dessus.

— Oh ! Mme Alphonse s'arrangera comme elle voudra. Je crois qu'elle sera toujours bien contente de l'avoir. Douze cents francs au doigt, c'est agréable. Cette petite bague-là, ajouta-t-il en regardant d'un air de satisfaction l'anneau tout uni qu'il portait à la main, celle-là, c'est une femme à Paris qui me l'a donnée un jour de mardi gras. Ah ! comme je m'en suis donné quand j'étais à Paris, il y a deux ans ! C'est là qu'on s'amuse !... » Et il soupira de regret.

Nous devions dîner ce jour-là à Puygarrig, chez les parents de la future ; nous montâmes en calèche, et nous nous rendîmes au château, éloigné d'Ille d'environ une lieue et demie. Je fus présenté et accueilli comme l'ami de la famille. Je ne parlerai pas du dîner ni de la conversation qui s'ensuivit, et à laquelle je pris peu de part. M. Alphonse,

1. **En lettres gothiques :** écriture à caractères droits, à angles et à crochets apparue en Europe vers le XIIe siècle.

placé à côté de sa future, lui disait un mot à l'oreille tous les quarts d'heure. Pour elle, elle ne levait guère les yeux, et, chaque fois que son prétendu[1] lui parlait, elle rougissait avec modestie, mais lui répondait sans embarras.

Mlle de Puygarrig avait dix-huit ans ; sa taille souple et délicate contrastait avec les formes osseuses de son robuste fiancé. Elle était non seulement belle, mais séduisante. J'admirais le naturel parfait de toutes ses réponses ; et son air de bonté, qui pourtant n'était pas exempt d'une légère teinte de malice, me rappela, malgré moi, la Vénus de mon hôte. Dans cette comparaison que je fis en moi-même, je me demandais si la supériorité de beauté qu'il fallait bien accorder à la statue ne tenait pas, en grande partie, à son expression de tigresse ; car l'énergie, même dans les mauvaises passions, excite toujours en nous un étonnement et une espèce d'admiration involontaire.

« Quel dommage, me dis-je en quittant Puygarrig, qu'une si aimable personne soit riche, et que sa dot la fasse rechercher par un homme indigne d'elle ! »

En revenant à Ille, et ne sachant trop que dire à Mme de Peyrehorade, à qui je croyais convenable d'adresser quelquefois la parole :

« Vous êtes bien esprits forts en Roussillon ! m'écriai-je ; comment, madame, vous faites un mariage un vendredi[2] ! À Paris nous aurions plus de superstition ; personne n'oserait prendre femme un tel jour.

— Mon Dieu ! ne m'en parlez pas, me dit-elle, si cela n'avait dépendu que de moi, certes on eût choisi un autre jour. Mais Peyrehorade l'a voulu, et il a fallu lui céder. Cela me fait de la peine pourtant. S'il arrivait quelque malheur ? Il faut bien qu'il y ait une raison, car enfin pourquoi tout le monde a-t-il peur du vendredi ?

1. **Son prétendu :** son fiancé, son futur époux.
2. **Un vendredi :** jour de la mort du Christ réservé traditionnellement à la prière et au jeûne. Il ne convient donc pas aux festivités de la noce.

— Vendredi ! s'écria son mari, c'est le jour de Vénus[1] ! Bon jour pour un mariage ! Vous le voyez, mon cher collègue, je ne pense qu'à ma Vénus. D'honneur[2] ! c'est à cause d'elle que j'ai choisi le vendredi. Demain, si vous voulez, avant la noce, nous lui ferons un petit sacrifice ; nous sacrifierons deux palombes[3], et si je savais où trouver de l'encens…

— Fi donc, Peyrehorade ! interrompit sa femme scandalisée au dernier point. Encenser une idole ! Ce serait une abomination ! Que dirait-on de nous dans le pays ?

— Au moins, dit M. de Peyrehorade, tu me permettras de lui mettre sur la tête une couronne de roses et de lis :

Manibus date lilia plenis[4].

Vous le voyez, monsieur, la Charte[5] est un vain mot. Nous n'avons pas la liberté des cultes ! »

Les arrangements du lendemain furent réglés de la manière suivante. Tout le monde devait être prêt et en toilette à dix heures précises. Le chocolat pris, on se rendrait en voiture à Puygarrig. Le mariage civil devait se faire à la mairie du village, et la cérémonie religieuse dans la chapelle du château. Viendrait ensuite un déjeuner. Après le déjeuner on passerait le temps comme l'on pourrait jusqu'à sept heures. À sept heures, on retournerait à Ille, chez M. de Peyrehorade, où devaient souper les deux familles réunies. Le reste s'ensuit naturellement. Ne pouvant danser, on avait voulu manger le plus possible.

Dès huit heures j'étais assis devant la Vénus, un crayon à la main, recommençant pour la vingtième fois la tête de la statue, sans pouvoir parvenir à en saisir l'expression. M. de Peyrehorade allait et venait autour de moi, me donnait des conseils, me répétait ses étymologies phéniciennes ; puis

1. **Le jour de Vénus :** l'étymologie du mot vendredi, *Veneris dies*, associe effectivement ce jour de la semaine à la déesse Vénus.
2. **D'honneur ! :** Ma parole d'honneur !
3. **Deux palombes :** pigeons que l'on rencontre dans le sud et le sud-ouest de la France. La colombe est l'oiseau consacré à Vénus.
4. ***Manibus date lilia plenis* :** « Offrez des lis à pleines mains » (Virgile, *Énéide*, VI, 883).
5. **La Charte :** Constitution octroyée par Louis XVIII en 1814 qui organisait les cultes religieux.

disposait des roses du Bengale sur le piédestal de la statue, et d'un ton tragi-comique lui adressait des vœux pour le couple qui allait vivre sous son toit. Vers neuf heures il rentra pour songer à sa toilette, et en même temps parut M. Alphonse, bien serré dans un habit neuf, en gants blancs, souliers vernis, boutons ciselés, une rose à la boutonnière.

« Vous ferez le portrait de ma femme ? me dit-il en se penchant sur mon dessin. Elle est jolie aussi. »

En ce moment commençait, sur le jeu de paume dont j'ai parlé, une partie qui, sur-le-champ, attira l'attention de M. Alphonse. Et moi, fatigué, et désespérant de rendre cette diabolique figure, je quittai bientôt mon dessin pour regarder les joueurs. Il y avait parmi eux quelques muletiers[1] espagnols arrivés de la veille. C'étaient des Aragonais et des Navarrois[2], presque tous d'une adresse merveilleuse. Aussi les Illois, bien qu'encouragés par la présence et les conseils de M. Alphonse, furent-ils assez promptement battus par ces nouveaux champions. Les spectateurs nationaux étaient consternés. M. Alphonse regarda à sa montre. Il n'était encore que neuf heures et demie. Sa mère n'était pas coiffée. Il n'hésita plus : il ôta son habit, demanda une veste, et défia les Espagnols. Je le regardai faire en souriant, et un peu surpris.

« Il faut soutenir l'honneur du pays », dit-il.

Alors je le trouvai vraiment beau. Il était passionné. Sa toilette, qui l'occupait si fort tout à l'heure, n'était plus rien pour lui. Quelques minutes avant il eût craint de tourner la tête de peur de déranger sa cravate. Maintenant il ne pensait plus à ses cheveux frisés ni à son jabot[3] si bien plissé. Et sa fiancée ?… Ma foi, si cela eût été nécessaire, il aurait, je crois, fait ajourner le mariage. Je le vis chausser à la hâte une paire de sandales, retrousser ses manches, et, d'un air assuré, se mettre à la tête du

1. **Muletiers :** conducteurs de mules ou de mulets.
2. **Des Aragonais et des Navarrois :** originaires des deux régions frontalières de l'Espagne, l'Aragon et la Navarre.
3. **Son jabot :** l'ornement de dentelle partant du col de la chemise et couvrant la poitrine.

parti vaincu, comme César ralliant ses soldats à Dyrrachium[1]. Je sautai la haie, et me plaçai commodément à l'ombre d'un micocoulier[2], de façon à bien voir les deux camps.

Contre l'attente générale, M. Alphonse manqua la première balle ; il est vrai qu'elle vint rasant la terre et lancée avec une force surprenante par un Aragonais qui paraissait être le chef des Espagnols.

C'était un homme d'une quarantaine d'années, sec et nerveux, haut de six pieds, et sa peau olivâtre[3] avait une teinte presque aussi foncée que le bronze de la Vénus.

M. Alphonse jeta sa raquette à terre avec fureur.

« C'est cette maudite bague, s'écria-t-il, qui me serre le doigt, et me fait manquer une balle sûre ! »

Il ôta, non sans peine, sa bague de diamants : je m'approchais pour la recevoir ; mais il me prévint[4], courut à la Vénus, lui passa la bague au doigt annulaire, et reprit son poste à la tête des Illois.

Il était pâle, mais calme et résolu. Dès lors il ne fit plus une seule faute, et les Espagnols furent battus complètement. Ce fut un beau spectacle que l'enthousiasme des spectateurs : les uns poussaient mille cris de joie en jetant leurs bonnets en l'air ; d'autres lui serraient les mains, l'appelant l'honneur du pays. S'il eût repoussé une invasion, je doute qu'il eût reçu des félicitations plus vives et plus sincères. Le chagrin des vaincus ajoutait encore à l'éclat de sa victoire.

« Nous ferons d'autres parties, mon brave, dit-il à l'Aragonais d'un ton de supériorité ; mais je vous rendrai des points[5]. »

1. **Comme César ralliant ses soldats à Dyrrachium :** allusion à un épisode de la guerre civile qui opposa César à Pompée à Dyrrachium (Illyrie) en 48 av. J.-C. ; au cours de cet engagement, César fut mis en difficulté. Le récit en fut fait par César lui-même mais aussi par le poète Lucain.
2. **Micocoulier :** arbre méridional de la famille des ormes.
3. **Sa peau olivâtre :** sa peau d'un teint mat et foncé.
4. **Il me prévint :** il me devança.
5. **Je vous rendrai des points :** je vous donnerai des points d'avance, pour vous aider.

SITUER

La partie de paume à laquelle se livre Alphonse de Peyrehorade le matin même de ses noces pourrait bien apparaître comme une digression, une scène sans lien avec le nœud dramatique du conte, imaginée par l'auteur pour enrichir l'arrière-plan pittoresque de sa nouvelle. Pourtant, elle conduit le futur marié à sa perte, en lui faisant commettre une erreur fatale.

RÉFLÉCHIR

THÈMES : une scène symbolique

1. Comment peut-on expliquer que le narrateur ne parvienne pas à « saisir l'expression » de la Vénus (l. 640-642) ?

2. Pourquoi M. de Peyrehorade adresse-t-il des vœux à la statue pour le futur couple ?

3. Au cours de cette scène, Alphonse de Peyrehorade réalise une véritable métamorphose ; quelles en sont les étapes, en quoi consiste-t-elle ? Que symbolise-t-elle ?

4. Alphonse de Peyrehorade passe la bague au doigt annulaire de la statue ; que signifie habituellement ce geste ?

QUI PARLE ? QUI VOIT ? Le regard du narrateur

5. « Et sa fiancée ?... Ma foi, si cela eût été nécessaire, il aurait, je crois, fait ajourner le mariage » (l. 673-675) : que veut dire le narrateur ? Quelle est son opinion au sujet du futur marié et de son mariage avec Mlle de Puygarrig ?

6. « comme César ralliant ses soldats à Dyrrachium » (l. 677) : quel rôle cette comparaison joue-t-elle ici ?

STRATÉGIES : effets d'annonce

7. « une teinte presque aussi foncée que le bronze de la Vénus » (l. 685-686) : quel est l'intérêt de cette observation ? Même question pour la remarque concernant la taille de l'Espagnol (« haut de six pieds »).

8. En quoi la réplique finale du joueur vaincu (l. 710) semble-t-elle donner un sens dramatique à cet épisode ?

ÉCRIRE

9. Relatez la même scène en adoptant le point de vue du principal protagoniste, Alphonse.

J'aurais désiré que M. Alphonse fût plus modeste, et je fus presque peiné de l'humiliation de son rival.

Le géant espagnol ressentit profondément cette insulte. Je le vis pâlir sous sa peau basanée[1]. Il regardait d'un air morne sa raquette en serrant les dents ; puis, d'une voix étouffée, il dit tout bas : *Me lo pagarás*[2].

La voix de M. de Peyrehorade troubla le triomphe de son fils ; mon hôte, fort étonné de ne point le trouver présidant aux apprêts de la calèche neuve, le fut bien plus encore en le voyant tout en sueur, la raquette à la main. M. Alphonse courut à la maison, se lava la figure et les mains, remit son habit neuf et ses souliers vernis, et cinq minutes après nous étions au grand trot sur la route de Puygarrig. Tous les joueurs de paume de la ville et grand nombre de spectateurs nous suivirent avec des cris de joie. À peine les chevaux vigoureux qui nous traînaient pouvaient-ils maintenir leur avance sur ces intrépides Catalans.

Nous étions à Puygarrig, et le cortège allait se mettre en marche pour la mairie, lorsque M. Alphonse, se frappant le front, me dit tout bas :

« Quelle brioche[3] ! J'ai oublié la bague ! Elle est au doigt de la Vénus, que le diable puisse emporter ! Ne le dites pas à ma mère au moins. Peut-être qu'elle ne s'apercevra de rien.

— Vous pourriez envoyer quelqu'un, lui dis-je.

— Bah ! mon domestique est resté à Ille. Ceux-ci, je ne m'y fie guère. Douze cents francs de diamants ! cela pourrait en tenter plus d'un. D'ailleurs que penserait-on ici de ma distraction ? Ils se moqueraient trop de moi. Ils m'appelleraient le mari de la statue... Pourvu qu'on ne me la vole pas ! Heureusement que l'idole fait peur à mes coquins. Ils n'osent l'approcher à longueur de bras. Bah ! ce n'est rien ; j'ai une autre bague. »

Les deux cérémonies civile et religieuse s'accomplirent avec la pompe[4] convenable ; et Mlle de Puygarrig reçut

1. Basanée : bronzée, foncée.
2. ***Me lo pagarás*** **:** « Tu me le paieras. »
3. Quelle brioche ! : Quelle sottise !
4. Pompe : cérémonial.

l'anneau d'une modiste[1] de Paris, sans se douter que son fiancé lui faisait le sacrifice d'un gage amoureux. Puis on se mit à table, où l'on but, mangea, chanta même, le tout fort longuement. Je souffrais pour la mariée de la grosse joie[2] qui éclatait autour d'elle ; pourtant elle faisait meilleure contenance que je ne l'aurais espéré, et son embarras n'était ni de la gaucherie ni de l'affectation.

Peut-être le courage vient-il avec les situations difficiles.

Le déjeuner terminé quand il plut à Dieu, il était quatre heures ; les hommes allèrent se promener dans le parc, qui était magnifique, ou regardèrent danser sur la pelouse du château les paysannes de Puygarrig, parées de leurs habits de fête. De la sorte, nous employâmes quelques heures. Cependant les femmes étaient fort empressées autour de la mariée, qui leur faisait admirer sa corbeille[3]. Puis elle changea de toilette, et je remarquai qu'elle couvrit ses beaux cheveux d'un bonnet et d'un chapeau à plumes, car les femmes n'ont rien de plus pressé que de prendre, aussitôt qu'elles le peuvent, les parures que l'usage leur défend de porter quand elles sont encore demoiselles.

Il était près de huit heures quand on se disposa à partir pour Ille. Mais d'abord eut lieu une scène pathétique. La tante de Mlle de Puygarrig, qui lui servait de mère, femme très âgée et fort dévote[4], ne devait point aller avec nous à la ville. Au départ, elle fit à sa nièce un sermon touchant sur ses devoirs d'épouse, duquel sermon résulta un torrent de larmes et des embrassements sans fin. M. de Peyrehorade comparait cette séparation à l'enlèvement des Sabines[5]. Nous

1. **Modiste :** femme qui confectionne et vend des articles de mode, en particulier des chapeaux.
2. **La grosse joie :** la joie grossière et vulgaire.
3. **Sa corbeille :** l'ensemble des cadeaux offerts à la mariée.
4. **Dévote :** attachée à la religion, très pieuse (souvent péjoratif).
5. **L'enlèvement des Sabines :** épisode légendaire des premiers temps de Rome. Romulus et ses compagnons, qui manquaient de femmes pour peupler la ville qu'ils venaient de fonder, enlevèrent les femmes et les filles de leurs voisins Sabins et s'unirent à elles.

partîmes pourtant, et, pendant la route, chacun s'évertua pour distraire la mariée et la faire rire ; mais ce fut en vain.

À Ille, le souper nous attendait, et quel souper ! Si la grosse joie du matin m'avait choqué, je le fus bien davantage des équivoques et des plaisanteries dont le marié et la mariée surtout furent l'objet. Le marié, qui avait disparu un instant avant de se mettre à table, était pâle et d'un sérieux de glace. Il buvait à chaque instant du vieux vin de Collioure presque aussi fort que de l'eau-de-vie. J'étais à côté de lui, et me crus obligé de l'avertir :

« Prenez garde ! on dit que le vin... »

Je ne sais quelle sottise je lui dis pour me mettre à l'unisson des convives.

Il me poussa le genou, et très bas il me dit :

« Quand on se lèvera de table..., que je puisse vous dire deux mots. »

Son ton solennel me surprit. Je le regardai plus attentivement, et je remarquai l'étrange altération de ses traits[1].

« Vous sentez-vous indisposé ? lui demandai-je.

— Non. »

Et il se remit à boire.

Cependant, au milieu des cris et des battements de mains, un enfant de onze ans, qui s'était glissé sous la table, montrait aux assistants un joli ruban blanc et rose qu'il venait de détacher de la cheville de la mariée. On appelle cela sa jarretière. Elle fut aussitôt coupée par morceaux et distribuée aux jeunes gens, qui en ornèrent leur boutonnière, suivant un antique usage qui se conserve encore dans quelques familles patriarcales. Ce fut pour la mariée une occasion de rougir jusqu'au blanc des yeux. Mais son trouble fut au comble lorsque M. de Peyrehorade, ayant réclamé le silence, lui chanta quelques vers catalans, impromptu[2], disait-il. En voici le sens, si je l'ai bien compris :

1. **L'étrange altération de ses traits :** les traits de son visage étaient transformés.
2. **Impromptu :** d'une manière improvisée.

« Qu'est ce donc, mes amis ? Le vin que j'ai bu me fait-il voir double ? Il y a deux Vénus ici… »

Le marié tourna brusquement la tête d'un air effaré, qui fit rire tout le monde.

« Oui, poursuivit M. de Peyrehorade, il y a deux Vénus sous mon toit. L'une, je l'ai trouvée dans la terre comme une truffe ; l'autre, descendue des cieux, vient de nous partager sa ceinture. »

Il voulait dire sa jarretière.

« Mon fils, choisis de la Vénus romaine ou de la catalane celle que tu préfères. Le maraud[1] prend la catalane, et sa part est la meilleure. La romaine est noire, la catalane est blanche. La romaine est froide, la catalane enflamme tout ce qui l'approche. »

Cette chute[2] excita un tel hourra, des applaudissements si bruyants et des rires si sonores, que je crus que le plafond allait nous tomber sur la tête. Autour de la table il n'y avait que trois visages sérieux, ceux des mariés et le mien. J'avais un grand mal de tête ; et puis, je ne sais pourquoi, un mariage m'attriste toujours. Celui-là, en outre, me dégoûtait un peu.

Les derniers couplets ayant été chantés par l'adjoint du maire, et ils étaient fort lestes[3], je dois le dire, on passa dans le salon pour jouir du départ de la mariée, qui devait être bientôt conduite à sa chambre, car il était près de minuit.

M. Alphonse me tira dans l'embrasure d'une fenêtre, et me dit en détournant les yeux :

« Vous allez vous moquer de moi… Mais je ne sais ce que j'ai… je suis ensorcelé ! le diable m'emporte ! »

La première pensée qui me vint fut qu'il se croyait menacé de quelque malheur du genre de ceux dont parlent Montaigne et Mme de Sévigné : « Tout l'empire amoureux est plein d'histoires tragiques », etc.

Je croyais que ces sortes d'accidents n'arrivaient qu'aux gens d'esprit, me dis-je à moi-même.

---

1. **Maraud :** vaurien.
2. **Cette chute :** cette fin spirituelle.
3. **Ils étaient fort lestes :** ils étaient licencieux et grivois.

« Vous avez trop bu de vin de Collioure, mon cher monsieur Alphonse, lui dis-je. Je vous avais prévenu.

— Oui, peut-être. Mais c'est quelque chose de bien plus terrible. »

Il avait la voix entrecoupée. Je le crus tout à fait ivre.

« Vous savez bien, mon anneau ? poursuivit-il après un silence.

— Eh bien ! on l'a pris ?

— Non.

— En ce cas, vous l'avez ?

— Non… je… je ne puis l'ôter du doigt de cette diable de Vénus.

— Bon ! vous n'avez pas tiré assez fort.

— Si fait… Mais la Vénus… elle a serré le doigt. »

Il me regardait fixement d'un air hagard, s'appuyant à l'espagnolette[1] pour ne pas tomber.

« Quel conte ! lui dis-je. Vous avez trop enfoncé l'anneau. Demain vous l'aurez avec des tenailles. Mais prenez garde de gâter[2] la statue.

— Non, vous dis-je. Le doigt de la Vénus est retiré[3], reployé ; elle serre la main, m'entendez-vous ?… C'est ma femme, apparemment, puisque je lui ai donné mon anneau… Elle ne veut plus le rendre. »

J'éprouvai un frisson subit, et j'eus un instant la chair de poule. Puis, un grand soupir qu'il fit m'envoya une bouffée de vin, et toute émotion disparut.

Le misérable, pensai-je, est complètement ivre.

« Vous êtes antiquaire, monsieur, ajouta le marié d'un ton lamentable ; vous connaissez ces statues-là… il y a peut-être quelque ressort, quelque diablerie[4], que je ne connais point… Si vous alliez voir ?

— Volontiers, dis-je. Venez avec moi.

— Non, j'aime mieux que vous y alliez seul. »

1. **L'espagnolette :** la poignée de la fenêtre.
2. **Gâter :** abîmer.
3. **Retiré :** recourbé.
4. **Quelque diablerie :** quelque maléfice ou mauvais tour.

Je sortis du salon.

Le temps avait changé pendant le souper, et la pluie commençait à tomber avec force. J'allais demander un parapluie, lorsqu'une réflexion m'arrêta. Je serais un bien grand sot, me dis-je, d'aller vérifier ce que m'a dit un homme ivre ! Peut-être, d'ailleurs, a-t-il voulu me faire quelque méchante plaisanterie pour apprêter à rire à ces honnêtes provinciaux ; et le moins qu'il puisse m'en arriver, c'est d'être trempé jusqu'aux os et d'attraper un bon rhume.

De la porte je jetai un coup d'œil sur la statue ruisselante d'eau, et je montai dans ma chambre sans rentrer dans le salon. Je me couchai ; mais le sommeil fut long à venir. Toutes les scènes de la journée se représentaient à mon esprit. Je pensais à cette jeune fille si belle et si pure abandonnée à un ivrogne brutal. Quelle odieuse chose, me disais-je, qu'un mariage de convenance ! Un maire revêt une écharpe tricolore, un curé une étole[1], et voilà la plus honnête fille du monde livrée au Minotaure[2]. Deux êtres qui ne s'aiment pas, que peuvent-ils se dire dans un pareil moment, que deux amants achèteraient au prix de leur existence ? Une femme peut-elle jamais aimer un homme qu'elle aura vu grossier une fois ? Les premières impressions ne s'effacent pas, et j'en suis sûr, ce M. Alphonse méritera bien d'être haï...

Durant mon monologue, que j'abrège beaucoup, j'avais entendu force allées et venues dans la maison, les portes s'ouvrir et se fermer, des voitures partir ; puis il me semblait avoir entendu sur l'escalier les pas légers de plusieurs femmes se dirigeant vers l'extrémité du corridor opposé à ma chambre. C'était probablement le cortège de la mariée qu'on menait au lit. Ensuite on avait redescendu l'escalier. La porte de Mme de Peyrehorade s'était fermée. Que cette pauvre fille, me dis-je, doit être troublée et mal à son aise ! Je me tournais dans mon lit de mauvaise humeur.

---

1. **Étole :** bande d'étoffe portée au cou par les ministres du culte.
2. **Minotaure :** monstre de la mythologie grecque, mi-homme, mi-taureau, enfermé dans le Labyrinthe construit par Dédale, qui dévorait chaque année sept jeunes gens et sept jeunes filles.

Un garçon[1] joue un sot rôle dans une maison où s'accomplit un mariage.

Le silence régnait depuis quelque temps lorsqu'il fut troublé par des pas lourds qui montaient l'escalier. Les marches de bois craquèrent fortement.

« Quel butor[2] ! m'écriai-je. Je parie qu'il va tomber dans l'escalier. »

Tout redevint tranquille. Je pris un livre pour changer le cours de mes idées. C'était une statistique du département, ornée d'un mémoire de M. de Peyrehorade sur les monuments druidiques de l'arrondissement de Prades. Je m'assoupis à la troisième page.

Je dormis mal et me réveillai plusieurs fois. Il pouvait être cinq heures du matin, et j'étais éveillé depuis plus de vingt minutes lorsque le coq chanta. Le jour allait se lever. Alors j'entendis distinctement les mêmes pas lourds, le même craquement de l'escalier que j'avais entendus avant de m'endormir. Cela me parut singulier. J'essayai, en bâillant, de deviner pourquoi M. Alphonse se levait si matin. Je n'imaginais rien de vraisemblable. J'allais refermer les yeux lorsque mon attention fut de nouveau excitée par des trépignements[3] étranges auxquels se mêlèrent bientôt le tintement des sonnettes et le bruit de portes qui s'ouvraient avec fracas, puis je distinguai des cris confus.

Mon ivrogne aura mis le feu quelque part ! pensais-je en sautant à bas de mon lit.

Je m'habillai rapidement et j'entrai dans le corridor. De l'extrémité opposée partaient des cris et des lamentations, et une voix déchirante dominait toutes les autres : « Mon fils ! mon fils ! » Il était évident qu'un malheur était arrivé à M. Alphonse. Je courus à la chambre nuptiale : elle était pleine de monde. Le premier spectacle qui frappa ma vue fut le jeune homme à demi vêtu, étendu en travers sur le lit dont

1. **Garçon :** homme célibataire.
2. **Quel butor ! :** Quel rustre !
3. **Trépignements :** bruits de pas précipités.

SITUER

Le dîner suivant une cérémonie de mariage est toujours un moment de joie, propice à tous les amusements et à tous les excès. Le narrateur s'attarde à décrire cette fête pour mieux marquer son détachement vis-à-vis de ces réjouissances campagnardes. Mais cette gaieté précède un malheur que les angoisses du jeune marié laissent pressentir.

RÉFLÉCHIR

QUI PARLE ? QUI VOIT ? Un observateur distant

1. Relevez les observations et remarques par lesquelles le narrateur marque sa distance à l'égard des réjouissances du dîner. Que révèlent-elles sur son état d'esprit ?

TONALITÉS : entre joie et désespoir

2. Comment le trouble du marié se manifeste-t-il ?

3. Comment expliquer que le visage de la mariée soit lui aussi sérieux (l. 816) ?

4. « Je croyais que ces sortes d'accidents n'arrivaient qu'aux gens d'esprit » (l. 831-832) : à quel malheur le narrateur pense-t-il ?

5. « Non, j'aime mieux que vous y alliez seul » (l. 865) : pourquoi Alphonse de Peyrehorade ne veut-il pas accompagner le narrateur ?

6. Pourquoi le narrateur ne regagne-t-il pas le salon après être sorti ?

7. Pourquoi le narrateur compare-t-il Alphonse au Minotaure (l. 883) ?

MISE EN SCÈNE : la préparation du drame

8. « Le temps avait changé pendant le souper, et la pluie commençait à tomber avec force » (l. 867-868) : quelle fonction ce changement de temps remplit-il ?

ÉCRIRE

9. La jeune mariée semble ne pas partager la joie commune. Quelles sont ses pensées, quels sont ses sentiments au cours de ce dîner ? Vous les présenterez sous la forme d'un monologue intérieur*.

Les deux journées suivant l'arrivée du narrateur à Ille sont riches en événements : examen de la statue de Vénus, premier déplacement à Puygarrig et rencontre de la future mariée, partie de paume, mariage, dîner de noces. Mais l'ombre de la statue semble planer sur chacun de ces épisodes. Le récit accumule allusions et indices, annonçant un dénouement tragique.

THÈMES : un mariage impossible

Le mariage constitue l'un des motifs centraux de cette nouvelle, placée sous le signe de Vénus, déesse présidant à l'amour et aux unions. De nombreux signes semblent pourtant s'opposer à ces noces.

1. L'intrigue bénéficie d'un arrière-plan historique et sociologique intéressant ; relevez toutes les indications qui font de ce texte un témoignage sur le mariage à l'époque de Mérimée.

2. Quels traits de caractère opposent Alphonse de Peyrehorade à sa fiancée ? Faites un portrait parallèle des deux jeunes gens.

3. Quelles sont les indications du texte établissant une relation de concurrence entre la future mariée et la Vénus ?

4. Pourquoi peut-on dire que la présence de Vénus domine toute la seconde partie de la nouvelle ?

5. Pourquoi le motif de l'anneau laisse-t-il présager un mariage impossible ?

SOCIÉTÉ : croyances et superstitions

La société rurale décrite par l'auteur est fortement empreinte de religiosité. Le conte oppose cependant deux mondes différents, le monde païen et ses mythes et la pratique chrétienne.

6. Montrez en quoi M. et Mme de Peyrehorade incarnent chacun une position en matière de croyance religieuse. Quelle paraît être la position du narrateur à cet égard ?

7. Étudiez dans cette partie la présence de la superstition.

8. Plusieurs allusions à la mythologie antique se glissent dans le texte : relevez-les et expliquez-les. Qu'ont-elles en commun ?

le bois était brisé. Il était livide[1], sans mouvement. Sa mère pleurait et criait à côté de lui. M. de Peyrehorade s'agitait, lui frottait les tempes avec de l'eau de Cologne, ou lui mettait des sels sous le nez. Hélas ! depuis longtemps son fils était mort. Sur un canapé, à l'autre bout de la chambre, était la mariée, en proie à d'horribles convulsions. Elle poussait des cris inarticulés, et deux robustes servantes avaient toutes les peines du monde à la contenir.

« Mon Dieu ! m'écriai-je, qu'est-il donc arrivé ? »

Je m'approchai du lit et soulevai le corps du malheureux jeune homme ; il était déjà roide et froid. Ses dents serrées et sa figure noircie exprimaient les plus affreuses angoisses. Il paraissait assez que sa mort avait été violente et son agonie terrible. Nulle trace de sang cependant sur ses habits. J'écartai sa chemise et vis sur sa poitrine une empreinte livide qui se prolongeait sur les côtes et le dos. On eût dit qu'il avait été étreint dans un cercle de fer. Mon pied posa sur quelque chose de dur qui se trouvait sur le tapis ; je me baissai et vis la bague de diamants.

J'entraînai M. de Peyrehorade et sa femme dans leur chambre ; puis j'y fis porter la mariée. « Vous avez encore une fille, leur dis-je, vous lui devez vos soins. » Alors je les laissai seuls.

Il ne me paraissait pas douteux que M. Alphonse n'eût été victime d'un assassinat dont les auteurs avaient trouvé moyen de s'introduire la nuit dans la chambre de la mariée. Ces meurtrissures à la poitrine, leur direction circulaire m'embarrassaient beaucoup pourtant, car un bâton ou une barre de fer n'aurait pu les produire. Tout d'un coup je me souvins d'avoir entendu dire qu'à Valence des braves[2] se servaient de longs sacs de cuir remplis de sable fin pour assommer les gens dont on leur avait payé la mort. Aussitôt je me rappelai le muletier aragonais et sa menace ; toutefois

1. **Livide :** de couleur bleuâtre. Autre sens : pâle. Cette couleur est en tout cas liée à la mort.
2. **Braves :** tueurs à gages.

j'osais à peine penser qu'il eût tiré une si terrible vengeance d'une plaisanterie légère.

J'allais dans la maison, cherchant partout des traces d'effraction, et n'en trouvant nulle part. Je descendis dans le jardin pour voir si les assassins avaient pu s'introduire de ce côté ; mais je ne trouvai aucun indice certain. La pluie de la veille avait d'ailleurs tellement détrempé le sol, qu'il n'aurait pu garder d'empreinte bien nette. J'observai pourtant quelques pas profondément imprimés dans la terre : il y en avait dans deux directions contraires, mais sur une même ligne, partant de l'angle de la haie contiguë au jeu de paume et aboutissant à la porte de la maison. Ce pouvait être les pas de M. Alphonse lorsqu'il était allé chercher son anneau au doigt de la statue. D'un autre côté, la haie, en cet endroit, étant moins fourrée qu'ailleurs, ce devait être sur ce point que les meurtriers l'auraient franchie. Passant et repassant devant la statue, je m'arrêtai un instant pour la considérer. Cette fois, je l'avouerai, je ne pus contempler sans effroi son expression de méchanceté ironique ; et, la tête toute pleine des scènes horribles dont je venais d'être le témoin, il me sembla voir une divinité infernale applaudissant au malheur qui frappait cette maison.

Je regagnai ma chambre et j'y restai jusqu'à midi. Alors je sortis et demandai des nouvelles de mes hôtes. Ils étaient un peu plus calmes. Mlle de Puygarrig, je devrais dire la veuve de M. Alphonse, avait repris connaissance. Elle avait même parlé au procureur du roi de Perpignan, alors en tournée à Ille, et ce magistrat avait reçu sa déposition. Il me demanda la mienne. Je lui dis ce que je savais, et ne lui cachai pas mes soupçons contre le muletier aragonais. Il ordonna qu'il fût arrêté sur-le-champ.

« Avez-vous appris quelque chose de Mme Alphonse ? » demandai-je au procureur du roi, lorsque ma déposition fut écrite et signée.

« Cette malheureuse jeune personne est devenue folle, me dit-il en souriant tristement. Folle ! tout à fait folle. Voici ce qu'elle conte :

Elle était couchée, dit-elle, depuis quelques minutes, les rideaux tirés, lorsque la porte de sa chambre s'ouvrit, et

SITUER

La mésaventure d'Alphonse et la frayeur qui en découle sont venues troubler le bonheur des noces. Cette montée de la tension ne permet plus de douter qu'un malheur est sur le point de se produire. Une nuit pluvieuse et froide paraît propice au drame.

RÉFLÉCHIR

QUI PARLE ? QUI VOIT ? Les perceptions du narrateur

1. À quels pas faut-il opposer les « pas lourds » (l. 902) entendus par le narrateur dans l'escalier ?

2. « Je m'assoupis à la troisième page » (l. 909-910) ; que veut nous faire comprendre le narrateur ?

3. Étudiez le champ lexical du son et de l'audition dans la première partie de l'extrait. En quoi ce champ lexical est-il propre à la situation du narrateur ?

STRUCTURE : la multiplication des indices

4. « le lit dont le bois était brisé » (l. 931-932) : pourquoi ce détail a-t-il de l'importance ?

5. « les auteurs » (l. 956) : qu'est-ce qui justifie ce pluriel ?

6. Pourquoi la pluie est-elle un élément essentiel de cet épisode ?

7. « l'angle de la haie contiguë au jeu de paume » (l. 975) : que désigne cette direction ?

8. D'après le récit de la jeune veuve, Alphonse fut le second à entrer dans la chambre ; pourquoi le narrateur ne l'a-t-il pas entendu monter les escaliers à son tour ?

9. « La personne qui était dans le lit [...] parut étendre les bras en avant » (l. 1016-1017) ; comment interprétez-vous ce geste de la statue ?

10. Le récit fait par Mlle de Puygarrig contredit-il ou au contraire concorde-t-il avec les propres perceptions et observations du narrateur ? Donnez l'ensemble des éléments permettant de justifier votre réponse.

ÉCRIRE

11. Rédigez l'article de presse qui aurait pu relater les faits décrits dans ce passage. Vous vous inspirerez du style propre au journalisme pour présenter ce meurtre mystérieux.

quelqu'un entra. Alors Mme Alphonse était dans la ruelle du lit[1], la figure tournée vers la muraille. Elle ne fit pas un mouvement, persuadée que c'était son mari. Au bout d'un instant, le lit cria comme s'il était chargé d'un poids énorme. Elle eut grand'peur, mais n'osa pas tourner la tête. Cinq minutes, dix minutes peut-être… elle ne peut se rendre compte du temps, se passèrent de la sorte. Puis elle fit un mouvement involontaire, ou bien la personne qui était dans le lit en fit un, et elle sentit le contact de quelque chose de froid comme la glace, ce sont ses expressions. Elle s'enfonça dans la ruelle, tremblant de tous ses membres. Peu après, la porte s'ouvrit une seconde fois, et quelqu'un entra, qui dit : bonsoir, ma petite femme. Bientôt après on tira les rideaux. Elle entendit un cri étouffé. La personne qui était dans le lit, à côté d'elle, se leva sur son séant[2] et parut étendre les bras en avant. Elle tourna la tête alors… et vit, dit-elle, son mari à genoux auprès du lit, la tête à la hauteur de l'oreiller, entre les bras d'une espèce de géant verdâtre qui l'étreignait avec force. Elle dit, et m'a répété vingt fois, pauvre femme !… elle dit qu'elle a reconnu… devinez-vous ? La Vénus de bronze, la statue de M. de Peyrehorade… Depuis qu'elle est dans le pays, tout le monde en rêve. Mais je reprends le récit de la malheureuse folle. À ce spectacle, elle perdit connaissance, et probablement depuis quelques instants elle avait perdu la raison. Elle ne peut en aucune façon dire combien de temps elle demeura évanouie. Revenue à elle, elle revit le fantôme, ou la statue, comme elle dit toujours, immobile, les jambes et le bas du corps dans le lit, le buste et les bras étendus en avant, et entre ses bras son mari, sans mouvement. Un coq chanta. Alors la statue sortit du lit, laissa tomber le cadavre et sortit. Mme Alphonse se pendit à la sonnette, et vous savez le reste. »

On amena l'Espagnol ; il était calme, et se défendit avec beaucoup de sang-froid et de présence d'esprit. Du reste, il ne nia pas le propos que j'avais entendu ; mais il l'expliquait, prétendant qu'il n'avait voulu dire autre chose, sinon que le

1. **La ruelle du lit :** espace situé entre le lit et le mur.
2. **Se leva sur son séant :** s'assit.

lendemain, reposé qu'il serait, il aurait gagné une partie de paume à son vainqueur. Je me rappelle qu'il ajouta :

« Un Aragonais, lorsqu'il est outragé, n'attend pas au lendemain pour se venger. Si j'avais cru que M. Alphonse eût voulu m'insulter, je lui aurais sur-le-champ donné de mon couteau dans le ventre. »

On compara ses souliers avec les empreintes de pas dans le jardin ; ses souliers étaient beaucoup plus grands.

Enfin l'hôtelier chez qui cet homme était logé assura qu'il avait passé toute la nuit à frotter et à médicamenter[1] un de ses mulets qui était malade.

D'ailleurs cet Aragonais était un homme bien famé[2], fort connu dans le pays, où il venait tous les ans pour son commerce. On le relâcha donc en lui faisant des excuses.

J'oubliais la déposition d'un domestique qui le dernier avait vu M. Alphonse vivant. C'était au moment qu'il allait monter chez sa femme, et, appelant cet homme, il lui demanda d'un air d'inquiétude s'il savait où j'étais. Le domestique répondit qu'il ne m'avait point vu. Alors M. Alphonse fit un soupir et resta plus d'une minute sans parler, puis il dit : « Allons ! le diable l'aura emporté aussi ! »

Je demandai à cet homme si M. Alphonse avait sa bague de diamants lorsqu'il lui parla. Le domestique hésita pour répondre ; enfin il dit qu'il ne le croyait pas, qu'il n'y avait fait au reste aucune attention. « S'il avait eu cette bague au doigt, ajouta-t-il en se reprenant, je l'aurais sans doute remarquée, car je croyais qu'il l'avait donnée à Mme Alphonse. »

En questionnant cet homme je ressentais un peu de la terreur superstitieuse que la déposition de Mme Alphonse avait répandue dans toute la maison. Le procureur du roi me regarda en souriant, et je me gardai bien d'insister.

Quelques heures après les funérailles de M. Alphonse, je me disposai à quitter Ille. La voiture de M. de Peyrehorade devait me conduire à Perpignan. Malgré son état de faiblesse, le pauvre vieillard voulut m'accompagner jusqu'à la

1. **Médicamenter :** soigner.
2. **Bien famé :** de bonne réputation.

porte de son jardin. Nous le traversâmes en silence, lui se traînant à peine, appuyé sur mon bras. Au moment de nous séparer, je jetai un dernier regard sur la Vénus. Je prévoyais bien que mon hôte, quoiqu'il ne partageât point les terreurs et les haines qu'elle inspirait à une partie de sa famille, voudrait se défaire[1] d'un objet qui lui rappellerait sans cesse un malheur affreux. Mon intention était de l'engager à la placer dans un musée. J'hésitais pour entrer en matière, quand M. de Peyrehorade tourna machinalement la tête du côté où il me voyait regarder fixement. Il aperçut la statue et aussitôt fondit en larmes. Je l'embrassai, et, sans oser lui dire un seul mot, je montai dans la voiture.

Depuis mon départ je n'ai point appris que quelque jour nouveau[2] soit venu éclairer cette mystérieuse catastrophe.

M. de Peyrehorade mourut quelques mois après son fils. Par son testament il m'a légué ses manuscrits, que je publierai peut-être un jour. Je n'y ai point trouvé le mémoire relatif aux inscriptions de la Vénus.

P.-S. Mon ami M. de P. vient de m'écrire de Perpignan que la statue n'existe plus. Après la mort de son mari, le premier soin de Mme de Peyrehorade fut de la faire fondre en cloche, et sous cette nouvelle forme elle sert à l'église d'Ille. Mais, ajoute M. de P., il semble qu'un mauvais sort poursuive ceux qui possèdent ce bronze. Depuis que cette cloche sonne à Ille, les vignes ont gelé deux fois.

---

1. **Se défaire :** se débarrasser.
2. **Quelque jour :** quelque éclaircissement, quelque explication.

Conte fantastique ou nouvelle policière ? Le récit de Mérimée, dont le dénouement n'offre aucune résolution, s'apparente à ces deux genres. Bien que le caractère fantastique de cette nouvelle soit fortement suggéré par l'arrière-plan mythologique et le motif de la superstition, l'histoire peut aussi bien se lire comme le récit pittoresque d'un drame campagnard.

QUI PARLE ? QUI VOIT ? Le regard amusé du narrateur

Tout au long de son récit, le narrateur ne manque pas d'ironiser sur ses hôtes, marquant ainsi sa distance avec la petite société provinciale qu'il décrit. Cette distance se maintient jusque dans le dénouement du conte.

1. Quelle est la position du narrateur quant au drame auquel il a assisté ? Relevez, dans les derniers paragraphes du récit, les éléments révélant son état d'esprit.

2. Quelles circonstances semblent discréditer la version de l'assassinat par la statue de bronze ?

GENRES : le roman policier

Bien que le roman policier soit un genre littéraire encore balbutiant à l'époque de Mérimée, il n'en compte pas moins déjà quelques exemples célèbres, parmi lesquels *La Vénus d'Ille* pourrait prendre place.

3. À partir des indications présentes dans la narration, établissez la chronologie des événements. Que pensez-vous des indications temporelles données par le narrateur ?

4. Relevez également toutes les indications sur les lieux où se déroule l'action principale (la maison de la famille Peyrehorade et ses alentours immédiats). Vous permettent-elles de vous en faire une représentation précise ? Vous pourrez répondre à la question en essayant d'établir un plan des lieux.

5. Quels sont les motifs et les thèmes mis en œuvre dans cette nouvelle, permettant de la comparer à un roman policier ?

GENRES : l'inspiration réaliste

Mérimée n'a jamais adhéré à l'esthétique réaliste incarnée par certains de ses contemporains. Pourtant, *La Vénus d'Ille* emprunte au roman réaliste certains de ses thèmes de prédilection.

6. À quelle époque l'histoire relatée est-elle censée s'être déroulée ? Relevez toutes les indications permettant de la situer dans le temps.

7. Quels éléments formels tendent à présenter ce récit comme la relation d'événements qui se seraient effectivement déroulés ?

8. À quelle(s) catégorie(s) sociale(s) les protagonistes de la nouvelle appartiennent-ils ?

9. En quoi peut-on dire que le traitement des personnages tend à la caricature ?

10. Comment le thème du mariage et de l'amour est-il traité dans cette nouvelle ?

STRATÉGIES : un conte pour « antiquaires »

En rédigeant cette nouvelle, l'auteur semble avoir visé en particulier un certain lectorat, constitué de lettrés et d'érudits comme lui. La culture classique y est très présente et lui donne en grande partie son sens.

11. En quoi le narrateur se distingue-t-il des autres personnages de la nouvelle ? Quel trait de caractère semble le définir principalement ?

12. Reprenez toutes les citations et références à la culture de l'Antiquité classique présentes dans le texte. Estimez-vous que l'auteur les suppose connues de ses lecteurs ? Justifiez votre réponse.

13. En quoi la figure de Vénus commande-t-elle l'intrigue ?

Il Viccolo di Madama Lucrezia*

J'avais vingt-trois ans quand je partis pour Rome. Mon père me donna une douzaine de lettres de recommandation[1], dont une seule, qui n'avait pas moins de quatre pages, était cachetée. Il y avait sur l'adresse : « À la marquise Aldobrandi. »

« Tu m'écriras, me dit mon père, si la marquise est encore belle. »

Or, depuis mon enfance, je voyais dans son cabinet, suspendu à la cheminée, le portrait en miniature d'une fort jolie femme, la tête poudrée et couronnée de lierre, avec une peau de tigre sur l'épaule. Sur le fond, on lisait : Roma 18. Le costume me paraissant singulier, il m'était arrivé bien des fois de demander quelle était cette dame. On me répondait : « C'est une bacchante[2] » ; mais cette réponse ne me satisfaisait guère ; même je soupçonnais un secret ; car, à cette question si simple, ma mère pinçait les lèvres, et mon père prenait un air sérieux.

Cette fois, en me donnant la lettre cachetée, il regarda le portrait à la dérobée[3] ; j'en fis de même involontairement, et l'idée me vint que cette bacchante poudrée pouvait bien être la marquise Aldobrandi. Comme je commençais à comprendre les choses de ce monde, je tirai toute sorte de conclusions des mines de ma mère et du regard de mon père.

---

* Le viccolo di Madama Lucrezia était une petite rue tortueuse de Rome, débouchant sur la place San Marco. Elle devait son nom à une statue appelée « Madonna Lucrezia », qui représentait probablement une divinité antique (note de l'auteur).

1. **Une douzaine de lettres de recommandation :** lorsqu'un jeune homme de bonne famille voyageait, l'usage était qu'il se fasse introduire sur son lieu de séjour auprès des relations influentes de sa famille au moyen de lettres qui le présentaient et le recommandaient.
2. **C'est une bacchante :** dans la Grèce antique, les bacchantes rendaient un culte à Dionysos (ou Bacchus) en se revêtant des attributs du dieu et en se livrant à des processions et à des danses effrénées.
3. **À la dérobée :** furtivement, en veillant à ne pas être vu.

Arrivé à Rome, la première lettre que j'allai rendre fut celle de la marquise. Elle demeurait dans un beau palais près de la place Saint-Marc.

Je donnai ma lettre et ma carte à un domestique en livrée jaune[1] qui m'introduisit dans un vaste salon, sombre et triste, assez mal meublé. Mais dans tous les palais de Rome, il y a des tableaux de maîtres. Ce salon en contenait un assez grand nombre, dont plusieurs fort remarquables.

Je distinguai tout d'abord un portrait de femme qui me parut être un Léonard de Vinci. À la richesse du cadre, au chevalet de palissandre[2] sur lequel il était posé, on ne pouvait douter que ce ne fût le morceau capital de la collection. Comme la marquise ne venait pas, j'eus tout le loisir de l'examiner. Je le portai même près d'une fenêtre afin de le voir sous un jour plus favorable. C'était bien évidemment un portrait, non une tête de fantaisie, car on n'invente pas de ces physionomies-là : une belle femme avec les lèvres un peu grosses, les sourcils presque joints, le regard altier et caressant tout à la fois. Dans le fond, on voyait son écusson surmonté d'une couronne ducale. Mais ce qui me frappa le plus, c'est que le costume, à la poudre près, était le même que celui de la bacchante de mon père. Je tenais encore le portrait à la main quand la marquise entra.

« Juste comme son père ! s'écria-t-elle en s'avançant vers moi. Ah ! les Français ! les Français ! À peine arrivé, et déjà il s'empare de *Madame Lucrèce*. »

Je m'empressai de faire mes excuses pour mon indiscrétion, et me jetai dans des éloges à perte de vue sur le chef-d'œuvre de Léonard que j'avais eu la témérité de déplacer.

« C'est en effet un Léonard, dit la marquise, et c'est le portrait de la trop fameuse Lucrèce Borgia[3]. De tous mes

1. **En livrée jaune :** les domestiques portaient des uniformes dont la couleur correspondait à celle de la maison de leurs maîtres.
2. **Palissandre :** bois exotique et précieux.
3. **Lucrèce Borgia :** dame de la grande noblesse romaine (1480-1519), célèbre par sa beauté et sa culture ; elle protégea les arts et les sciences. Victor Hugo en fit une courtisane criminelle dans son drame de 1833. Le récit de cette légende sera donné plus loin par l'auteur.

SITUER

Le narrateur est un jeune homme en voyage à Rome. Son premier contact avec cette ville est la rencontre d'une noble dame, amie de sa famille, dont les charmes semblent faire la réputation. La séduction féminine sera de fait au cœur de l'intrigue de ce séjour romain.

RÉFLÉCHIR

PERSONNAGES : portrait d'une hôtesse

1. Comment peut-on expliquer la longueur de la lettre de recommandation adressée par le père du narrateur à la marquise Aldobrandi ?

2. « C'est une bacchante » (l. 14) : comment peut-on interpréter cette réponse ?

3. En quoi l'aspect du salon de la marquise reflète-t-il la personnalité de la maîtresse des lieux ?

4. Relevez l'ensemble des éléments indiquant le statut social de la marquise.

5. « Regardez-moi, dit-elle, comme votre mère... » (l. 70) : on peut percevoir un double sens dans cette déclaration, lequel ?

THÈMES : portraits et ressemblances

6. Quelle relation semble exister entre le portrait de la marquise suspendu dans le cabinet du père du narrateur et le portrait de Lucrèce Borgia par Léonard de Vinci ? Quel détail indique d'emblée que ces tableaux ne représentent pas la même personne ?

7. Expliquez en quoi les motifs du portrait et de la ressemblance physique constituent les thèmes unificateurs de ce prologue.

8. « C'était bien évidemment un portrait, non une tête de fantaisie, car on n'invente pas de ces physionomies-là » (l. 38-40) : en quoi les traits de la belle femme représentée sur le tableau justifient-ils cette déduction du narrateur ?

ÉCRIRE

9. Comme le jeune narrateur, vous rencontrez pour la première fois quelqu'un dont on vous a déjà parlé. Écrivez le récit de cette rencontre.

tableaux, c'est celui que votre père admirait le plus... Mais, Bon Dieu ! quelle ressemblance ! Je crois voir votre père, comme il était il y a vingt-cinq ans. Comment se porte-t-il ? Que fait-il ? Ne viendra-t-il pas nous voir un jour à Rome ? »

Bien que la marquise ne portât ni poudre ni peau de tigre, du premier coup d'œil, par la force de mon génie, je reconnus en elle la bacchante de mon père. Quelque vingt-cinq ans n'avaient pu faire disparaître entièrement les traces d'une grande beauté. Son expression avait changé seulement, comme sa toilette. Elle était tout en noir, et son triple menton, son sourire grave, son air solennel et radieux m'avertissaient qu'elle était devenue dévote[1].

Elle me reçut d'ailleurs on ne peut plus affectueusement. En trois mots elle m'offrit sa maison, sa bourse, ses amis, parmi lesquels elle me nomma plusieurs cardinaux.

« Regardez-moi, dit-elle, comme votre mère... »

Elle baissa les yeux modestement.

« Votre père me charge de veiller sur vous et de vous donner des conseils. »

Et, pour me prouver qu'elle n'entendait pas que sa mission fût une sinécure[2], elle commença sur l'heure par me mettre en garde contre les dangers que Rome pouvait offrir à un jeune homme de mon âge, et m'exhorta fort à les éviter. Je devais fuir les mauvaises compagnies, les artistes surtout, ne me lier qu'avec les personnes qu'elle me désignerait. Bref, j'eus un sermon en trois points. J'y répondis respectueusement et avec l'hypocrisie convenable.

Comme je me levais pour prendre congé :

« Je regrette, me dit-elle, que mon fils le marquis soit en ce moment dans nos terres de la Romagne[3], mais je veux vous présenter mon second fils, don Ottavio, qui sera bien-

1. **Dévote :** très pieuse.
2. **Sinécure :** charge ou emploi n'exigeant aucun travail, aucun effort.
3. **La Romagne :** province du nord-est de l'Italie.

tôt un monsignor[1]. J'espère qu'il vous plaira et que vous deviendrez amis comme vous devez l'être… »

Elle ajouta précipitamment :

« Car vous êtes à peu près du même âge, et c'est un garçon doux et rangé comme vous. »

Aussitôt elle envoya chercher don Ottavio. Je vis un grand jeune homme pâle, l'air mélancolique, toujours les yeux baissés, sentant déjà son cafard[2]. Sans lui laisser le temps de parler, la marquise me fit en son nom toutes les offres de service les plus aimables. Il confirmait par de grandes révérences toutes les phrases de sa mère, et il fut convenu que, dès le lendemain, il irait me prendre pour faire des courses par la ville, et me ramènerait dîner en famille au palais Aldobrandi.

J'avais à peine fait une vingtaine de pas dans la rue, lorsque quelqu'un cria derrière moi d'une voix impérieuse :

« Où donc allez-vous ainsi seul à cette heure, don Ottavio ? »

Je me retournai, et vis un gros abbé qui me considérait des pieds à la tête en écarquillant les yeux.

« Je ne suis pas don Ottavio », lui dis-je.

L'abbé, me saluant jusqu'à terre, se confondit en excuses, et un moment après je le vis entrer dans le palais Aldobrandi. Je poursuivis mon chemin, médiocrement flatté d'avoir été pris pour un monsignor en herbe.

Malgré les avertissements de la marquise, peut-être même à cause de ses avertissements, je n'eus rien de plus pressé que de découvrir la demeure d'un peintre de ma connaissance, et je passai une heure avec lui dans son atelier à causer des moyens d'amusements, licites ou non, que Rome pouvait me fournir. Je le mis sur le chapitre des Aldobrandi.

La marquise, me dit-il, après avoir été fort légère, s'était jetée dans la haute dévotion, quand elle eut reconnu que l'âge des conquêtes était passé pour elle. Son fils aîné était une brute qui passait son temps à chasser et à encaisser l'argent que

1. **Un monsignor :** don Ottavio doit être ordonné prêtre ; issu d'une grande famille, il est destiné à gravir rapidement les échelons de la hiérarchie catholique.

2. **Sentant déjà son cafard :** donnant l'air d'être triste et déprimé.

lui apportaient les fermiers de ses vastes domaines. On était en train d'abrutir le second fils, don Ottavio, dont on voulait faire un jour un cardinal. En attendant, il était livré aux Jésuites[1]. Jamais il ne sortait seul. Défense de regarder une femme, ou de faire un pas sans avoir à ses talons un abbé qui l'avait élevé pour le service de Dieu, et qui, après avoir été le dernier *amico* de la marquise[2], gouvernait maintenant sa maison avec une autorité à peu près despotique. Tel était le personnel de la famille à laquelle j'étais recommandé si particulièrement.

Le lendemain, don Ottavio, suivi de l'abbé Negroni, le même qui, la veille, m'avait pris pour son pupille[3], vint me chercher en voiture et m'offrir ses services comme cicerone[4].

Le premier monument où nous nous arrêtâmes était une église. À l'exemple de son abbé, don Ottavio s'y agenouilla, se frappa la poitrine, et fit des signes de croix sans nombre. Après s'être relevé, il me montra les fresques et les statues, et m'en parla en homme de bon sens et de goût. Cela me surprit agréablement. Nous commençâmes à causer et sa conversation me plut. Pendant quelque temps, nous avions parlé italien. Tout à coup, il me dit en français :

« Mon gouverneur n'entend pas un mot de votre langue. Parlons français, nous serons plus libres. »

On eût dit que le changement d'idiome[5] avait transformé ce jeune homme. Rien dans ses discours ne sentait le prêtre. Je croyais entendre un de nos libéraux[6] de province. Je remarquai qu'il débitait tout d'un même ton de voix monotone, et que souvent ce débit contrastait étrangement avec la vivacité de ses expressions. C'était une habitude prise

---

1. **Jésuites :** prêtres de la Compagnie de Jésus, traditionnellement attachés à l'éducation des enfants.
2. **Le dernier *amico* de la marquise :** son dernier amant.
3. **Son pupille :** son protégé, le jeune homme dont il a la charge.
4. **Cicerone :** guide (mot d'origine italienne aujourd'hui entièrement francisé, « cicérone »).
5. **Idiome :** langue.
6. **Un de nos libéraux :** un homme politique défendant des idées avancées et réformatrices (contraire d'un conservateur).

apparemment pour dérouter le Negroni, qui de temps à autre, se faisait expliquer ce que nous disions. Bien entendu que nos traductions étaient des plus libres.

Nous vîmes passer un jeune homme en bas violets.

« Voilà me dit don Ottavio, nos patriciens[1] d'aujourd'hui. Infâme livrée[2] ! Et ce sera la mienne dans quelques mois ! Quel bonheur, ajouta-t-il après un moment de silence, quel bonheur de vivre dans un pays comme le vôtre ! Si j'étais Français, peut-être un jour deviendrais-je député ! » Cette noble ambition me donna une forte envie de rire, et notre abbé s'en étant aperçu, je fus obligé de lui expliquer que nous parlions de l'erreur d'un archéologue qui prenait pour antique une statue du Bernin[3].

Nous revînmes dîner au palais Aldobrandi. Presque aussitôt après le café, la marquise me demanda pardon pour son fils obligé, par certains devoirs pieux, à se retirer dans son appartement. Je demeurai seul avec elle et l'abbé Negroni, qui renversé dans un grand fauteuil, dormait du sommeil du juste.

Cependant la marquise m'interrogeait en détail sur mon père, sur Paris, sur ma vie passée, sur mes projets pour l'avenir. Elle me parut aimable et bonne, mais un peu trop curieuse et surtout trop préoccupée de mon salut[4]. D'ailleurs, elle parlait admirablement italien, et je pris avec elle une bonne leçon de prononciation que je me promis bien de répéter.

Je revins souvent la voir. Presque tous les matins, j'allais visiter les antiquités avec son fils et l'éternel Negroni, et le soir, je dînais avec eux au palais Aldobrandi. La marquise recevait peu de monde et presque uniquement des ecclésiastiques.

Une fois cependant elle me présenta à une dame allemande, nouvelle convertie, et son amie intime. C'était une

1. **Nos patriciens :** notre noblesse.
2. **Livrée :** uniforme ou tenue indiquant l'appartenance à une profession ou à un ordre.
3. **Le Bernin :** Giovanni Lorenzo Bernini, dit le Bernin (1598-1680), peintre, sculpteur et architecte, un des plus importants représentants du baroque italien.
4. **Mon salut :** la destinée de mon âme après la mort.

Mme de Strahlenheim, fort belle personne établie depuis longtemps à Rome. Pendant que ces dames causaient entre elles d'un prédicateur[1] renommé, je considérais à la clarté d'une lampe le portrait de Lucrèce, quand je crus devoir placer mon mot.

« Quels yeux ! m'écriai-je ; on dirait que ces paupières vont remuer ! »

À cette hyperbole[2] un peu prétentieuse que je hasardais pour m'établir en qualité de connaisseur auprès de Mme de Strahlenheim, elle tressaillit d'effroi, et se cacha la figure dans son mouchoir.

« Qu'avez-vous, ma chère ? dit la marquise.

— Ah ! rien, mais ce que Monsieur vient de dire !... »

On la pressa de questions, et une fois qu'elle nous eut dit que mon expression lui rappelait une histoire effrayante, elle fut obligée de la raconter. La voici en deux mots : Mme de Strahlenheim avait une belle-sœur nommée Wilhelmine, fiancée à un jeune homme de Westphalie, Julius de Katzenellenbogen, volontaire dans la division du général Kleist. Je suis bien fâché d'avoir à répéter tant de noms barbares, mais les histoires merveilleuses n'arrivent jamais qu'à des personnes dont les noms sont difficiles à prononcer. Julius était un charmant garçon rempli de patriotisme et de métaphysique[3]. En partant pour l'armée, il avait donné son portrait à Wilhelmine, et Wilhelmine lui avait donné le sien qu'il portait toujours sur son cœur. Cela se fait beaucoup en Allemagne.

Le 13 septembre 1813, Wilhelmine était à Cassel vers cinq heures du soir, dans un salon, occupée à tricoter avec sa mère et sa belle-sœur. Tout en travaillant, elle regardait le portrait de son fiancé, placé sur une petite table à ouvrage en face d'elle. Tout à coup, elle pousse un cri horrible, porte la main sur son cœur et s'évanouit. On eut toutes les peines du

1. **Prédicateur :** ecclésiastique qui prononce des sermons.
2. **Hyperbole :** manière de mettre en relief une idée par une expression excessive.
3. **De métaphysique :** de philosophie.

monde à lui faire reprendre connaissance, et dès qu'elle put parler : « Julius est mort, s'écria-t-elle, Julius est tué. »

Elle affirma, et l'horreur peinte sur tous ses traits prouvait assez sa conviction, qu'elle avait vu le portrait fermer les yeux, et qu'au même instant elle avait senti une douleur atroce, comme si un fer rouge lui traversait le cœur.

Chacun s'efforça inutilement de lui démontrer que sa vision n'avait rien de réel et qu'elle n'y devait attacher aucune importance. La pauvre enfant était inconsolable ; elle passa la nuit dans les larmes, et le lendemain elle voulut s'habiller de deuil, comme assurée déjà du malheur qui lui avait été révélé.

Deux jours après, on reçut la nouvelle de la sanglante bataille de Leipzig. Julius écrivait à sa fiancée un billet daté du 13 à trois heures de l'après-midi. Il n'avait pas été blessé, s'était distingué, et venait d'entrer à Leipzig, où il comptait passer la nuit avec le quartier général, éloigné par conséquent de tout danger. Cette lettre si rassurante ne put calmer Wilhelmine, qui, remarquant qu'elle était datée de trois heures, persista à croire que son amant était mort à cinq.

L'infortunée ne se trompait pas. On sut bientôt que Julius chargé de porter un ordre était sorti de Leipzig à quatre heures et demie, et qu'à trois quarts de lieue de la ville, au-delà de l'Elster, un traînard de l'armée ennemie[1], embusqué dans un fossé, l'avait tué d'un coup de feu. La balle, en lui perçant le cœur, avait brisé le portrait de Wilhelmine.

« Et qu'est devenue cette pauvre jeune personne ? demandai-je à Mme de Strahlenheim.

— Oh ! elle a été bien malade. Elle est mariée maintenant à M. le conseiller de justice de Werner, et si vous alliez à Dessau, elle vous montrerait le portrait de Julius.

— Tout cela se fait par l'entremise du diable, dit l'abbé qui n'avait dormi que d'un œil pendant l'histoire de Mme de Strahlenheim. Celui qui faisait parler les oracles des

1. **Un traînard de l'armée ennemi :** un soldat resté en arrière, à la traîne du reste de la troupe.

païens[1], peut bien faire mouvoir les yeux d'un portrait quand bon lui semble. Il n'y a pas vingt ans qu'à Tivoli[2], un Anglais a été étranglé par une statue.

— Par une statue ! m'écriai-je ; et comment cela ?

— C'était un milord qui avait fait des fouilles à Tivoli. Il avait trouvé une statue d'impératrice, Agrippine, Messaline[3]..., peu importe. Tant il y a qu'il la fit porter chez lui, et qu'à force de la regarder et de l'admirer, il en devint fou. Tous ces messieurs protestants le sont déjà plus qu'à moitié. Il l'appelait sa femme, sa milady, et l'embrassait, tout de marbre qu'elle était. Il disait que la statue s'animait tous les soirs à son profit. Si bien qu'un matin on trouva mon milord roide mort dans son lit. Eh bien ! le croiriez-vous ? Il s'est rencontré un autre Anglais pour acheter cette statue. Moi, j'en aurais fait faire de la chaux[4]. »

Quand on a entamé une fois le chapitre des aventures surnaturelles, on ne s'arrête plus. Chacun avait son histoire à raconter. Je fis ma partie moi-même dans ce concert de récits effroyables, en sorte qu'au moment de nous séparer, nous étions tous passablement émus et pénétrés de respect pour le pouvoir du diable.

Je regagnai à pied mon logement, et pour tomber dans la rue du Corso, je pris une petite ruelle tortueuse par où je n'avais point encore passé. Elle était déserte. On ne voyait que de longs murs de jardin, ou quelques chétives maisons[5] dont pas une n'était éclairée. Minuit venait de sonner ; le temps était sombre. J'étais au milieu de la rue, marchant assez vite, quand j'entendis au-dessus de ma tête un petit bruit, un St' et au même instant une rose tomba à mes pieds. Je levai les yeux, et malgré l'obscurité, j'aperçus une femme

1. **Les oracles des païens :** les prêtres qui, dans l'Antiquité, étaient chargés de faire connaître et d'interpréter la volonté des dieux.
2. **Tivoli :** ville d'Italie, dans le Latium, important lieu de villégiature.
3. **Agrippine, Messaline :** épouses de l'empereur Claude (mort en 54 apr. J.-C.).
4. **Chaux :** résidu de la calcination des pierres calcaires, pouvant être utilisé dans la fabrication du ciment ou d'enduits.
5. **Quelques chétives maisons :** des maisons d'apparence pauvre.

SITUER

À l'occasion d'une réception chez la marquise Aldobrandi, chacun se met à conter des aventures étranges et terrifiantes. Ces récits introduisent le fantastique dans la nouvelle et préparent ce qui va suivre.

RÉFLÉCHIR

QUI PARLE ? QUI VOIT ? Les récits dans le récit

1. Qui rapporte l'histoire de Wilhelmine ? Qui rapporte celle de l'Anglais de Tivoli ?

2. « Je suis bien fâché [...] difficiles à prononcer » (l. 198-201) : qui est l'auteur de cette observation ? Quel effet produit-elle ?

STRUCTURE : un propos en appelle un autre

3. Quel est le motif commun aux récits relatés par les convives ? Par qui est-il introduit dans la conversation ?

4. À quel autre conte peut-on comparer l'aventure survenue à Tivoli ?

THÈMES : surnaturel et superstition

5. Qui sont les différents conteurs ? Pourquoi semblent-ils tout désignés pour de tels récits diaboliques ?

6. Relevez les allusions à la religion dans ce passage.

7. Quelle remarque pouvez-vous faire sur la date de la mort de Julius de Katzenellenbogen ?

8. « Celui qui faisait parler [...] quand bon lui semble » (l. 246-248) : qui cette remarque de l'abbé désigne-t-elle ?

9. Quelle est la cause de la mort de l'Anglais de Tivoli ? Le récit de l'abbé permet-il de le dire ?

ÉCRIRE

10. Vous développerez dans un récit vivant et détaillé la mésaventure survenue à Tivoli.

vêtue de blanc, à une fenêtre, le bras étendu vers moi. Nous autres Français nous sommes fort avantageux[1] en pays étranger, et nos pères, vainqueurs de l'Europe, nous ont bercés de traditions flatteuses pour l'orgueil national. Je croyais pieusement à l'inflammabilité des dames allemandes, espagnoles et italiennes à la seule vue d'un Français. Bref, à cette époque, j'étais encore bien de mon pays, et d'ailleurs, la rose ne parlait-elle pas clairement ?

« Madame, dis-je à voix basse, en ramassant la rose, vous avez laissé tomber votre bouquet… »

Mais déjà la femme avait disparu, et la fenêtre s'était fermée sans faire le moindre bruit. Je fis ce que tout autre eût fait à ma place. Je cherchai la porte la plus proche ; elle était à deux pas de la fenêtre ; je la trouvai, et j'attendis qu'on vînt me l'ouvrir. Cinq minutes se passèrent dans un profond silence. Alors je toussai, puis je grattai doucement ; mais la porte ne s'ouvrit pas. Je l'examinai avec plus d'attention espérant trouver une clef ou un loquet[2] ; à ma grande surprise j'y trouvai un cadenas.

« Le jaloux n'est donc pas rentré », me dis-je.

Je ramassai une petite pierre et la jetai contre la fenêtre. Elle rencontra un contrevent[3] de bois et retomba à mes pieds.

« Diable ! pensai-je, les dames romaines se figurent donc qu'on a des échelles dans sa poche ? On ne m'avait pas parlé de cette coutume. »

J'attendis encore plusieurs minutes tout aussi inutilement. Seulement il me sembla une ou deux fois voir trembler légèrement le volet, comme si de l'intérieur on eût voulu l'écarter pour voir dans la rue. Au bout d'un quart d'heure ma patience étant à bout, j'allumai un cigare, et je poursuivis mon chemin, non sans avoir bien reconnu la situation de la maison au cadenas.

---

1. **Nous sommes fort avantageux :** nous rencontrons beaucoup de succès.
2. **Loquet :** tige ou petite barre métallique permettant de fermer une porte.
3. **Contrevent :** volet.

Le lendemain, en réfléchissant à cette aventure, je m'arrêtai aux conclusions suivantes : une jeune dame romaine, probablement d'une grande beauté, m'avait aperçu dans mes courses par la ville, et s'était éprise de mes faibles attraits. Si elle ne m'avait déclaré sa flamme que par le don d'une fleur mystérieuse, c'est qu'une honnête pudeur l'avait retenue, ou bien qu'elle avait été dérangée par la présence de quelque duègne[1], peut-être par un maudit tuteur comme le Bartolo de Rosine[2]. Je résolus d'établir un siège en règle devant la maison habitée par cette infante[3].

Dans ce beau dessein, je sortis de chez moi après avoir donné à mes cheveux un coup de brosse conquérant. J'avais mis ma redingote neuve et des gants jaunes. En ce costume, le chapeau sur l'oreille, la rose fanée à la boutonnière, je me dirigeai vers la rue dont je ne savais pas encore le nom, mais que je n'eus pas de peine à découvrir. Un écriteau au-dessus d'une madone[4] m'apprit qu'on l'appelait *il viccolo di Madama Lucrezia*.

Ce nom m'étonna. Aussitôt, je me rappelai le portrait de Léonard de Vinci, et les histoires de pressentiments et de diableries que la veille on avait racontées chez la marquise. Puis je pensai qu'il y avait des amours prédestinées dans le ciel. Pourquoi mon objet ne s'appellerait-il pas Lucrèce ? Pourquoi ne ressemblerait-il pas à la Lucrèce de la galerie Aldobrandi ?

Il faisait jour, j'étais à deux pas d'une charmante personne et nulle pensée sinistre n'avait part à l'émotion que j'éprouvais.

J'étais devant la maison. Elle portait le n° 13. Mauvais augure... Hélas ! elle ne répondait guère à l'idée que je

1. **Duègne :** mot d'origine espagnole désignant une femme âgée chargée de veiller sur la conduite d'une jeune fille ou d'une jeune femme.
2. **Le Bartolo de Rosine :** dans la pièce de Beaumarchais, *Le Barbier de Séville*, la jeune Rosine, dont le comte Almaviva est amoureux, a été placée sous la protection et la surveillance d'un homme âgé, Bartolo, qui souhaite faire d'elle son épouse.
3. **Infante :** terme désignant normalement la fille d'un roi d'Espagne ou du Portugal, généralement confiée à la garde d'une duègne.
4. **Madone :** représentation de la Sainte Vierge.

m'en étais faite pour l'avoir vue la nuit. Ce n'était pas un palais, tant s'en faut. Je voyais un enclos de murs noircis par le temps et couverts de mousse, derrière lesquels passaient les branches de quelques arbres à fruits mal échenillés. Dans un angle de l'enclos s'élevait un pavillon à un seul étage, ayant deux fenêtres sur la rue, toutes les deux fermées par de vieux contrevents garnis à l'extérieur de nombreuses bandes de fer. La porte était basse, surmontée d'un écusson effacé, fermée comme la veille d'un gros cadenas attaché d'une chaîne. Sur cette porte on lisait écrit à la craie : *Maison à vendre ou à louer.* Pourtant je ne m'étais pas trompé. De ce côté de la rue, les maisons étaient assez rares pour que toute confusion fût impossible. C'était bien mon cadenas, et, qui plus est, deux feuilles de rose sur le pavé, près de la porte, indiquaient le lieu précis où j'avais reçu la déclaration par signes de ma bien-aimée, et prouvaient qu'on ne balayait guère le devant de sa maison.

Je m'adressai à quelques pauvres gens du voisinage pour savoir où logeait le gardien de cette mystérieuse demeure.

« Ce n'est pas ici », me répondait-on brusquement.

Il semblait que ma question déplût à ceux que j'interrogeais et cela piquait d'autant plus ma curiosité. Allant de porte en porte, je finis par entrer dans une espèce de cave obscure, où se tenait une vieille femme qu'on pouvait soupçonner de sorcellerie, car elle avait un chat noir, et faisait cuire je ne sais quoi dans une chaudière.

« Vous voulez voir la maison de Mme Lucrèce ? dit-elle ; c'est moi qui en ai la clef.

— Eh bien, montrez-la-moi.

— Est-ce que vous voudriez la louer ? demanda-t-elle en souriant d'un air de doute.

— Oui, si elle me convient.

— Elle ne vous conviendra pas. Mais voyons, me donnerez-vous un paul[1], si je vous la montre ?

— Très volontiers. »

1. **Paul :** monnaie d'argent des États du pape.

Sur cette assurance, elle se leva prestement de son escabeau, décrocha de la muraille une clef toute rouillée et me conduisit devant le n° 13.

« Pourquoi, lui dis-je, appelle-t-on cette maison, la maison de Lucrèce ? »

Alors, la vieille en ricanant :

« Pourquoi, dit-elle, vous appelle-t-on étranger ? N'est-ce pas parce que vous êtes étranger ?

— Bien, mais qui était cette Mme Lucrèce ? Était-ce une dame de Rome ?

— Comment ! vous venez à Rome, et vous n'avez pas entendu parler de Mme Lucrèce ! Quand nous serons entrés, je vous conterai son histoire. Mais voici bien une autre diablerie ! Je ne sais ce qu'a cette clef. Elle ne tourne pas. Essayez vous-même. »

En effet le cadenas et la clef ne s'étaient pas vus depuis longtemps. Pourtant, au moyen de trois jurons et d'autant de grincements de dents je parvins à faire tourner la clef, mais je déchirai mes gants jaunes et me disloquai la paume de la main. Nous entrâmes dans un passage obscur qui donnait accès à plusieurs salles basses.

Les plafonds curieusement lambrissés étaient couverts de toiles d'araignées sous lesquelles on distinguait à peine quelques traces de dorure. À l'odeur de moisi qui s'exhalait de toutes les pièces, il était évident que depuis longtemps elles étaient inhabitées. On n'y voyait pas un seul meuble. Quelques lambeaux de vieux cuirs pendaient le long des murs salpêtrés[1]. D'après les sculptures de quelques consoles[2] et la forme des cheminées, je conclus que la maison datait du XVe siècle, et il est probable qu'autrefois elle avait été décorée avec quelque élégance. Les fenêtres, à petits carreaux, la plupart brisés, donnaient sur le jardin, où j'aperçus un rosier en fleurs, avec quelques arbres fruitiers et quantité de broccoli.

Après avoir parcouru toutes les pièces du rez-de-chaussée, je montai à l'étage supérieur où j'avais vu mon

1. **Salpêtrés :** recouverts de salpêtre, de moisissure.
2. **Quelques consoles :** moulures saillantes qui peuvent servir de support.

inconnue. La vieille essaya de me retenir en me disant qu'il n'y avait rien à voir et que l'escalier était fort mauvais. Me voyant entêté, elle me suivit, mais avec une répugnance marquée. Les chambres de cet étage ressemblaient fort aux autres, seulement elles étaient moins humides ; le plancher et les fenêtres étaient aussi en meilleur état. Dans la dernière pièce où j'entrai, il y avait un large fauteuil en cuir noir, qui, chose étrange, n'était pas couvert de poussière. Je m'y assis, et, le trouvant commode pour écouter une histoire, je priai la vieille de me raconter celle de Mme Lucrèce ; mais auparavant pour lui rafraîchir la mémoire, je lui fis présent de quelques pauls. Elle toussa, se moucha et commença de la sorte :

« Du temps des païens, Alexandre[1] étant empereur, il avait une fille belle comme le jour, qu'on appelait Mme Lucrèce. Tenez, la voilà !... »

Je me retournai vivement. La vieille me montrait une console sculptée qui soutenait la maîtresse poutre de la salle. C'était une sirène fort grossièrement exécutée.

« Dame, reprit la vieille, elle aimait à s'amuser. Et comme son père aurait pu y trouver à redire, elle s'était fait bâtir cette maison où nous sommes. Toutes les nuits elle descendait du Quirinal[2] et venait ici pour se divertir. Elle se mettait à cette fenêtre, et quand il passait par la rue un beau cavalier comme vous voilà, Monsieur, elle l'appelait. S'il était bien reçu, je vous le laisse à penser. Mais les hommes sont babillards[3], au moins quelques-uns, et ils auraient pu lui faire du tort en jasant. Aussi y mettait-elle bon ordre. Quand elle avait dit adieu au galant, ses estafiers[4] se tenaient dans l'escalier par où nous sommes montés. Ils vous le dépêchaient[5] puis vous l'enterraient dans ces carrés de broccoli. Allez ! on y en a trouvé des ossements dans ce jardin !

1. **Alexandre :** Rodrigo Borgia (1431-1503), pape sous le nom d'Alexandre VI.
2. **Quirinal :** une des sept collines de Rome.
3. **Babillards :** bavards.
4. **Estafiers :** gardes.
5. **Ils vous le dépêchaient :** ils le tuaient.

SITUER

Le narrateur décide de faire le jour sur la mystérieuse inconnue à laquelle il doit une rose. Il retourne sur les lieux de cette aventure galante survenue la nuit précédente. Ce qu'il découvre semble pour le moins énigmatique.

RÉFLÉCHIR

GENRES : de la galanterie à l'horreur

1. Les lignes qui précèdent ce passage tendent à présenter ce qui va suivre comme un épisode galant. Pourtant il n'en est rien. Comment le thème de l'amour est-il finalement traité dans ce passage ?

2. Les lieux décrits paraissent tout droit sortis d'un roman gothique* tant le narrateur accumule les détails caractéristiques du genre ; relevez-les.

3. Qu'est-ce qui fait de la maison de Lucrèce un endroit peu avenant ? Plusieurs présages semblent engager le visiteur à rebrousser chemin. Lesquels ?

4. Quels sont les indices qui prouvent que la maison n'est pas totalement abandonnée ?

PERSONNAGES : l'histoire de Lucrèce Borgia

5. « La porte était basse, surmontée d'un écusson effacé » (l. 346-347) : à quoi cet écusson correspond-il ? Quel détail déjà évoqué rappelle-t-il ?

6. À quelle époque Lucrèce vécut-elle ?

7. « Du temps des païens » (l. 422) ; à quelle époque la vieille femme fait-elle allusion ?

8. Qu'est-ce qui, dans l'histoire telle qu'elle est racontée par la vieille femme, vient rompre le caractère tragique des événements ?

QUI PARLE ? QUI VOIT ? Une visite en forme d'enquête

9. Quelle est l'attitude du narrateur au cours de cette visite ? Relevez toutes les indications qui montrent ses sentiments et ses réactions. Comment expliquer son état d'esprit ?

ÉCRIRE

10. Décrivez un lieu, réel ou imaginaire, à l'aspect inquiétant et mystérieux. Vous pourrez accompagner cette description d'une légende s'y rapportant.

« Ce manège-là dura bien quelque temps. Mais voilà qu'un soir son frère, qui s'appelait Sisto Tarquino, passe sous sa fenêtre. Elle ne le reconnut pas. Elle l'appela. Il monta. La nuit tous chats sont gris. Il en fut de celui-là comme des autres. Mais il avait oublié son mouchoir sur lequel il y avait son nom écrit.

« Elle n'eût pas plutôt vu la méchanceté qu'ils avaient faite que le désespoir la prend. Elle défait vite sa jarretière[1] et se pend à cette solive-là[2]. Eh bien, en voilà un exemple pour la jeunesse ! »

Pendant que la vieille confondait ainsi tous les temps, mêlant les Tarquins aux Borgias[3], j'avais les yeux fixés sur le plancher. Je venais d'y découvrir quelques pétales de rose encore frais, qui me donnaient fort à penser.

« Qui est-ce qui cultive ce jardin ? demandai-je à la vieille.

— C'est mon fils, Monsieur, le jardinier de M. Vanozzi, celui à qui est le jardin d'à côté. M. Vanozzi est toujours dans la Maremme[4] ; il ne vient guère à Rome. Voilà pourquoi le jardin n'est pas très bien entretenu. Mon fils est avec lui. Et je crains bien qu'ils ne reviennent pas de sitôt, ajouta-t-elle en soupirant.

— Il est donc fort occupé avec M. Vanozzi ?

— Ah ! c'est un drôle d'homme qui l'occupe à trop de choses… Je crains qu'il ne se fasse de mauvaises affaires, et à mon pauvre fils ! »

Elle fit un pas vers la porte comme pour rompre la conversation.

« Personne n'habite donc ici ? repris-je en l'arrêtant.

— Personne au monde.

— Et pourquoi cela ? »

Elle haussa les épaules.

1. **Sa jarretière :** le cordon retenant son bas.
2. **Cette solive-là :** cette poutre.
3. **Mêlant les Tarquins aux Borgias :** mêlant l'Antiquité à la Renaissance, les Tarquins étant des rois de la Rome antique (Tarquin l'Ancien et Tarquin le Superbe).
4. **La Maremme :** région marécageuse de l'Italie centrale.

« Écoutez, lui dis-je en lui préparant une piastre[1], dites-moi la vérité ! Il y a une femme qui vient ici.

— Une femme, divin Jésus !

— Oui, je l'ai vue hier au soir. Je lui ai parlé.

— Sainte Madone ! s'écria la vieille en se précipitant vers l'escalier. C'était donc Mme Lucrèce ? Sortons ! sortons, mon bon Monsieur ! On m'avait bien dit qu'elle revenait la nuit, mais je n'ai pas voulu vous le dire, pour ne pas faire de tort au propriétaire, parce que je croyais que vous aviez envie de louer. »

Il me fut impossible de la retenir. Elle avait hâte de quitter la maison, pressée, disait-elle, d'aller porter un cierge à la plus proche église.

Je sortis moi-même et la laissai aller, désespérant d'en apprendre davantage.

On devine bien que je ne contai pas mon histoire au palais Aldobrandi : la marquise était trop prude[2], don Ottavio trop exclusivement occupé de politique pour être de bon conseil dans une amourette ; mais j'allai trouver mon peintre qui connaissait tout à Rome depuis le cèdre jusqu'à l'hysope[3], et je lui demandai ce qu'il en pensait.

« Je pense, dit-il, que vous avez vu le spectre de feue Lucrèce Borgia. Quel danger vous avez couru ! Si dangereuse de son vivant, jugez un peu ce qu'elle doit être, maintenant qu'elle est morte ! Cela fait trembler.

— Plaisanterie à part, qu'est-ce que cela peut être ?

— C'est-à-dire que Monsieur est athée[4] et philosophe et ne croit pas aux choses les plus respectables. Fort bien ; alors que dites-vous de cette autre hypothèse ? Supposons que la vieille prête sa maison à des femmes capables d'appeler les gens qui passent dans la rue. On a vu des vieilles assez dépravées pour faire ce métier-là.

— À merveille, dis-je ; mais alors, j'ai donc l'air d'un saint, pour que la vieille ne m'ait pas fait d'offres de service.

1. **Piastre :** pièce de monnaie (existant dans plusieurs pays).
2. **Trop prude :** trop vertueuse, trop puritaine.
3. **Depuis le cèdre jusqu'à l'hysope :** voir n. 1 p. 28.
4. **Athée :** sans foi et sans religion.

Cela m'offense. Et puis, mon cher, rappelez-vous l'ameublement de la maison. Il faudrait avoir le diable au corps pour s'en contenter.

— Alors, c'est un revenant à n'en plus douter. Attendez donc ! encore une dernière hypothèse. Vous vous serez trompé de maison. Parbleu ! j'y pense : près d'un jardin ? Petite porte basse ?... Eh ! c'est ma grande amie la Rosina. Il n'y a pas dix-huit mois qu'elle faisait l'ornement de cette rue. Il est vrai qu'elle est devenue borgne, mais c'est un détail... Elle a encore un très beau profil. »

Toutes ces explications ne me satisfaisaient point. Le soir venu, je passai lentement devant la maison de Lucrèce. Je ne vis rien. Je repassai. Pas davantage. Trois ou quatre soirs de suite, je fis le pied de grue[1] sous ses fenêtres en revenant du palais Aldobrandi : toujours sans succès. Je commençais à oublier l'habitante mystérieuse de la maison n° 13, lorsque, passant vers minuit dans le viccolo, j'entendis distinctement un petit rire de femme derrière le volet de la fenêtre, où la donneuse de bouquets m'était apparue. Deux fois j'entendis ce petit rire, et je ne pus me défendre d'une certaine terreur, quand, en même temps, je vis déboucher à l'autre extrémité de la rue une troupe de pénitents encapuchonnés[2], des cierges à la main, qui portaient un mort en terre. Lorsqu'ils furent passés, je m'établis en faction[3] sous la fenêtre, mais alors je n'entendis plus rien. J'essayai de jeter des cailloux, j'appelai même plus ou moins distinctement ; personne ne parut, et une averse qui survint m'obligea de faire retraite.

J'ai honte de dire combien de fois je m'arrêtai devant cette maudite maison sans pouvoir parvenir à résoudre l'énigme qui me tourmentait. Une seule fois je passai dans le viccolo de Mme Lucrezia avec don Ottavio et son inévitable abbé.

« Voilà, dis-je, la maison de Lucrèce. »

Je le vis changer de couleur.

---

1. **Je fis le pied de grue :** j'attendis.
2. **Une troupe de pénitents encapuchonnés :** membres d'une confrérie religieuse se livrant à des actes publics de pénitence et de charité.
3. **Je m'établis en faction :** je me mis à guetter.

« Oui, répondit-il, une tradition populaire fort incertaine veut que Lucrèce Borgia ait eu ici sa petite maison. Si ces murs pouvaient parler, que d'horreurs ils nous révéleraient ! Pourtant, mon ami, quand je compare ce temps avec le nôtre, je me prends à le regretter. Sous Alexandre VI, il y avait encore des Romains. Il n'y en a plus. César Borgia était un monstre, mais un grand homme. Il voulait chasser les barbares de l'Italie, et peut-être, si son père eût vécu, eût-il accompli ce grand dessein. Ah ! que le ciel nous donne un tyran comme Borgia et qu'il nous délivre de ces despotes humains qui nous abrutissent ! »

Quand don Ottavio se lançait dans les régions politiques, il était impossible de l'arrêter. Nous étions à la place du Peuple que son panégyrique du despotisme éclairé n'était pas à sa fin. Mais nous étions à cent lieues[1] de ma Lucrèce à moi.

Certain soir que j'étais allé fort tard rendre mes devoirs à la marquise, elle me dit que son fils était indisposé et me pria de monter dans sa chambre. Je le trouvai couché sur son lit tout habillé, lisant un journal français que je lui avais envoyé le matin soigneusement caché dans un volume des Pères de l'Église[2]. Depuis quelque temps la collection des saints Pères nous servait à ces communications qu'il fallait cacher à l'abbé et à la marquise. Les jours de courrier de France, on m'apportait un in-folio[3]. J'en rendais un autre dans lequel je glissais un journal, que me prêtaient les secrétaires de l'ambassade. Cela donnait une haute idée de ma piété à la marquise et à son directeur, qui parfois voulait me faire parler théologie.

Après avoir causé quelque temps avec don Ottavio, remarquant qu'il était fort agité et que la politique même ne pouvait captiver son attention, je lui recommandai de se déshabiller et je lui dis adieu. Il faisait froid et je n'avais pas

1. **À cent lieues :** très éloignés.
2. **Un volume des Pères de l'Église :** un volume des œuvres des premiers auteurs et théologiens chrétiens.
3. **In-folio :** désigne un format de livre.

de manteau. Don Ottavio me pressa de prendre le sien, je l'acceptai et me fis donner une leçon dans l'art difficile de se draper en vrai Romain.

Emmitouflé jusqu'au nez, je sortis du palais Aldobrandi. À peine avais-je fait quelques pas sur le trottoir de la place Saint-Marc, qu'un homme du peuple que j'avais remarqué, assis sur un banc à la porte du palais, s'approcha de moi et me tendit un papier chiffonné.

« Pour l'amour de Dieu, dit-il, lisez ceci. »

Aussitôt, il disparut en courant à toutes jambes.

J'avais pris le papier et je cherchais de la lumière pour le lire. À la lueur d'une lampe allumée devant une madone[1], je vis que c'était un billet écrit au crayon et, comme il semblait, d'une main tremblante. Je déchiffrai avec beaucoup de peine les mots suivants :

« Ne viens pas ce soir, ou nous sommes perdus ! On sait tout, excepté ton nom. Rien ne pourra nous séparer. TA LUCRÈCE. »

« Lucrèce ! m'écriai-je, encore Lucrèce ! quelle diable de mystification y a-t-il au fond de tout cela ? "Ne viens pas." Mais, ma belle, quel chemin prend-on pour aller chez vous ? »

Tout en ruminant sur le compte de ce billet, je prenais machinalement le chemin du viccolo di Madama Lucrezia, et bientôt je me trouvai en face de la maison n° 13. La rue était aussi déserte que de coutume, et le bruit seul de mes pas troublait le silence profond qui régnait dans le voisinage. Je m'arrêtai et levai les yeux vers une fenêtre bien connue. Pour le coup, je ne me trompais pas. Le contrevent s'écartait. Voilà la fenêtre toute grande ouverte.

Je crus voir une forme humaine qui se détachait sur le fond noir de la chambre.

« Lucrèce, est-ce vous ? » dis-je à voix basse.

On ne me répondit pas, mais j'entendis un petit claquement, dont je ne compris pas d'abord la cause.

« Lucrèce, est-ce vous ? » repris-je un peu plus haut.

1. **Madone :** voir n. 4 p. 79.

Au même instant je reçus un coup terrible dans la poitrine, une détonation se fit entendre, et je me trouvai étendu sur le pavé.

Une voix rauque me cria :

« De la part de la signora Lucrèce ! »

Et le contrevent se referma sans bruit.

Je me relevai aussitôt en chancelant, et d'abord je me tâtai, croyant me trouver un grand trou au milieu de l'estomac. Le manteau était troué, mon habit aussi, mais la balle avait été amortie par les plis du drap, et j'en étais quitte pour une forte contusion[1].

L'idée me vint qu'un second coup pouvait bien ne pas se faire attendre, et je me traînai aussitôt du côté de cette maison inhospitalière, rasant les murs de façon à ce qu'on ne pût me viser. Je m'éloignais le plus vite que je pouvais, tout haletant encore, lorsqu'un homme, que je n'avais pas remarqué, derrière moi, me prit le bras et me demanda avec intérêt si j'étais blessé. À la voix, je reconnus don Ottavio. Ce n'était pas le moment de lui faire des questions, quelque surpris que je fusse de le voir seul et dans la rue à cette heure de la nuit. En deux mots, je lui dis qu'on venait de me tirer un coup de feu de telle fenêtre et que je n'avais qu'une contusion.

« C'est une méprise[2] ! s'écria-t-il. Mais j'entends venir du monde. Pouvez-vous marcher ? Je serais perdu si l'on nous trouvait ensemble. Cependant, je ne vous abandonnerai pas. »

Il me prit le bras et m'entraîna rapidement. Nous marchâmes ou plutôt nous courûmes tant que je pus aller ; mais bientôt force me fut de m'asseoir sur une borne pour reprendre haleine. Heureusement, nous nous trouvions alors à peu de distance d'une grande maison où l'on donnait un bal. Il y avait quantité de voitures devant la porte. Don Ottavio alla en chercher une, me fit monter dedans et me reconduisit à mon hôtel. Un grand verre d'eau que je bus m'ayant tout à fait remis, je lui racontai en détail tout ce qui

1. **Contusion :** lésion produite par un choc sans qu'il y ait plaie ; un bleu, une bosse.
2. **C'est une méprise ! :** c'est une erreur !

m'était arrivé devant cette maison fatale, depuis le présent d'une rose, jusqu'à celui d'une balle de plomb.

Il m'écoutait la tête baissée, à moitié cachée dans une de ses mains. Lorsque je lui montrai le billet que je venais de recevoir, il s'en saisit, le lut avec avidité et s'écria encore :

« C'est une méprise ! une horrible méprise !

— Vous conviendrez, mon cher, lui dis-je, qu'elle est fort désagréable pour moi et pour vous aussi. On manque de me tuer, et l'on vous fait dix ou douze trous dans votre beau manteau. Tudieu ! quels jaloux que vos compatriotes ! »

Don Ottavio me serrait les mains d'un air désolé, et relisait le billet sans me répondre.

« Tâchez donc, lui dis-je, de me donner quelque explication de toute cette affaire. Le diable m'emporte si j'y comprends goutte[1]. »

Il haussa les épaules.

« Au moins, lui dis-je, que dois-je faire ? À qui dois-je m'adresser, dans votre sainte ville, pour avoir justice de ce monsieur, qui canarde les passants sans leur demander seulement comment ils se nomment. Je vous avoue que je serais charmé de le faire pendre.

— Gardez-vous en bien ! s'écria-t-il. Vous ne connaissez pas ce pays-ci. Ne dites mot à personne de ce qui vous est arrivé. Vous vous exposeriez beaucoup.

— Comment, je m'exposerais ? Morbleu ! je prétends bien avoir ma revanche. Si j'avais offensé le maroufle[2], je ne dis pas. Mais, pour avoir ramassé une rose…, en conscience, je ne méritais pas une balle.

— Laissez-moi faire, dit don Ottavio. Peut-être parviendrai-je à éclaircir ce mystère. Mais, je vous le demande comme une grâce, comme une preuve signalée de votre amitié pour moi, ne parlez de cela à personne au monde. Me le promettez-vous ? »

Il avait l'air si triste en me suppliant, que je n'eus pas le courage de résister, et je lui promis tout ce qu'il voulut.

1. **Si j'y comprends goutte :** si j'y comprends quelque chose.
2. **Maroufle :** rustre, fripon, vaurien.

Il me remercia avec effusion, et après m'avoir appliqué lui-même une compresse d'eau de Cologne sur la poitrine, il me serra la main et me dit adieu.

« À propos, lui demandai-je comme il ouvrait la porte pour sortir, expliquez-moi donc comment vous vous êtes trouvé là, juste à point pour me venir en aide ?

— J'ai entendu le coup de fusil, répondit-il, non sans quelque embarras, et je suis sorti aussitôt, craignant pour vous quelque malheur. »

Il me quitta précipitamment, après m'avoir de nouveau recommandé le secret. Le matin, un chirurgien, envoyé sans doute par don Ottavio, vint me visiter. Il me prescrivit un cataplasme[1], mais ne me fit aucune question sur la cause qui avait mêlé des violettes aux lys de mon sein[2]. On est discret à Rome, et je voulus me conformer à l'usage du pays.

Quelques jours se passèrent sans que je pusse causer librement avec don Ottavio. Il était préoccupé, encore plus sombre[3] que de coutume, et d'ailleurs, il me paraissait chercher à éviter mes questions. Pendant les rares moments que je passai avec lui, il ne dit pas un mot sur les hôtes étranges du viccolo di Madama Lucrezia. L'époque fixée pour la cérémonie de son ordination[4] approchait, et j'attribuai sa mélancolie à sa répugnance pour la profession qu'on l'obligeait d'embrasser.

Pour moi, je me préparais à quitter Rome pour aller à Florence. Lorsque j'annonçai mon départ à la marquise Aldobrandi, don Ottavio me pria, sous je ne sais quel prétexte, de monter dans sa chambre. Là, me prenant les deux mains :

« Mon cher ami, dit-il, si vous ne m'accordez la grâce que je vais vous demander, je me brûlerai certainement la

1. **Cataplasme :** médicament sous forme de pâte à appliquer sur la peau.
2. **La cause qui avait mêlé des violettes aux lys de mon sein :** le coup reçu a donné une coloration violette à la peau blanche, couleur du lys, du narrateur.
3. **Encore plus sombre :** encore plus triste.
4. **Son ordination :** la cérémonie où il sera ordonné prêtre.

cervelle[1], car je n'ai pas d'autre moyen de sortir d'embarras. Je suis parfaitement résolu à ne jamais endosser le vilain habit que l'on veut me faire porter. Je veux fuir de ce pays-ci. Ce que j'ai à vous demander, c'est de m'emmener avec vous. Vous me ferez passer pour votre domestique. Il suffira d'un mot ajouté à votre passeport pour faciliter ma fuite. »

J'essayai d'abord de le détourner de son dessein en lui parlant du chagrin qu'il allait causer à sa mère, mais, le trouvant inébranlable dans sa résolution, je finis par lui promettre de le prendre avec moi, et de faire arranger mon passeport en conséquence.

« Ce n'est pas tout, dit-il. Mon départ dépend encore du succès d'une entreprise où je suis engagé. Vous voulez partir après-demain. Après-demain, j'aurai réussi peut-être, et alors, je suis tout à vous.

— Seriez-vous assez fou, lui demandai-je, non sans inquiétude, pour vous être fourré dans quelque conspiration ?

— Non, répondit-il ; il s'agit d'intérêts moins graves que le sort de ma patrie, assez graves pourtant pour que du succès de mon entreprise dépendent ma vie et mon bonheur. Je ne puis vous en dire davantage maintenant. Dans deux jours, vous saurez tout. »

Je commençais à m'accoutumer au mystère et je me résignai. Il fut convenu que nous partirions à trois heures du matin et que nous ne nous arrêterions qu'après avoir gagné le territoire toscan[2].

Persuadé qu'il était inutile de me coucher, devant partir de si bonne heure, j'employai la dernière soirée que je devais passer à Rome, à faire des visites dans toutes les maisons où j'avais été reçu. J'allai prendre congé de la marquise, et serrer la main à son fils officiellement et pour la forme. Je sentis qu'elle tremblait dans la mienne. Il me dit tout bas :

---

1. **Je me brûlerai certainement la cervelle :** je me tirerai une balle dans la tête.
2. **Le territoire toscan :** le grand-duché de Toscane, l'un des États de l'Italie d'alors.

« En cet instant, ma vie se joue à croix ou pile[1]. Vous trouverez en rentrant à votre hôtel une lettre de moi. Si à trois heures précises je ne suis pas auprès de vous, ne m'attendez pas. »

L'altération de ses traits[2] me frappa, mais je l'attribuai à une émotion bien naturelle de sa part, au moment où, pour toujours peut-être, il allait se séparer de sa famille. Vers une heure à peu près, je regagnai mon logement. Je voulus repasser encore une fois par le viccolo di Madama Lucrezia. Quelque chose de blanc pendait à la fenêtre où j'avais vu deux apparitions si différentes. Je m'approchai avec précaution. C'était une corde à nœuds. Était-ce une invitation d'aller prendre congé de la signora ? Cela en avait tout l'air, et la tentation était forte. Je n'y cédai point pourtant, me rappelant la promesse faite à don Ottavio, et aussi, il faut bien le dire, la réception désagréable que m'avait attirée, quelques jours auparavant, une témérité beaucoup moins grande.

Je poursuivis mon chemin, mais lentement, désolé de perdre la dernière occasion de pénétrer les mystères de la maison n° 13. À chaque pas que je faisais, je tournais la tête, m'attendant toujours à voir quelque forme humaine monter ou descendre le long de la corde. Rien ne paraissait. J'atteignis enfin l'extrémité du viccolo. J'allais entrer dans le Corso.

« Adieu, madame Lucrèce, dis-je en ôtant mon chapeau à la maison que j'apercevais encore. Cherchez, s'il vous plaît, quelque autre que moi pour vous venger du jaloux qui vous tient emprisonnée. »

Deux heures sonnaient quand je rentrai dans mon hôtel. La voiture était dans la cour toute chargée. Un des garçons de l'hôtel me remit une lettre. C'était celle de don Ottavio, et comme elle me parut longue, je pensai qu'il valait mieux la lire dans ma chambre, et je dis au garçon de m'éclairer.

« Monsieur, me dit-il, votre domestique que vous nous aviez annoncé, celui qui doit voyager avec monsieur...

1. **À croix ou pile :** à pile ou face.
2. **L'altération de ses traits :** la modification des traits de son visage.

— Eh bien, est-il venu ?

— Non, monsieur...

— Il est à la poste ; il viendra avec les chevaux.

— Monsieur, il est venu tout à l'heure une dame qui a demandé à parler au domestique de monsieur. Elle a voulu absolument monter chez monsieur et m'a chargé de dire au domestique de monsieur, aussitôt qu'il viendrait, que Mme Lucrèce était dans votre chambre.

— Dans ma chambre ? m'écriai-je en serrant avec force la rampe de l'escalier.

— Oui, monsieur. Et il paraît qu'elle part aussi, car elle m'a donné un petit paquet ; je l'ai mis sur la vache[1]. »

Le cœur me battait fortement. Je ne sais quel mélange de terreur superstitieuse et de curiosité s'était emparé de moi. Je montai l'escalier marche à marche. Arrivé au premier étage (je demeurais au second), le garçon qui me précédait fit un faux pas, et la bougie qu'il tenait à la main tomba et s'éteignit. Il me demanda un million d'excuses, et descendit pour la rallumer. Cependant je montais toujours.

Déjà j'avais la main sur la clef de ma chambre. J'hésitais. Quelle nouvelle vision allait s'offrir à moi ? Plus d'une fois, dans l'obscurité, l'histoire de la nonne sanglante[2] m'était revenue à la mémoire. Étais-je possédé d'un démon comme don Alonso ? Il me sembla que le garçon tardait horriblement.

J'ouvris ma porte. Grâce au ciel ! il y avait de la lumière dans ma chambre à coucher. Je traversai rapidement le petit salon qui la précédait. Un coup d'œil suffit pour me prouver qu'il n'y avait personne dans ma chambre à coucher. Mais aussitôt j'entendis derrière moi des pas légers et le frôlement d'une robe. Je crois que mes cheveux se hérissaient sur ma tête. Je me retournai brusquement.

1. **La vache :** le panier situé sur le toit d'une voiture, dans lequel on pouvait placer les bagages.

2. **L'histoire de la nonne sanglante :** allusion au roman fantastique du Britannique Matthew Gregory Lewis, *Le Moine* (1796) : le personnage principal, don Ambrosio, que Mérimée appelle à tort Alonso, un moine qui aime corrompre les religieuses, y signe un pacte avec le diable.

Une femme vêtue de blanc, la tête couverte d'une mantille[1] noire, s'avançait les bras étendus :

« Te voilà donc enfin, mon bien-aimé ! » s'écria-t-elle en saisissant ma main.

La sienne était froide comme la glace, et ses traits avaient la pâleur de la mort. Je reculai jusqu'au mur. « Sainte-Madone, ce n'est pas lui !… Ah ! monsieur, êtes-vous l'ami de don Ottavio ? »

À ce mot, tout fut expliqué. La jeune femme, malgré sa pâleur, n'avait nullement l'air d'un spectre. Elle baissait les yeux, ce que ne font jamais les revenants, et tenait ses deux mains croisées à hauteur de sa ceinture, attitude modeste, qui me fit croire que mon ami don Ottavio n'était pas un aussi grand politique que je me l'étais figuré. Bref, il était grand temps d'enlever Lucrèce, et, malheureusement, le rôle de confident était le seul qui me fût destiné dans cette aventure. Un moment après arriva don Ottavio déguisé. Les chevaux vinrent et nous partîmes. Lucrèce n'avait pas de passeport, mais une femme, et une jolie femme, n'inspire guère de soupçons. Un gendarme cependant fit le difficile. Je lui dis qu'il était un brave, et qu'assurément il avait servi sous le grand Napoléon. Il en convint. Je lui fis présent d'un portrait de ce grand homme, en or, et je lui dis que mon habitude était de voyager avec une *amica*[2] pour me tenir compagnie ; et que, attendu que j'en changeais fort souvent, je croyais inutile de les faire mettre sur mon passeport.

« Celle-ci, ajoutai-je, me mène à la ville prochaine. On m'a dit que j'en trouverais là d'autres qui la vaudraient.

— Vous auriez tort d'en changer », me dit le gendarme en fermant respectueusement la portière.

S'il faut tout vous dire, Madame, ce traître de don Ottavio avait fait la connaissance de cette aimable personne, sœur d'un certain Vanozzi, riche cultivateur, mal noté comme un peu libéral et très contrebandier. Don Ottavio savait bien, que quand même sa famille ne l'eût pas destiné à l'Église,

1. **Mantille :** long capuchon.
2. **Une *amica* :** une courtisane, une prostituée.

elle n'aurait jamais consenti à lui laisser épouser une fille d'une condition si fort au-dessous de la sienne.

Amour est inventif. L'élève de l'abbé Negroni parvint à établir une correspondance secrète avec sa bien-aimée. Toutes les nuits, il s'échappait du palais Aldobrandi, et comme il eût été peu sûr d'escalader la maison de Vanozzi, les deux amants se donnaient rendez-vous dans celle de Mme Lucrèce, dont la mauvaise réputation les protégeait. Une petite porte cachée par un figuier mettait les deux jardins en communication. Jeunes et amoureux, Lucrèce et Ottavio ne se plaignaient pas de l'insuffisance de leur ameublement, qui se réduisait, je crois l'avoir déjà dit, à un vieux fauteuil de cuir.

Un soir, attendant don Ottavio, Lucrèce me prit pour lui, et me fit le cadeau que j'ai rapporté en son lieu. Il est vrai qu'il y avait quelque ressemblance de taille et de tournure entre don Ottavio et moi, et quelques médisants, qui avaient connu mon père à Rome, prétendaient qu'il y avait des raisons pour cela. Avint que le maudit frère découvrit l'intrigue ; mais ses menaces ne purent obliger Lucrèce à révéler le nom de son séducteur. On sait quelle fut sa vengeance et comment je pensai payer pour tous. Il est inutile de vous dire comment les deux amants, chacun de son côté, prirent la clef des champs.

Conclusion. – Nous arrivâmes tous les trois à Florence. Don Ottavio épousa Lucrèce, et partit aussitôt avec elle pour Paris. Mon père lui fit le même accueil que j'avais reçu de la marquise. Il se chargea de négocier sa réconciliation, et il y parvint non sans quelque peine. Le marquis Aldobrandi gagna fort à propos la fièvre des maremmes[1], dont il mourut. Ottavio a hérité de son titre et de sa fortune, et je suis le parrain de son premier enfant.

27 avril 1856.

1. **La fièvre des maremmes :** la fièvre des marais, le paludisme.

SITUER

Depuis la première visite de la maison de Lucrèce, les faits inquiétants et mystérieux se sont multipliés. À cette intrigue est venue s'ajouter une terrible menace pesant sur don Ottavio, à propos de laquelle ce dernier refuse encore de s'expliquer.

RÉFLÉCHIR

MISE EN SCÈNE : un suspense bien entretenu

1. À quel moment de la journée ce dénouement se produit-il ? Quelles sont les indications permettant de le dire ? Comment la narration joue-t-elle sur cet élément pour accroître la tension ?

2. Par quel biais l'explication attendue est-elle repoussée d'emblée ?

3. « en serrant avec force la rampe de l'escalier » (l. 783-784) : que marque cette réaction ? Par quels sentiments le narrateur passe-t-il ?

4. Étudiez et commentez les temps verbaux de la narration des lignes 787 à 806.

5. Comment la jeune femme se présente-t-elle d'abord aux yeux du narrateur ? À quoi ressemble-t-elle ?

6. En quoi l'histoire de don Ottavio et de son amante permet-elle d'expliquer l'ensemble des faits mystérieux observés par le narrateur lors de sa visite de la maison ?

TONALITÉS : de la tragédie à la comédie de mœurs

7. « Elle baissait les yeux, ce que ne font jamais les revenants » (l. 816-817) : quelle est la tonalité de cette remarque ? Relevez l'ensemble des éléments qui produisent le même effet et confèrent à ce dénouement sa tonalité générale.

8. « mon ami don Ottavio n'était pas un aussi grand politique que je me l'étais figuré » (l. 819-820) : que signifie ce jugement ?

9. Quels arguments le narrateur utilise-t-il pour convaincre le gendarme (l. 826-836) ?

10. « quelques médisants, qui avaient connu mon père à Rome, prétendaient qu'il y avait des raisons pour cela » (l. 858-860) : que signifie cette remarque ?

11. À quoi la conclusion de cette nouvelle vous fait-elle penser ?

Comment faut-il lire Il Viccolo di Madama Lucrezia *? Cette nouvelle est-elle un conte fantastique ou une intrigue sur le mode de l'enquête policière ? Le récit joue manifestement sur les deux registres. S'il exploite largement les motifs de la littérature fantastique, son dénouement ne laisse planer aucun doute quant à la nature des faits relatés. Il semble en fin de compte offrir une réflexion sur les pouvoirs de l'imaginaire.*

GENRES : les ingrédients du fantastique

La nouvelle fait appel aux références et à la culture des lecteurs. Elle multiplie en effet les allusions aux croyances et à l'imaginaire populaires.

1. Quel est le motif principal apparentant ce récit au conte fantastique ?

2. La narration fait référence à un modèle littéraire : lequel ?

3. Quel rôle l'histoire et le passé jouent-ils dans cette nouvelle ?

THÈMES : le voyage

La situation initiale situe cette nouvelle dans une longue tradition de récits extraordinaires.

4. En quoi la situation du narrateur est-elle propice à l'aventure ?

5. Que représente la ville de Rome pour les lecteurs de Mérimée ?

QUI PARLE ? QUI VOIT ? L'identité du narrateur

L'auteur puise dans sa culture ainsi que dans les souvenirs de ses nombreux voyages pour rédiger ses nouvelles.

6. Quels traits ont en commun le narrateur de cette nouvelle et celui de *La Vénus d'Ille* ? Quelle ressemblance présentent-ils avec l'auteur ?

7. À quelle époque les événements rapportés dans la nouvelle sont-ils censés s'être déroulés ?

STRUCTURE : une trame bien rodée

Il Viccolo di Madama Lucrezia, comme *Lokis*, semblent reprendre une recette déjà éprouvée par l'auteur avec *La Vénus d'Ille*.

8. Quels sont les motifs communs permettant de rapprocher cette nouvelle de la précédente ?

Lokis

I

— Théodore, dit M. le professeur Wittembach, veuillez me donner ce cahier relié en parchemin, sur la seconde tablette, au-dessus du secrétaire ; non pas celui-ci, mais le petit in-octavo[1]. C'est là que j'ai réuni toutes les notes de mon journal de 1866, du moins celles qui se rapportent au comte Szémioth.

Le professeur mit ses lunettes, et au milieu du plus profond silence lut ce qui suit :

LOKIS,

avec ce proverbe lithuanien[2] pour épigraphe[3] :

*Miszka su Lokiu**
Abu du tokiu.

Lorsque parut à Londres la première traduction des saintes Écritures[4] en langue lithuanienne, je publiai dans la *Gazette scientifique et littéraire* de Kœnigsberg[5] un article dans lequel, tout en rendant pleine justice aux efforts du docte interprète et aux pieuses intentions de la Société biblique, je crus devoir signaler quelques légères erreurs, et de plus je fis remarquer que cette version ne pouvait être utile qu'à une partie seulement des populations lithuaniennes. En effet, le dialecte dont on a fait usage n'est que

---

1. **In-octavo :** désigne un format de livre.
2. **Lithuanien :** originaire de Lituanie (ancienne orthographe : Lithuanie), l'un des pays bordant la mer Baltique et frontalier de la Russie. C'est dans ce pays que se déroule la nouvelle.
3. **Épigraphe :** courte citation placée en tête d'un livre ou d'un chapitre.

* Les deux font la paire ; mot à mot, Michon (Michel) avec Lokis, tous les deux les mêmes. *Michaelium cum Lokide, ambo* [*duo*] *ipsissimi* (note de l'auteur).

4. **Saintes Écritures :** l'ensemble des textes composant la Bible.
5. **Kœnigsberg :** ancienne ville allemande de Prusse orientale, aujourd'hui russe.

difficilement intelligible aux habitants des districts où se parle la langue *jomaïtique*, vulgairement appelée *jmoude*, je veux dire dans le palatinat[1] de Samogitie, langue qui se rapproche du sanscrit[2] encore plus peut-être que le haut-lithuanien. Cette observation, malgré les critiques furibondes[3] qu'elle m'attira de la part de certain professeur bien connu à l'université de Dorpat[4], éclaira les honorables membres du conseil d'administration de la Société biblique, et il n'hésita pas à m'adresser l'offre flatteuse de diriger et de surveiller la rédaction de l'Évangile de saint Matthieu en samogitien[5]. J'étais alors trop occupé de mes études sur les langues transouraliennes[6] pour entreprendre un travail plus étendu qui eût compris les quatre Évangiles. Ajournant donc mon mariage avec Mlle Gertrude Weber, je me rendis à Kowno *(Kaunas)*, avec l'intention de recueillir tous les monuments linguistiques imprimés ou manuscrits en langue jmoude que je pourrais me procurer, sans négliger, bien entendu, les poésies populaires, *daïnos*, les récits ou légendes, *pasakos*, qui me fourniraient des documents pour un vocabulaire jomaïtique, travail qui devait nécessairement précéder celui de la traduction.

On m'avait donné une lettre pour le jeune comte Michel Szémioth, dont le père, à ce qu'on m'assurait, avait possédé le fameux *Catechismus Samogiticus* du père Lawicki, si rare que son existence même a été contestée, notamment par le professeur de Dorpat auquel je viens de faire allusion. Dans sa bibliothèque se trouvait, selon les renseignements qui m'avaient été donnés, une vieille collection de *daïnos*, ainsi

1. **Palatinat :** territoire placé sous l'autorité d'un palatin, gouverneur d'une province de l'ancienne Pologne.
2. **Sanscrit :** ancienne langue de l'Inde, l'une des plus anciennes langues indo-européennes connues.
3. **Furibondes :** furieuses.
4. **Dorpat :** ville d'Estonie, un autre Pays balte.
5. **Samogitien :** langue des habitants de la Samogitie, également appelée jomaïtique ou jmoude ; il s'agit d'un dialecte de la langue lituanienne, la plus archaïque des langues européennes.
6. **Transouraliennes :** de la région de l'Oural (montagne de Russie qui forme la frontière conventionnelle entre l'Europe et l'Asie).

que des poésies dans l'ancienne langue *prussienne*[1]. Ayant écrit au comte Szémioth pour lui exposer le but de ma visite, j'en reçus l'invitation la plus aimable de venir passer dans son château de Médintiltas tout le temps qu'exigeraient mes recherches. Il terminait sa lettre en me disant de la façon la plus gracieuse qu'il se piquait de parler le jmoude presque aussi bien que ses paysans, et qu'il serait heureux de joindre ses efforts aux miens pour une entreprise qu'il qualifiait de *grande* et d'intéressante. Ainsi que quelques-uns des plus riches propriétaires de la Lithuanie, il professait la religion évangélique[2], dont j'ai l'honneur d'être ministre[3]. On m'avait prévenu que le comte n'était pas exempt d'une certaine bizarrerie de caractère, très hospitalier d'ailleurs, ami des sciences et des lettres, et particulièrement bienveillant pour ceux qui les cultivent. Je partis donc pour Médintiltas.

Au perron du château, je fus reçu par l'intendant du comte, qui me conduisit aussitôt à l'appartement préparé pour me recevoir. — M. le comte, me dit-il, est désolé de ne pouvoir dîner aujourd'hui avec monsieur le professeur. Il est tourmenté de la migraine, maladie à laquelle il est malheureusement un peu sujet. Si monsieur le professeur ne désire pas être servi dans sa chambre, il dînera avec M. le docteur Frœber, médecin de Mme la comtesse. On dîne dans une heure ; on ne fait pas de toilette[4]. Si monsieur le professeur a des ordres à donner, voici le timbre[5]. — Il se retira en me faisant un profond salut.

L'appartement était vaste, bien meublé, orné de glaces et de dorures. Il avait vue d'un côté sur un jardin ou plutôt sur le parc du château, de l'autre sur la grande cour d'honneur. Malgré l'avertissement : « on ne fait pas de toilette », je crus

1. **L'ancienne langue *prussienne* :** ancienne langue de la Prusse, royaume oriental de l'Allemagne, proche de la langue lituanienne et disparue au XVIIe siècle.
2. **La religion évangélique :** une des confessions de la religion protestante.
3. **Ministre :** prêtre.
4. **On ne fait pas de toilette :** on reste habillé simplement.
5. **Timbre :** sonnette.

devoir tirer de ma malle mon habit noir. J'étais en manches de chemise, occupé à déballer mon petit bagage, lorsqu'un bruit de voiture m'attira à la fenêtre qui donnait sur la cour. Une belle calèche venait d'entrer. Elle contenait une dame en noir, un monsieur et une femme vêtue comme les paysannes lithuaniennes, mais si grande et si forte que d'abord je fus tenté de la prendre pour un homme déguisé. Elle descendit la première ; deux autres femmes, non moins robustes en apparence, étaient déjà sur le perron. Le monsieur se pencha vers la dame en noir, et à ma grande surprise déboucla une large ceinture de cuir qui la fixait à sa place dans la calèche. Je remarquai que cette dame avait de longs cheveux blancs fort en désordre, et que ses yeux, tout grands ouverts, semblaient inanimés : on eût dit une figure de cire. Après l'avoir détachée, son compagnon lui adressa la parole, chapeau bas, avec beaucoup de respect ; mais elle ne parut pas y faire la moindre attention. Alors il se tourna vers les servantes en leur faisant un léger signe de tête. Aussitôt les trois femmes saisirent la dame en noir, et, en dépit de ses efforts pour s'accrocher à la calèche, elles l'enlevèrent comme une plume, et la portèrent dans l'intérieur du château. Cette scène avait pour témoins plusieurs serviteurs de la maison qui semblaient n'y voir rien que de très ordinaire. L'homme qui avait dirigé l'opération tira sa montre et demanda si on allait bientôt dîner. — Dans un quart d'heure, monsieur le docteur, lui répondit-on. — Je n'eus pas de peine à deviner que je voyais le docteur Frœber, et que la dame en noir était la comtesse. D'après son âge, je conclus qu'elle était la mère du comte Szémioth, et les précautions prises à son égard annonçaient assez que sa raison était altérée[1].

Quelques instants après, le docteur lui-même entra dans ma chambre. — M. le comte étant souffrant, me dit-il, je suis obligé de me présenter moi-même à monsieur le professeur. Le docteur Frœber, à vous rendre mes devoirs. Enchanté de faire la connaissance d'un savant dont le mérite est connu

1. **Sa raison était altérée :** elle était folle.

SITUER

Le professeur Wittembach, le narrateur, se rend au château de Médintiltas, résidence du comte Szémioth, où il doit séjourner quelque temps pour étudier les dialectes lituaniens. Dès son arrivée, ce qu'il découvre fait planer une ombre de mystère sur les lieux.

RÉFLÉCHIR

QUI PARLE ? QUI VOIT ? Visiteur et spectateur

1. Où la scène observée par le narrateur se déroule-t-elle ? Quelle est alors la situation du narrateur ?

2. Quel est l'intérêt de cette situation du point de vue de la narration ? En quoi l'appartement réservé au narrateur est-il un lieu idéal ?

PERSONNAGES : des figures singulières

3. Quels sont les personnages présents ou évoqués dans ce passage ?

4. Quel semble être le point commun entre le comte et sa mère ?

5. Quel motif les trois principaux personnages évoqués par la narration introduisent-ils dans le récit ?

6. Relevez, dans la description de la comtesse, l'ensemble des traits révélateurs de son état.

7. Que pensez-vous du portrait du docteur Frœber ?

8. Pourquoi le narrateur insiste-t-il sur le caractère robuste des trois servantes ?

STRATÉGIES : la mise en place d'une intrigue

9. Quel effet l'absence annoncée du comte produit-elle ?

10. Relevez tous les termes et expressions se rapportant aux sensations, aux sentiments et aux pensées du narrateur ; quelle relation établissent-ils entre le narrateur et le lecteur ?

ÉCRIRE

11. Comme le narrateur, vous arrivez chez un hôte inconnu, en un lieu étranger : racontez vos impressions.

de tous ceux qui lisent la *Gazette scientifique et littéraire* de Kœnigsberg. Auriez-vous pour agréable[1] qu'on servît ?

Je répondis de mon mieux à ses compliments, et lui dis que, s'il était temps de se mettre à table, j'étais prêt à le suivre.

Dès que nous entrâmes dans la salle à manger, un maître d'hôtel nous présenta, selon l'usage du nord, un plateau d'argent chargé de liqueurs et de quelques mets salés et fortement épicés propres à exciter l'appétit.

— Permettez-moi, monsieur le professeur, me dit le docteur, de vous recommander, en ma qualité de médecin, un verre de cette *starka*, vraie eau-de-vie de Cognac, depuis quarante ans dans le fût. C'est la mère des liqueurs. Prenez un anchois de Drontheim, rien n'est plus propre à ouvrir et préparer le tube digestif, organe des plus importants... Et maintenant à table. Pourquoi ne parlerions-nous pas allemand ? Vous êtes de Kœnigsberg, moi de Memel[2], mais j'ai fait mes études à Iéna[3]. De la sorte nous serons plus libres, et les domestiques, qui ne savent que le polonais et le russe, ne nous comprendront pas.

Nous mangeâmes d'abord en silence, puis, après avoir pris un premier verre de vin de Madère, je demandai au docteur si le comte était fréquemment incommodé de l'indisposition qui nous privait aujourd'hui de sa présence.

— Oui et non, répondit le docteur ; cela dépend des excursions qu'il fait.

— Comment cela ?

— Lorsqu'il va sur la route de Rosienie par exemple, il en revient avec la migraine et l'humeur farouche.

— Je suis allé à Rosienie moi-même sans pareil accident.

— Cela tient, monsieur le professeur, répondit-il en riant, à ce que vous n'êtes pas amoureux.

Je soupirai en pensant à Mlle Gertrude Weber.

— C'est donc à Rosienie, dis-je, que demeure la fiancée de M. le comte ?

1. **Auriez-vous pour agréable... ? :** Souhaiteriez-vous... ? (expression vieillie)
2. **Memel :** port de Lituanie.
3. **Iéna :** ville de l'est de l'Allemagne.

— Oui, dans les environs. Fiancée ?... je n'en sais rien. Une franche coquette[1] ! Elle lui fera perdre la tête, comme il est arrivé à sa mère.

— En effet, je crois que Mme la comtesse est... malade ?

— Elle est folle, mon cher monsieur, folle ! Et le plus grand fou, c'est moi d'être venu ici !

— Espérons que vos bons soins lui rendront la santé.

Le docteur secoua la tête en examinant avec attention la couleur d'un verre de vin de Bordeaux qu'il tenait à la main.

— Tel que vous me voyez, monsieur le professeur, j'étais chirurgien-major au régiment de Kalouga[2]. À Sévastopol[3], nous étions du matin au soir à couper des bras et des jambes ; je ne parle pas des bombes qui nous arrivaient comme des mouches à un cheval écorché ; eh bien ! mal logé, mal nourri, comme j'étais alors, je ne m'ennuyais pas comme ici, où je mange et bois du meilleur, où je suis logé comme un prince, payé comme un médecin de cour... Mais la liberté, mon cher monsieur !... Figurez-vous qu'avec cette diablesse on n'a pas un moment à soi !

— Y a-t-il longtemps qu'elle est confiée à votre expérience ?

— Moins de deux ans ; mais il y en a vingt-sept au moins qu'elle est folle, dès avant la naissance du comte. On ne vous a pas conté cela à Rosienie ni à Kowno ? Écoutez donc, car c'est un cas sur lequel je veux un jour écrire un article dans le *Journal médical de Saint-Pétersbourg*. Elle est folle de peur...

— De peur ? Comment est-ce possible ?

— D'une peur qu'elle a eue. Elle est de la famille des Keystut... Oh ! dans cette maison-ci, on ne se mésallie pas[4]. Nous descendons, nous, de Gédymin[5]... Donc, monsieur le professeur, trois jours... ou deux jours après son mariage,

1. **Une franche coquette :** une femme très attachée à son apparence physique et aimant plaire.
2. **Kalouga :** ville russe.
3. **Sévastopol :** Sébastopol, ville d'Ukraine, sur la mer Noire, qui fut assiégée par les Français et les Anglais en 1854-1855.
4. **On ne se mésallie pas :** on ne se marie qu'avec des personnes du même rang.
5. **Gédymin :** souverain de Lituanie qui régna au IVe siècle.

qui eut lieu dans ce château où nous dînons (à votre santé !),... le comte, le père de celui-ci, s'en va à la chasse. Nos dames lithuaniennes sont des amazones[1], comme vous savez. La comtesse va aussi à la chasse... Elle reste en arrière ou dépasse les veneurs[2],... je ne sais lequel... Bon ! tout d'un coup le comte voit arriver bride abattue le petit cosaque[3] de la comtesse, un enfant de douze ou quatorze ans. – Maître, dit-il, un ours emporte la maîtresse ! — Où cela ? dit le comte. — Par là, dit le petit cosaque. — Toute la chasse accourt au lieu qu'il désigne ; point de comtesse ! Son cheval étranglé d'un côté, de l'autre sa pelisse[4] en lambeaux. On cherche, on bat le bois en tout sens. Enfin un veneur s'écrie : Voilà l'ours ! En effet l'ours traversait une clairière, traînant toujours la comtesse, sans doute pour aller la dévorer tout à son aise dans un fourré, car ces animaux-là sont sur leur bouche[5]. Ils aiment, comme les moines, à dîner tranquilles. Marié de deux jours, le comte était fort chevaleresque, il voulait se jeter sur l'ours, le couteau de chasse au poing ; mais, mon cher monsieur, un ours de Lithuanie ne se laisse pas transpercer comme un cerf. Par bonheur, le porte-arquebuse[6] du comte, un assez mauvais drôle[7], ivre ce jour-là à ne pas distinguer un lapin d'un chevreuil, fait feu de sa carabine à plus de cent pas, sans se soucier de savoir si la balle toucherait la bête ou la femme...

— Et il tua l'ours ?

— Tout raide. Il n'y a que les ivrognes pour ces coups-là. Il y a aussi des balles prédestinées, monsieur le professeur. Nous avons ici des sorciers qui en vendent à juste prix...

1. **Amazones :** femmes aimant chevaucher et chasser (en référence aux Amazones de la mythologie grecque).
2. **Veneurs :** dans une chasse à courre, hommes à pied qui conduisent et excitent les chiens.
3. **Le petit cosaque :** le petit serviteur, monté à cheval, comparé aux cavaliers originaires d'Asie centrale.
4. **Pelisse :** manteau de fourrure.
5. **Sur leur bouche :** gourmands, toujours affamés.
6. **Porte-arquebuse :** serviteur chargé de porter les fusils.
7. **Un assez mauvais drôle :** un mauvais sujet, un vaurien.

La comtesse était fort égratignée, sans connaissance, cela va sans dire, une jambe cassée. On l'emporte, elle revient à elle ; mais la raison était partie. On la mène à Saint-Pétersbourg. Grande consultation, quatre médecins chamarrés de tous les ordres[1]. Ils disent : « Mme la comtesse est grosse[2], il est probable que sa délivrance déterminera une crise favorable. Qu'on la tienne en bon air, à la campagne, du petit lait, de la codéine[3]... » On leur donne cent roubles[4] à chacun. Neuf mois après, la comtesse accouche d'un garçon bien constitué ; mais la crise favorable ? Ah ! bien oui !... Redoublement de rage. Le comte lui montre son fils. Cela ne manque jamais son effet... dans les romans. — « Tuez-le ! tuez la bête ! » qu'elle s'écrie ; peu s'en fallut qu'elle ne lui tordît le cou. Depuis lors alternatives de folie stupide ou de manie furieuse. Forte propension au suicide[5]. On est obligé de l'attacher pour lui faire prendre l'air. Il faut trois vigoureuses servantes pour la tenir. Cependant, monsieur le professeur, veuillez noter ce fait : quand j'ai épuisé mon latin[6] auprès d'elle sans pouvoir m'en faire obéir, j'ai un moyen pour la calmer. Je la menace de lui couper les cheveux... Autrefois, je pense, elle les avait très beaux. La coquetterie ! voilà le dernier sentiment humain qui est demeuré. N'est-ce pas drôle ? Si je pouvais l'instrumenter à ma guise, peut-être la guérirais-je.

— Comment cela ?

— En la rouant de coups. J'ai guéri de la sorte vingt paysannes dans un village où s'était déclarée cette curieuse folie russe, le *hurlement** ; une femme se met à hurler, sa commère hurle. Au bout de trois jours, tout un village hurle. À force de

1. **Chamarrés de tous les ordres :** couverts de décorations et de médailles honorifiques.
2. **Grosse :** enceinte.
3. **Codéine :** médicament dérivé de la morphine utilisé comme calmant.
4. **Roubles :** monnaie russe et des régions environnantes.
5. **Forte propension au suicide :** envies fortes de suicide.
6. **Quand j'ai épuisé mon latin :** quand j'ai essayé toutes les méthodes.

* On appelle en russe une possédée, une hurleuse, *klikoucha*, dont la racine est *klik*, « clameur, hurlement » (note de l'auteur).

les rosser, j'en suis venu à bout. Prenez une gélinotte[1], elles sont tendres. Le comte n'a jamais voulu que j'essayasse.

— Comment ! vous vouliez qu'il consentît à votre abominable traitement !

— Oh ! il a si peu connu sa mère, et puis c'est pour son bien ; mais dites-moi, monsieur le professeur, auriez-vous jamais cru que la peur pût faire perdre la raison ?

— La situation de la comtesse était épouvantable... Se trouver entre les griffes d'un animal si féroce !

— Eh bien ! son fils ne lui ressemble pas. Il y a moins d'un an qu'il s'est trouvé exactement dans la même position, et, grâce à son sang-froid, il s'en est tiré à merveille.

— Des griffes d'un ours ?

— D'une ourse, et la plus grande qu'on ait vue depuis longtemps. Le comte a voulu l'attaquer l'épieu à la main. Bah ! d'un revers elle écarte l'épieu, elle empoigne M. le comte et le jette par terre aussi facilement que je renverserais cette bouteille. Lui, malin, fait le mort... L'ourse l'a flairé, flairé, puis, au lieu de le déchirer, lui donne un coup de langue. Il a eu la présence d'esprit de ne pas bouger, et elle a passé son chemin.

— L'ourse a cru qu'il était mort. En effet, j'ai ouï dire que ces animaux ne mangent pas les cadavres.

— Il faut le croire et s'abstenir d'en faire l'expérience personnelle ; mais, à propos de peur, laissez-moi vous conter une histoire de Sévastopol. Nous étions cinq ou six autour d'une cruche de bière qu'on venait de nous apporter derrière l'ambulance[2] du fameux bastion n° 5. La vedette[3] crie : Une bombe ! Nous nous mettons tous à plat ventre, non pas tous, un nommé,... mais il est inutile de dire son nom,... un jeune officier qui venait de nous arriver resta debout, tenant son verre plein, juste au moment où la bombe éclata. Elle emporta la tête de mon pauvre camarade André Speranski, un brave garçon, et cassa la cruche ; heureusement elle était à peu près vide.

1. **Gélinotte :** oiseau voisin de la perdrix.
2. **L'ambulance :** l'infirmerie.
3. **La vedette :** la sentinelle, le guetteur.

SITUER

Au cours du dîner, le narrateur s'enquiert de l'état de la comtesse. Le docteur, chargé de la soigner, se lance dans le récit vivant d'une partie de chasse à l'ours peu banale.

RÉFLÉCHIR

QUI PARLE ? QUI VOIT ? Une narration à deux voix

1. Quelle forme ce passage adopte-t-il ? Quelles en sont les marques formelles ?

2. Qui est le narrateur des événements survenus à la comtesse ? Quel rôle le narrateur de la nouvelle, le professeur Wittembach, joue-t-il ici ?

3. Le docteur fut-il témoin de cet épisode dramatique ? Comment en a-t-il eu connaissance ?

4. Quels sont les éléments de son récit indiquant qu'il fait lui-même le récit d'un récit ?

5. Quels sont les procédés utilisés par l'auteur pour faire de la relation du docteur un récit vivant ? Étudiez la ponctuation, les temps verbaux, la nature des phrases, etc.

THÈMES : le chasseur et la proie

6. Relevez le lexique ayant trait à la chasse (l. 182-203).

7. « Il y a aussi des balles prédestinées » (l. 206) : quel est le sens de cette remarque ?

8. « Le comte a voulu l'attaquer l'épieu à la main » (l. 251) : quel trait de caractère cette action révèle-t-elle ? À qui peut-on comparer le jeune comte ?

9. « j'ai ouï dire que ces animaux ne mangent pas les cadavres » (l. 258-259) : que pensez-vous de cette explication ?

PERSONNAGES : un médecin atypique ?

10. Qu'est-ce qui caractérise les méthodes thérapeutiques employées par le docteur Frœber ? En quoi l'introduction de son récit (l. 159-163) permet-elle de les expliquer ?

ÉCRIRE

11. Faites le récit de cet épisode dramatique en adoptant le point de vue de la comtesse.

Quand nous nous relevâmes après l'explosion, nous voyons au milieu de la fumée notre ami qui avalait la dernière gorgée de sa bière, comme si de rien n'était. Nous le crûmes un héros. Le lendemain, je rencontre le capitaine Ghédéonof, qui sortait de l'hôpital. Il me dit : « Je dîne avec vous autres aujourd'hui, et, pour célébrer ma rentrée, je paie le champagne. » Nous nous mettons à table. Le jeune officier de la bière y était. Il ne s'attendait pas au champagne. On décoiffe une bouteille près de lui... Paf ! le bouchon vient le frapper à la tempe. Il pousse un cri et se trouve mal. Croyez que mon héros avait eu diablement peur la première fois, et que, s'il avait bu sa bière au lieu de se garer, c'est qu'il avait perdu la tête, et il ne lui restait plus qu'un mouvement machinal dont il n'avait pas conscience. En effet, monsieur le professeur, la machine humaine...

— Monsieur le docteur, dit un domestique en entrant dans la salle, la Jdanova dit que Mme la comtesse ne veut pas manger.

— Que le diable l'emporte ! grommela le docteur. J'y vais. Quand j'aurai fait manger ma diablesse, monsieur le professeur, nous pourrions, si vous l'aviez pour agréable, faire une petite partie à la *préférence* ou aux *douratchki*[1] ?

Je lui exprimai mes regrets de mon ignorance, et, lorsqu'il alla voir sa malade, je passai dans ma chambre et j'écrivis à Mlle Gertrude.

II

La nuit était chaude, et j'avais laissé ouverte la fenêtre donnant sur le parc. Ma lettre écrite, ne me trouvant encore aucune envie de dormir, je me mis à repasser les verbes irréguliers lithuaniens et à rechercher dans le sanscrit les causes de leurs différentes irrégularités. Au milieu de ce travail qui m'absorbait, un arbre assez voisin de ma fenêtre fut violemment agité. J'entendis craquer des branches mortes, et il me sembla que quelque animal fort lourd essayait d'y grimper. Encore tout préoccupé des histoires d'ours que le docteur

1. **À la *préférence* ou aux *douratchki* :** jeux de cartes répandus en Russie.

m'avait racontées, je me levai, non sans un certain émoi, et à quelques pieds de ma fenêtre, dans le feuillage de l'arbre, j'aperçus une tête humaine, éclairée en plein par la lumière de ma lampe. L'apparition ne dura qu'un instant, mais l'éclat singulier des yeux qui rencontrèrent mon regard me frappa plus que je ne saurais dire. Je fis involontairement un mouvement de corps en arrière, puis je courus à la fenêtre, et, d'un ton sévère, je demandai à l'intrus ce qu'il voulait. Cependant il descendait en toute hâte, et, saisissant une grosse branche entre ses mains, il se laissa pendre, puis tomber à terre, et disparut aussitôt. Je sonnai ; un domestique entra. Je lui racontai ce qui venait de se passer. — Monsieur le professeur se sera trompé sans doute. — Je suis sûr de ce que je dis, repris-je. Je crains qu'il n'y ait un voleur dans le parc. — Impossible, monsieur. — Alors c'est donc quelqu'un de la maison ?... Le domestique ouvrait de grands yeux sans me répondre. À la fin il me demanda si j'avais des ordres à lui donner. Je lui dis de fermer la fenêtre et je me mis au lit.

Je dormis fort bien sans rêver d'ours ni de voleurs. Le matin, j'achevais ma toilette, quand on frappa à ma porte. J'ouvris et me trouvai en face d'un très grand et beau jeune homme, en robe de chambre boukhare[1], et tenant à la main une longue pipe turque.

— Je viens vous demander pardon, monsieur le professeur, dit-il, d'avoir si mal accueilli un hôte tel que vous. Je suis le comte Szémioth.

Je me hâtai de répondre que j'avais au contraire à le remercier humblement de sa magnifique hospitalité, et je lui demandai s'il était débarrassé de sa migraine.

— À peu près, dit-il. Jusqu'à une nouvelle crise, ajouta-t-il avec une expression de tristesse. Êtes-vous tolérablement ici[2] ? Veuillez vous rappeler que vous êtes chez les barbares. Il ne faut pas être difficile en Samogitie.

1. **Boukhare :** de Boukhara, ville d'Ouzbékistan, célèbre pour son artisanat textile.
2. **Êtes-vous tolérablement ici ? :** Êtes-vous correctement installé ?

Je l'assurai que je me trouvais à merveille. Tout en lui parlant, je ne pouvais m'empêcher de le considérer avec une curiosité que je trouvais moi-même impertinente. Son regard avait quelque chose d'étrange qui me rappelait malgré moi celui de l'homme que la veille j'avais vu grimpé sur l'arbre ; ... mais quelle apparence, me disais-je, que M. le comte Szémioth grimpe aux arbres la nuit ?

Il avait le front haut et bien développé, quoique un peu étroit. Ses traits étaient d'une grande régularité, seulement ses yeux étaient trop rapprochés, et il me sembla que d'une glandule lacrymale à l'autre[1] il n'y avait pas la place d'un œil, comme l'exige le canon[2] des sculpteurs grecs. Son regard était perçant. Nos yeux se rencontrèrent plusieurs fois malgré nous, et nous les détournions l'un et l'autre avec un certain embarras. Tout à coup le comte éclatant de rire s'écria : Vous m'avez reconnu !

— Reconnu ?

— Oui, vous m'avez surpris hier, faisant le franc polisson.

— Oh ! monsieur le comte !...

— J'avais passé toute la journée très souffrant, enfermé dans mon cabinet. Le soir, me trouvant mieux, je me suis promené dans le jardin. J'ai vu de la lumière chez vous, et j'ai cédé à un mouvement de curiosité... J'aurais dû me nommer et me présenter, mais la situation était si ridicule... J'ai eu honte et me suis enfui... Me pardonnez-vous de vous avoir dérangé au milieu de votre travail ?

Tout cela était dit d'un ton qui voulait être badin[3] ; mais il rougissait et était évidemment mal à son aise. Je fis tout ce qui dépendait de moi pour lui persuader que je n'avais gardé aucune impression fâcheuse de cette première entrevue, et pour couper court à ce sujet je lui demandai s'il était vrai qu'il possédât le catéchisme samogitien du père Lawicki ?

— Cela se peut ; mais, à vous dire la vérité, je ne connais pas trop la bibliothèque de mon père. Il aimait les vieux

1. **D'une glandule lacrymale à l'autre :** d'un coin de l'œil à l'autre.
2. **Canon :** règles définissant les critères de la beauté.
3. **Badin :** léger, amusé.

livres et les raretés. Moi, je ne lis guère que des ouvrages modernes ; mais nous chercherons, monsieur le professeur. Vous voulez donc que nous lisions l'Évangile en jmoude ?

— Ne pensez-vous pas, monsieur le comte, qu'une traduction des Écritures dans la langue de ce pays ne soit très désirable ?

— Assurément ; pourtant, si vous voulez bien me permettre une petite observation, je vous dirai que, parmi les gens qui ne savent d'autre langue que le jmoude, il n'y en a pas un seul qui sache lire.

— Peut-être, mais je demande à votre excellence* la permission de lui faire remarquer que la plus grande des difficultés pour apprendre à lire, c'est le manque de livres. Quand les paysans samogitiens auront un texte imprimé, ils voudront le lire, et ils apprendront à lire. C'est ce qui est arrivé déjà à bien des sauvages… non que je veuille appliquer cette qualification aux habitants de ce pays… D'ailleurs, ajoutai-je, n'est-ce pas une chose déplorable qu'une langue disparaisse sans laisser de traces ? Depuis une trentaine d'années, le *prussien* n'est plus qu'une langue morte. La dernière personne qui savait le *cornique*[1] est morte l'autre jour…

— Triste ! interrompit le comte. Alexandre de Humboldt[2] racontait à mon père qu'il avait connu en Amérique un perroquet qui seul savait quelques mots de la langue d'une tribu aujourd'hui entièrement détruite par la petite vérole[3]. Voulez-vous permettre qu'on apporte le thé ici ?

Pendant que nous prenions le thé, la conversation roula sur la langue jmoude. Le comte blâmait la manière dont les Allemands ont imprimé le lithuanien, et il avait raison.

* *Siatelstvo*, votre éclat lumineux, c'est le titre qu'on donne à un comte (note de l'auteur).

1. **Le *cornique* :** ancienne langue de la Cornouaille, en Bretagne.
2. **Alexandre de Humboldt :** naturaliste, chimiste et linguiste allemand, qui effectua de nombreux voyages dont il publia les récits (1769-1859).
3. **La petite vérole :** la variole, maladie qui sévissait en Europe depuis longtemps mais était étrangère aux populations du Nouveau Monde jusqu'à l'arrivée des Européens. Sa transmission aux populations indigènes les décima.

— Votre alphabet, disait-il, ne convient pas à notre langue. Vous n'avez ni notre J, ni notre L, ni notre Y, ni notre Ë. J'ai une collection de *daïnos* publiée l'année passée à Kœnigsberg, et j'ai toutes les peines du monde à deviner les mots, tant ils sont étrangement figurés.

— Votre excellence parle sans doute des *daïnos* de Lessner ?

— Oui. C'est de la poésie bien plate, n'est-ce pas ?

— Peut-être eût-il trouvé mieux. Je conviens que, tel qu'il est, ce recueil n'a qu'un intérêt purement philologique[1] ; mais je crois qu'en cherchant bien on parviendrait à recueillir des fleurs plus suaves[2] parmi vos poésies populaires.

— Hélas ! j'en doute fort malgré tout mon patriotisme.

— Il y a quelques semaines, on m'a donné à Wilno une ballade vraiment belle, de plus historique... La poésie en est remarquable... Me permettriez-vous de vous la lire ? Je l'ai dans mon portefeuille.

— Très volontiers.

Il s'enfonça dans son fauteuil après m'avoir demandé la permission de fumer. — Je ne comprends la poésie qu'en fumant, dit-il.

— Cela est intitulé : *Les trois fils de Boudrys.*

— Les trois fils de Boudrys ? s'écria le comte avec un mouvement de surprise.

— Oui. Boudrys, votre excellence le sait mieux que moi, est un personnage historique.

Le comte me regardait fixement avec son regard singulier. Quelque chose d'indéfinissable, à la fois timide et farouche, qui produisait une impression presque pénible, quand on n'y était pas habitué. Je me hâtai de lire pour y échapper.

« Les trois fils de Boudrys.

« Dans la cour de son château, le vieux Boudrys appelle ses trois fils, trois vrais Lithuaniens comme lui. Il leur dit : Enfants, faites manger vos chevaux de guerre, apprêtez vos selles ; aiguisez vos sabres et vos javelines.

---

1. Philologique : lié à l'histoire des langues, linguistique.
2. Plus suaves : plus belles.

« On dit qu'à Wilno la guerre est déclarée contre les trois coins du monde. Olgerd marchera contre les Russes ; Skirghello contre nos voisins les Polonais ; Keystut tombera sur les Teutons*.

« Vous êtes jeunes, forts, hardis[1], allez combattre : que les dieux de la Lithuanie vous protègent ! Cette année, je ne ferai pas campagne, mais je veux vous donner un conseil. Vous êtes trois, trois routes s'ouvrent à vous.

« Qu'un de vous accompagne Olgerd en Russie, aux bords du lac Ilmen, sous les murs de Novgorod[2]. Les peaux d'hermine[3], les étoffes brochées, s'y trouvent à foison. Chez les marchands autant de roubles que de glaçons dans le fleuve.

« Que le second suive Keystut dans sa chevauchée. Qu'il mette en pièces la racaille porte-croix[4] ! L'ambre[5], là, c'est leur sable de mer ; leurs draps, par leur lustre et leurs couleurs, sont sans pareils. Il y a des rubis dans les vêtements de leurs prêtres.

« Que le troisième passe le Niémen[6] avec Skirghello. De l'autre côté, il trouvera de vils instruments de labourage. En revanche, il pourra choisir de bonnes lances, de forts boucliers, et il m'en ramènera une bru[7].

« Les filles de Pologne, enfants, sont les plus belles de nos captives. Folâtres comme des chattes, blanches comme la crème ! sous leurs noirs sourcils, leurs yeux brillent comme deux étoiles.

« Quand j'étais jeune, il y a un demi-siècle, j'ai ramené de Pologne une belle captive qui fut ma femme. Depuis long-

* Les chevaliers de l'ordre teutonique (note de l'auteur).

1. **Hardis :** courageux.
2. **Novgorod :** vieille ville de l'ouest de la Russie, qui fut, aux XIIe et XIIIe siècles le centre d'un puissant État.
3. **Hermine :** petit carnivore d'Europe et d'Asie recherché pour sa fourrure.
4. **La racaille porte-croix :** les chevaliers de l'ordre teutonique, créé en Terre sainte par des croisés allemands en 1198.
5. **Ambre :** résine de conifère fossilisée, très recherchée pour la fabrication de bijoux ; on la trouve essentiellement sur les rivages de la mer Baltique.
6. **Niémen :** fleuve de Russie qui se jette dans la Baltique.
7. **Bru :** belle-fille.

temps elle n'est plus, mais je ne puis regarder de ce côté du foyer sans penser à elle !

« Il donne sa bénédiction aux jeunes gens, qui déjà sont armés et en selle. Ils partent ; l'automne vient, puis l'hiver,... ils ne reviennent pas. Déjà le vieux Boudrys les tient pour morts.

« Vient une tourmente[1] de neige ; un cavalier s'approche couvrant de sa bourka* noire quelque précieux fardeau. — C'est un sac, dit Boudrys. Il est plein de roubles de Novgorod ?... — Non, père. Je vous amène une bru de Pologne.

« Au milieu d'une tourmente de neige, un cavalier s'approche et sa bourka se gonfle sur quelque précieux fardeau. — Qu'est cela, enfant ? De l'ambre jaune d'Allemagne ? — Non, père. Je vous amène une bru de Pologne.

« La neige tombe en rafales ; un cavalier s'avance cachant sous sa bourka quelque fardeau précieux... Mais avant qu'il ait montré son butin, Boudrys a convié ses amis à une troisième noce. »

— Bravo ! monsieur le professeur, s'écria le comte : vous prononcez le jmoude à merveille ; mais qui vous a communiqué cette jolie daïna ?

— Une demoiselle dont j'ai eu l'honneur de faire la connaissance à Wilno, chez la princesse Katarzyna Paç.

— Et vous l'appelez ?

— La *panna*[2] Iwinska.

— Mlle Ioulka** ! s'écria le comte. La petite folle ! J'aurais dû la deviner ! Mon cher professeur, vous savez le jmoude et toutes les langues savantes, vous avez lu tous les vieux livres, mais vous vous êtes laissé mystifier par une petite fille qui n'a lu que des romans. Elle vous a traduit, en jmoude plus ou moins correct, une des jolies ballades de Miçkiewicz, que vous n'avez pas lue, parce qu'elle n'est pas plus vieille

1. **Tourmente :** tempête.
* Manteau de feutre (note de l'auteur).
2. ***Panna*** : titre polonais pour « mademoiselle ».
** Julienne (note de l'auteur).

que moi. Si vous le désirez, je vais vous la montrer en polonais, ou si vous préférez une excellente traduction russe, je vous donnerai Pouchkine[1].

J'avoue que je demeurai tout interdit. Quelle joie pour le professeur de Dorpat, si j'avais publié comme originale la daïna des fils de Boudrys !

Au lieu de s'amuser de mon embarras, le comte, avec une exquise politesse, se hâta de détourner la conversation.

— Ainsi, dit-il, vous connaissez Mlle Ioulka ?

— J'ai eu l'honneur de lui être présenté.

— Et qu'en pensez-vous ? Soyez franc.

— C'est une demoiselle fort aimable.

— Cela vous plaît à dire[2].

— Elle est très jolie.

— Hon !

— Comment ! N'a-t-elle pas les plus beaux yeux du monde ?

— Oui...

— Une peau d'une blancheur vraiment extraordinaire... Je me rappelle un ghazel[3] persan où un amant célèbre la finesse de la peau de sa maîtresse. « Quand elle boit du vin rouge, dit-il, on le voit passer le long de sa gorge. » La *panna* Iwinska m'a fait penser à ces vers persans.

— Peut-être Mlle Ioulka présente-t-elle ce phénomène, mais je ne sais trop si elle a du sang dans les veines... Elle n'a point de cœur... Elle est blanche comme la neige et froide comme elle !...

Il se leva et se promena quelque temps par la chambre sans parler, et, comme il me semblait, pour cacher son émotion ; puis, s'arrêtant tout à coup : — Pardon, dit-il ; nous parlions, je crois, de poésies populaires...

— En effet, monsieur le comte...

1. **Pouchkine :** écrivain généralement considéré comme le premier grand poète et l'auteur classique par excellence de la littérature russe (1799-1837).
2. **Cela vous plaît à dire :** citation de Molière, *Dom Juan*, II, 2.
3. **Ghazel :** genre de poème oriental, à sujet érotique ou mystique.

— Il faut convenir après tout qu'elle a très joliment traduit Mięckiewicz... « Folâtre comme une chatte... blanche comme la crème... ses yeux brillent comme deux étoiles... » C'est son portrait. Ne trouvez-vous pas ?

— Tout à fait, monsieur le comte.

— Et quant à cette espièglerie[1]... très déplacée sans doute,... la pauvre enfant s'ennuie chez une vieille tante... Elle mène une vie de couvent.

— À Wilno, elle allait dans le monde. Je l'ai vue dans un bal donné par les officiers du régiment de...

— Ah !... oui, de jeunes officiers, voilà la société qui lui convient... Rire avec l'un, médire avec l'autre, faire des coquetteries à tous... Voulez-vous voir la bibliothèque de mon père, monsieur le professeur ?

Je le suivis jusqu'à une grande galerie où il y avait beaucoup de livres bien reliés, mais rarement ouverts, comme on en pouvait juger à la poussière qui en couvrait les tranches. Qu'on juge de ma joie lorsqu'un des premiers volumes que je tirai d'une armoire se trouva être le *Catechismus Samogiticus* ! Je ne pus m'empêcher de jeter un cri de plaisir. Il faut qu'une sorte de mystérieuse attraction exerce son influence à notre insu... Le comte prit le livre, et, après l'avoir feuilleté négligemment, écrivit sur la garde[2] : *À M. le professeur Wittembach, offert par Michel Szémioth.* Je ne saurais exprimer ici le transport de ma reconnaissance[3], et je me promis mentalement qu'après ma mort ce livre précieux ferait l'ornement de la bibliothèque de l'université où j'ai pris mes grades[4].

— Veuillez considérer cette bibliothèque comme votre cabinet de travail, me dit le comte, vous n'y serez jamais dérangé.

1. **Espièglerie :** farce.
2. **Sur la garde :** sur la page de garde (la première page, laissée vierge pour pouvoir recevoir une dédicace).
3. **Le transport de ma reconnaissance :** la vive émotion liée à ma reconnaissance.
4. **J'ai pris mes grades :** j'ai obtenu mes diplômes.

III

Le lendemain, après le déjeuner, le comte me proposa de faire une promenade. Il s'agissait de visiter un *kapas* (c'est ainsi que les Lithuaniens appellent les tumulus[1] auxquels les Russes donnent le nom de *kourgâne*) très célèbre dans le pays, parce qu'autrefois les poètes et les sorciers, c'était tout un, s'y réunissaient en certaines occasions solennelles. — J'ai, me dit-il, un cheval fort doux à vous offrir ; je regrette de ne pouvoir vous mener en calèche ; mais en vérité le chemin où nous allons nous engager n'est nullement carrossable[2].

J'aurais préféré demeurer dans la bibliothèque à prendre des notes, mais je ne crus pas devoir exprimer un autre désir que celui de mon généreux hôte, et j'acceptai. Les chevaux nous attendaient au bas du perron ; dans la cour, un valet tenait un chien en laisse. Le comte s'arrêta un instant, et, se tournant vers moi : — Monsieur le professeur, vous connaissez-vous en chiens ?

— Fort peu, votre excellence.

— Le staroste de Zorany[3], où j'ai une terre, m'envoie cet épagneul, dont il dit merveille. Permettez-vous que je le voie ? Il appela le valet, qui lui amena le chien. C'était une fort belle bête. Déjà familiarisé avec cet homme, le chien sautait gaiement et semblait plein de feu ; mais à quelques pas du comte il mit la queue entre les jambes, se rejeta en arrière et parut frappé d'une terreur subite. Le comte le caressa, ce qui le fit hurler d'une façon lamentable, et après l'avoir considéré quelque temps avec l'œil d'un connaisseur il dit : — Je crois qu'il sera bon. Qu'on en ait soin. — Puis il se mit en selle.

— Monsieur le professeur, me dit le comte, dès que nous fûmes dans l'avenue du château, vous venez de voir la peur de ce chien. J'ai voulu que vous en fussiez témoin par vous-même… En votre qualité de savant, vous devez expliquer les énigmes… Pourquoi les animaux ont-ils peur de moi ?

1. **Tumulus :** amas de terre ou de pierre élevé au-dessus d'une tombe.
2. **Carrossable :** accessible aux voitures à cheval.
3. **Staroste de Zorany :** gouverneur ou maire de Zorany, village de Samogitie.

— En vérité, monsieur le comte, vous me faites l'honneur de me prendre pour un Œdipe[1]. Je ne suis qu'un pauvre professeur de linguistique comparée[2]. Il se pourrait…

— Notez, interrompit-il, que je ne bats jamais les chevaux ni les chiens. Je me ferais scrupule de donner un coup de fouet à une pauvre bête qui fait une sottise sans le savoir. Pourtant vous ne sauriez croire l'aversion[3] que j'inspire aux chevaux et aux chiens. Pour les habituer à moi, il me faut deux fois plus de peine et deux fois plus de temps que n'en mettrait un autre. Tenez, le cheval que vous montez, j'ai été longtemps avant de le réduire ; maintenant il est doux comme un mouton.

— Je crois, monsieur le comte, que les animaux sont physionomistes, et qu'ils découvrent tout de suite si une personne qu'ils voient pour la première fois a ou non du goût pour eux. Je soupçonne que vous n'aimez les animaux que pour les services qu'ils vous rendent ; au contraire quelques personnes ont une partialité naturelle pour certaines bêtes, qui s'en aperçoivent à l'instant. Pour moi, par exemple, j'ai depuis mon enfance une prédilection instinctive pour les chats. Rarement ils s'enfuient quand je m'approche pour les caresser ; jamais un chat ne m'a griffé.

— Cela est fort possible, dit le comte. En effet, je n'ai pas ce qui s'appelle du goût pour les animaux… Ils ne valent guère mieux que les hommes… Je vous mène, monsieur le professeur, dans une forêt où, à cette heure, existe florissant l'empire des bêtes, la *matecznik*, la grande matrice[4], la grande fabrique des êtres. Oui, selon nos traditions nationales, personne n'en a sondé les profondeurs, personne n'a pu atteindre le centre de ces bois et de ces marécages, excepté, bien entendu, MM. les poètes et les sorciers, qui

1. **Un Œdipe :** allusion à l'épisode mythologique où Œdipe parvient à débarrasser Thèbes du Sphinx en résolvant une énigme difficile.
2. **Linguistique comparée :** discipline étudiant les analogies et les différences entre plusieurs langues.
3. **Aversion :** horreur.
4. **La grande matrice :** synonyme de l'expression « la grande fabrique » ; peut également s'entendre comme « la grande mère ».

pénètrent partout. Là vivent en république les animaux… ou sous un gouvernement constitutionnel, je ne saurais dire lequel des deux. Les lions, les ours, les élans, les *joubrs*, ce sont nos urus[1], tout cela fait très bon ménage. Le mammouth, qui s'est conservé là, jouit d'une très grande considération. Il est, je crois, maréchal de la diète[2]. Ils ont une police très sévère, et quand ils trouvent quelque bête vicieuse, ils la jugent et l'exilent. Elle tombe alors de fièvre en chaud mal[3]. Elle est obligée de s'aventurer dans le pays des hommes. Peu en réchappent*.

— Fort curieuse légende, m'écriai-je ; mais, monsieur le comte, vous parlez de l'urus : ce noble animal que César a décrit dans ses *Commentaires*[4], et que les rois mérovingiens chassaient dans la forêt de Compiègne[5] existe-t-il réellement encore en Lithuanie, ainsi que je l'ai ouï dire ?

— Assurément. Mon père a tué lui-même un joubr, avec une permission du gouvernement, bien entendu. Vous avez pu en voir la tête dans la grande salle. Moi, je n'en ai jamais vu, je crois que les joubrs sont très rares. En revanche, nous avons ici des loups et des ours à foison. C'est pour une rencontre possible avec un de ces messieurs que j'ai apporté cet instrument (il montrait une *tchékhole*** circassienne qu'il avait en bandoulière), et mon groom[6] porte à l'arçon[7] une carabine à deux coups.

Nous commencions à nous engager dans la forêt. Bientôt le sentier fort étroit que nous suivions disparut. À tout

1. **Urus :** aurochs, bisons d'Europe.
2. **Maréchal de la diète :** président du parlement.
3. **Elle tombe alors de fièvre en chaud mal :** sa situation devient critique.
* Voir *Messire Thaddée* de Mickiewicz ; *La Pologne captive*, de M. Charles Edmond (note de l'auteur).
4. ***Commentaires* :** titre original de la *Guerre des Gaules* (*Commentarii de bello gallico*).
5. **Forêt de Compiègne :** vaste forêt de Picardie, région qui était le cœur culturel et politique de la France mérovingienne. La ville de Compiègne appartient aujourd'hui au département de l'Oise.
** Étui de fusil circassien (note de l'auteur).
6. **Groom :** serviteur, valet.
7. **À l'arçon :** sur la selle du cheval.

moment, nous étions obligés de tourner autour d'arbres énormes, dont les branches basses nous barraient le passage. Quelques-uns, morts de vieillesse et renversés, nous présentaient comme un rempart couronné par une ligne de chevaux de frise[1] impossible à franchir. Ailleurs nous rencontrions des mares profondes couvertes de nénuphars et de lentilles d'eau. Plus loin, nous voyions des clairières dont l'herbe brillait comme des émeraudes ; mais malheur à qui s'y aventurerait, car cette riche et trompeuse végétation cache d'ordinaire des gouffres de boue où cheval et cavalier disparaîtraient à jamais... Les difficultés de la route avaient interrompu notre conversation. Je mettais tous mes soins à suivre le comte, et j'admirais l'imperturbable sagacité[2] avec laquelle il se guidait sans boussole, et retrouvait toujours la direction idéale qu'il fallait suivre pour arriver au *kapas*. Il était évident qu'il avait longtemps chassé dans ces forêts sauvages.

Nous aperçûmes enfin le tumulus au centre d'une large clairière. Il était fort élevé, entouré d'un fossé encore bien reconnaissable malgré les broussailles et les éboulements. Il paraît qu'on l'avait déjà fouillé. Au sommet, je remarquai les restes d'une construction en pierres, dont quelques-unes étaient calcinées. Une quantité notable de cendres mêlées de charbons et çà et là des tessons de poteries grossières attestaient qu'on avait entretenu du feu au sommet du tumulus pendant un temps considérable. Si on ajoute foi aux traditions vulgaires[3], des sacrifices humains auraient été célébrés autrefois sur les *kapas* ; mais il n'y a guère de religion éteinte à laquelle on n'ait imputé[4] ces rites abominables, et je doute qu'on pût justifier pareille opinion à l'égard des anciens Lithuaniens par des témoignages historiques.

Nous descendions le tumulus, le comte et moi, pour retrouver nos chevaux que nous avions laissés de l'autre côté du fossé, lorsque nous vîmes s'avancer vers nous une vieille

1. **Une ligne de chevaux de frise :** une série de chevaux sculptés en frise.
2. **Sagacité :** perspicacité, intuition.
3. **Vulgaires :** populaires.
4. **Imputé :** attribué.

femme s'appuyant sur un bâton et tenant une corbeille à la main. — Mes bons seigneurs, nous dit-elle en nous joignant, veuillez me faire la charité pour l'amour du bon Dieu. Donnez-moi de quoi acheter un verre d'eau-de-vie pour réchauffer mon pauvre corps.

Le comte lui jeta une pièce d'argent et lui demanda ce qu'elle faisait dans le bois, si loin de tout endroit habité. Pour toute réponse, elle lui montra son panier, qui était rempli de champignons. Bien que mes connaissances en botanique soient fort bornées, il me sembla que plusieurs de ces champignons appartenaient à des espèces vénéneuses. — Bonne femme, lui dis-je, vous ne comptez pas, j'espère, manger cela ?

— Mon bon seigneur, répondit la vieille avec un sourire triste, les pauvres gens mangent tout ce que le bon Dieu leur donne.

— Vous ne connaissez pas nos estomacs lithuaniens, reprit le comte ; ils sont doublés de fer-blanc. Nos paysans mangent tous les champignons qu'ils trouvent, et ne s'en portent que mieux.

— Empêchez-la du moins de goûter de l'*agaricus necator*[1], que je vois dans son panier, m'écriai-je.

Et j'étendis la main pour prendre un champignon des plus vénéneux ; mais la vieille retira vivement le panier. — Prends garde, dit-elle d'un ton d'effroi ; ils sont gardés… *Pirkuns ! Pirkuns !*

Pirkuns, pour le dire en passant, est le nom samogitien de la divinité que les Russes appellent *Péroune* ; c'est le Jupiter *tonans* des Slaves[2]. Si je fus surpris d'entendre la vieille invoquer un dieu du paganisme[3], je le fus bien davantage de voir les champignons se soulever. La tête noire d'un serpent en sortit et s'éleva d'un pied[4] au moins hors du panier. Je fis un

1. ***Agaricus necator*** **:** le nom savant de ce champignon signifie qu'il est mortel.
2. **Le Jupiter *tonans* des Slaves :** comme le Jupiter des Romains, cette divinité d'Europe de l'Est est associée au tonnerre.
3. **Un dieu du paganisme :** un dieu païen, issu d'une religion antérieure au christianisme.
4. **Pied :** trente centimètres.

saut en arrière, et le comte cracha par-dessus son épaule selon l'habitude superstitieuse des Slaves, qui croient détourner ainsi les maléfices, à l'exemple des anciens Romains. La vieille posa le panier à terre, s'accroupit à côté, puis, la main étendue vers le serpent, elle prononça quelques mots inintelligibles qui avaient l'air d'une incantation. Le serpent demeura immobile pendant une minute, puis, s'enroulant autour du bras décharné de la vieille, disparut dans la manche de sa capote[1] en peau de mouton, qui, avec une mauvaise chemise, composait, je crois, tout le costume de cette Circé[2] lithuanienne. La vieille nous regardait avec un petit rire de triomphe, comme un escamoteur[3] qui vient d'exécuter un tour difficile. Il y avait dans sa physionomie ce mélange de finesse et de stupidité qui n'est pas rare chez les prétendus sorciers, pour la plupart à la fois dupes et fripons[4].

— Voici, me dit le comte en allemand, un échantillon de *couleur locale* ; une sorcière qui charme un serpent, au pied d'un *kapas*, en présence d'un savant professeur et d'un ignorant gentilhomme lithuanien. Cela ferait un joli sujet de tableau de genre pour votre compatriote Knauss[5]... Avez-vous envie de vous faire tirer votre bonne aventure ? Vous avez ici une belle occasion.

Je lui répondis que je me garderais bien d'encourager de semblables pratiques. — J'aime mieux, ajoutai-je, lui demander si elle ne sait pas quelque détail sur la curieuse tradition dont vous m'avez parlé. — Bonne femme, dis-je à la vieille, n'as-tu pas entendu parler d'un canton de cette forêt où les bêtes vivent en communauté, ignorant l'empire de l'homme ?

La vieille fit un signe de tête affirmatif, et avec son petit rire moitié niais, moitié malin : — J'en viens, dit-elle. Les

1. **Capote :** manteau.
2. **Cette Circé :** allusion à la sorcière qui, dans l'*Odyssée* d'Homère, transforme les compagnons d'Ulysse en porcs.
3. **Escamoteur :** homme réalisant des tours de passe-passe.
4. **À la fois dupes et fripons :** capables à la fois de tromper et d'être trompés.
5. **Knauss :** Ludwig Knauss (1829-1910), peintre allemand très populaire, qui vécut plusieurs années à Paris et que Mérimée aurait pu rencontrer.

bêtes ont perdu leur roi. *Noble*, le lion, est mort ; les bêtes vont élire un autre roi. Vas-y, tu seras roi peut-être.

— Que dis-tu là, la mère ? s'écria le comte, éclatant de rire. Sais-tu bien à qui tu parles ? Tu ne sais donc pas que Monsieur est... (comment diable dit-on un professeur en jmoude ?) Monsieur est un grand savant, un sage, un *waidelote**.

La vieille le regarda avec attention. — J'ai tort, dit-elle ; c'est toi qui dois aller là-bas. Tu seras leur roi, non pas lui ; tu es grand, tu es fort, tu as griffes et dents...

— Que dites-vous des épigrammes[1] qu'elle nous décoche ? me dit le comte... Tu sais le chemin, ma petite mère ? lui demanda-t-il.

Elle lui indiqua de la main une partie de la forêt.

— Oui-dà ? reprit le comte, et le marais, comment fais-tu pour le traverser ? — Vous saurez, Monsieur le professeur, que du côté qu'elle indique est un marais infranchissable, un lac de boue liquide recouvert d'herbe verte. L'année dernière, un cerf blessé par moi s'est jeté dans ce diable de marécage. Je l'ai vu s'enfoncer lentement, lentement... Au bout de deux minutes, je ne voyais plus que son bois ; bientôt tout a disparu, et deux de mes chiens avec lui.

— Mais moi je ne suis pas lourde, dit la vieille en ricanant.

— Je crois que tu traverses le marécage sans peine, sur un manche à balai.

Un éclair de colère brilla dans les yeux de la vieille.

— Mon bon seigneur, dit-elle en reprenant le ton traînant et nasillard[2] des mendiants, n'aurais-tu pas une pipe de tabac à donner à une pauvre femme ? — Tu ferais mieux, ajouta-t-elle en baissant la voix, de chercher le passage du marais, que d'aller à Dowghielly.

— Dowghielly ! s'écria le comte en rougissant. Que veux-tu dire ?

---

* Mauvaise traduction du mot professeur. Les *waidelotes* étaient les bardes lithuaniens (note de l'auteur).

1. **Épigrammes :** mots satiriques, moqueries.
2. **Nasillard :** qui vient du nez, qui parle du nez.

Je ne pus m'empêcher de remarquer que ce mot produisait sur lui un effet singulier. Il était évidemment embarrassé ; il baissa la tête, et, afin de cacher son trouble, se donna beaucoup de peine pour ouvrir son sac à tabac, suspendu à la poignée de son couteau de chasse.

— Non, ne va pas à Dowghielly, reprit la vieille. La petite colombe blanche n'est pas ton fait. N'est-ce pas, Pirkuns ? – En ce moment, la tête du serpent sortit par le collet de la vieille capote et s'allongea jusqu'à l'oreille de sa maîtresse. Le reptile, dressé sans doute à ce manège, remuait les mâchoires comme s'il parlait. — Il dit que j'ai raison, ajouta la vieille.

Le comte lui mit dans la main une poignée de tabac.

— Tu me connais ? lui demanda-t-il.

— Non, mon bon seigneur.

— Je suis le propriétaire de Médintiltas. Viens me voir un de ces jours. Je te donnerai du tabac et de l'eau-de-vie.

La vieille lui baisa la main, et s'éloigna à grands pas. En un instant, nous l'eûmes perdue de vue. Le comte demeurait pensif, nouant et dénouant les cordons de son sac, sans trop savoir ce qu'il faisait.

— Monsieur le professeur, me dit-il après un assez long silence, vous allez vous moquer de moi. Cette vieille drôlesse me connaît mieux qu'elle ne le prétend, et le chemin qu'elle vient de me montrer… Après tout, il n'y a rien de bien étonnant dans tout cela. Je suis connu dans le pays comme le loup blanc[1]. La coquine m'a vu plus d'une fois sur le chemin du château de Dowghielly… Il y a là une demoiselle à marier ; elle a conclu que j'en étais amoureux… Puis quelque joli garçon lui aura graissé la patte[2] pour qu'elle m'annonçât sinistre aventure… Tout cela saute aux yeux ; pourtant… malgré moi, ses paroles me touchent. J'en suis presque effrayé… Vous riez et vous avez raison… La vérité est que j'avais projeté d'aller demander à dîner au

1. **Connu […] comme le loup blanc :** expression très courante signifiant « connu partout et de tout le monde ».
2. **Graissé la patte :** donné de l'argent.

SITUER

Le comte propose à son hôte une excursion vers un lieu chargé d'histoire et de magie. Cette promenade est l'occasion d'enrichir le récit d'un épisode typique.

RÉFLÉCHIR

THÈMES : un lieu propice au merveilleux

1. Que représente la forêt dans les contes populaires ? Qu'évoque le « marais infranchissable » indiqué par la vieille femme (l. 755-762) ?

2. Quels sont les obstacles rendant difficile l'accès au tumulus ?

3. Quels sont les éléments de la description du tumulus évoquant un lieu sacré ? Pourquoi les lieux sont-ils aussi précisément décrits ?

PERSONNAGES : la sorcière

4. Pourquoi la vieille femme peut-elle apparaître d'emblée comme une sorcière (l. 676-694) ?

5. Relevez les termes ayant trait à la religion, à la sorcellerie et à la magie (l. 662-732).

6. Quels sont les sentiments du narrateur à l'égard de cette vieille femme ? Relevez toutes les observations marquant son jugement.

7. Quelles sont les réactions du comte au cours de cette rencontre ?

8. La vieille est présentée par le comte comme capable de prophétiser (l. 730-732) ; en quoi certaines de ces paroles semblent-elles confirmer cette opinion ?

9. « La petite colombe blanche n'est pas ton fait » (l. 779-780) : qui est ainsi désigné ? Quel est l'intérêt de cette métaphore* ?

QUI PARLE ? QUI VOIT ? Voyage et enquête

10. Le narrateur est un savant ; quels sont les éléments de la narration ayant trait à son érudition ? Quel rôle jouent-ils ici ?

11. « Je suis connu dans le pays comme le loup blanc » (l. 799-800) ; où est l'ironie de cette remarque ?

GENRES : un épisode typique

12. À quel genre littéraire ce passage s'apparente-t-il ? Quels éléments lui emprunte-t-il ?

château de Dowghielly, et maintenant j'hésite... Je suis un grand fou ! Voyons, Monsieur le professeur, décidez vous-même. Irons-nous ?

— Je me garderai bien d'avoir un avis, lui répondis-je en riant. En matière de mariage, je ne donne jamais de conseil.

Nous avions rejoint nos chevaux. Le comte sauta lestement en selle, et, laissant tomber les rênes, il s'écria : — Le cheval choisira pour nous ! — Le cheval n'hésita pas ; il entra sur-le-champ dans un petit sentier qui, après plusieurs détours, tomba dans une route ferrée[1], et cette route menait à Dowghielly. Une demi-heure après, nous étions au perron du château.

Au bruit que firent nos chevaux, une jolie tête blonde se montra à une fenêtre entre deux rideaux. Je reconnus la perfide traductrice de Mięckiewicz. — Soyez le bienvenu, dit-elle. Vous ne pouviez venir plus à propos, comte Szémioth. Il m'arrive à l'instant une robe de Paris. Vous ne me reconnaîtrez pas, tant je serai belle.

Les rideaux se refermèrent. En montant le perron, le comte disait entre ses dents : — Assurément ce n'est pas pour moi qu'elle étrennait[2] cette robe...

Il me présenta à Mme Dowghiello, la tante de la *panna* Iwinska, qui me reçut fort obligeamment et me parla de mes derniers articles dans la *Gazette scientifique et littéraire* de Kœnigsberg.

— M. le professeur, dit le comte, vient se plaindre à vous de Mlle Julienne, qui lui a joué un tour très méchant.

— C'est un enfant, Monsieur le professeur. Il faut lui pardonner. Souvent elle me désespère avec ses folies. À seize ans, moi, j'étais plus raisonnable qu'elle ne l'est à vingt ; mais c'est une bonne fille au fond, et elle a toutes les qualités solides. Elle est très bonne musicienne, elle peint divinement les fleurs, elle parle également bien le français, l'allemand et l'italien... Elle brode...

— Et elle fait des vers jmoudes ! ajouta le comte en riant.

1. **Route ferrée :** chemin dont le fond est tapissé de pierres.
2. **Étrennait :** mettait pour la première fois.

— Elle en est incapable ! s'écria Mme Dowghiello, à qui il fallut expliquer l'espièglerie[1] de sa nièce.

Mme Dowghiello était instruite et connaissait les antiquités de son pays. Sa conversation me plut singulièrement. Elle lisait beaucoup nos revues allemandes, et avait des notions très saines[2] sur la linguistique. J'avoue que je ne m'aperçus pas du temps que Mlle Iwinska mit à s'habiller ; mais il parut long au comte Szémioth, qui se levait, se rasseyait, regardait à la fenêtre, et tambourinait de ses doigts sur les vitres comme un homme qui perd patience.

Enfin au bout de trois quarts d'heure parut, suivie de sa gouvernante française, Mlle Julienne, portant avec grâce et fierté une robe dont la description exigerait des connaissances bien supérieures aux miennes.

— Ne suis-je pas belle ? demanda-t-elle au comte en tournant lentement sur elle-même pour qu'il pût la voir de tous les côtés. Elle ne regardait ni le comte ni moi, elle regardait sa robe.

— Comment, Ioulka, dit Mme Dowghiello, tu ne dis pas bonjour à M. le professeur, qui se plaint de toi ?

— Ah ! Monsieur le professeur ! s'écria-t-elle avec une petite moue[3] charmante, qu'ai-je donc fait ? Est-ce que vous allez me mettre en pénitence ?

— Nous nous y mettrions nous-mêmes, Mademoiselle, lui répondis-je, si nous nous privions de votre présence. Je suis loin de me plaindre ; je me félicite au contraire d'avoir appris, grâce à vous, que la muse lithuanienne[4] renaît plus brillante que jamais.

Elle baissa la tête, et mettant ses mains devant son visage, en prenant soin de ne pas déranger ses cheveux. — Pardonnez-moi, je ne le ferai plus ! dit-elle du ton d'un enfant qui vient de voler des confitures.

— Je ne vous pardonnerai, chère Pani, lui dis-je, que lorsque vous aurez rempli certaine promesse que vous avez bien voulu me faire à Wilno, chez la princesse Katazyna Paç.

---

1. **Espièglerie :** voir note 1 p. 118.
2. **Très saines :** très sûres.
3. **Une petite moue :** une petite grimace de la bouche, souvent boudeuse.
4. **La muse lithuanienne :** la poésie lituanienne.

— Quelle promesse ? dit-elle, relevant la tête et en riant.

— Vous l'avez déjà oubliée ? Vous m'avez promis que, si nous nous rencontrions en Samogitie, vous me feriez voir une certaine danse du pays dont vous disiez merveille.

— Oh ! la roussalka ! J'y suis ravissante, et voilà justement l'homme qu'il me faut.

Elle courut à une table où il y avait des cahiers de musique, en feuilleta un précipitamment, le mit sur le pupitre d'un piano, et s'adressant à sa gouvernante. — Tenez, chère amie, *allegro presto.* — Et elle joua elle-même, sans s'asseoir, la ritournelle[1] pour indiquer le mouvement. — Avancez ici, comte Michel, vous êtes trop Lithuanien pour ne pas bien danser la roussalka… ; mais dansez comme un paysan, entendez-vous ?

Mme Dowghiello essaya d'une remontrance, mais en vain. Le comte et moi nous insistâmes. Il avait ses raisons, car son rôle dans ce pas était des plus agréables, comme l'on verra bientôt. La gouvernante, après quelques essais, dit qu'elle croyait pouvoir jouer cette espèce de valse, quelque étrange qu'elle fût, et Mlle Iwinska, ayant rangé quelques chaises et une table qui aurait pu la gêner, prit son cavalier par le collet[2] de l'habit et l'amena au milieu du salon. — Vous saurez, Monsieur le professeur, que je suis une roussalka, pour vous servir. — Elle fit une grande révérence. — Une roussalka est une nymphe des eaux. Il y en a une dans toutes ces mares pleines d'eau noire qui embellissent nos forêts. Ne vous en approchez pas ! La roussalka sort, encore plus jolie que moi, si c'est possible ; elle vous emporte au fond, où selon toute apparence elle vous croque…

— Une vraie sirène ! m'écriai-je.

— Lui, continua Mlle Iwinska en montrant le comte Szémioth, est un jeune pêcheur, fort niais, qui s'expose à mes griffes, et moi, pour faire durer le plaisir, je vais le fasciner en dansant un peu autour de lui… Ah ! mais pour bien faire il me faudrait un sarafane*. Quel dommage !… Vous

1. **Ritournelle :** refrain.
2. **Collet :** col.
* Robe des paysannes, sans corsage (note de l'auteur).

voudrez bien excuser cette robe, qui n'a pas de caractère, pas de couleur locale... Oh ! et j'ai des souliers, impossible de danser la roussalka avec des souliers !... et à talons encore !

Elle souleva sa robe, et, secouant avec beaucoup de grâce un joli petit pied, au risque de montrer un peu sa jambe, elle envoya son soulier au bout du salon. L'autre suivit le premier, et elle resta sur le parquet avec ses bas de soie. – Tout est prêt, dit-elle à la gouvernante, et la danse commença.

La roussalka tourne et retourne autour de son cavalier. Il étend les bras pour la saisir, elle passe par-dessous lui et lui échappe. Cela est très gracieux, et la musique a du mouvement et de l'originalité. La figure se termine lorsque le cavalier, croyant saisir la roussalka pour lui donner un baiser, elle fait un bond, le frappe sur l'épaule, et il tombe à ses pieds comme mort... Mais le comte improvisa une variante, qui fut d'étreindre l'espiègle dans ses bras et de l'embrasser bel et bien. Mlle Iwinska poussa un petit cri, rougit beaucoup et alla tomber sur un canapé d'un air boudeur, en se plaignant qu'il l'eût serrée, comme un ours qu'il était. Je vis que la comparaison ne plut pas au comte, car elle lui rappelait un malheur de famille ; son front se rembrunit[1]. Pour moi, je remerciai vivement Mlle Iwinska, et donnai des éloges à sa danse, qui me parut avoir un caractère tout antique, rappelant les danses sacrées des Grecs. Je fus interrompu par un domestique annonçant le général et la princesse Véliaminof. Mlle Iwinska fit un bond du canapé à ses souliers, y enfonça à la hâte ses petits pieds et courut au-devant de la princesse, à qui elle fit coup sur coup deux profondes révérences. Je remarquai qu'à chacune elle relevait adroitement le quartier de son soulier[2]. Le général amenait deux aides-de-camp[3] et, comme nous, venait demander la fortune du pot[4]. Dans tout autre pays, je pense qu'une maîtresse de maison eût été un peu embarrassée de recevoir à la fois six hôtes inattendus et

1. **Se rembrunit :** prit un air sombre.
2. **Le quartier de son soulier :** le talon.
3. **Aides-de-camp :** officiers au service d'un général ou d'un haut dignitaire.
4. **Demander la fortune du pot :** il venait se faire offrir à dîner.

de bon appétit ; mais telle est l'abondance et l'hospitalité des maisons lithuaniennes que le dîner ne fut pas retardé, je pense, de plus d'une demi-heure. Seulement il y avait trop de pâtés chauds et froids.

IV

Le dîner fut fort gai. Le général nous donna des détails très intéressants sur les langues qui se parlent dans le Caucase[1], et dont les unes sont *âryennes* et les autres *touraniennes*[2], bien qu'entre les différentes peuplades il y ait une remarquable conformité de mœurs et de coutumes. Je fus obligé moi-même de parler de mes voyages, parce que le comte Szémioth m'ayant félicité sur la manière dont je montais à cheval, et ayant dit qu'il n'avait jamais rencontré de ministre[3] ni de professeur qui pût fournir si lestement une traite[4] telle que celle que nous venions de faire, je dus lui expliquer que, chargé par la Société biblique d'un travail sur la langue des *Charruas*[5] j'avais passé trois ans et demi dans la république de l'Uruguay, presque toujours à cheval et vivant dans les pampas[6], parmi les Indiens. C'est ainsi que je fus conduit à raconter qu'ayant été trois jours égaré dans ces plaines sans fin, n'ayant pas de vivres ni d'eau, j'avais été réduit à faire comme les *gauchos*[7] qui m'accompagnaient, c'est-à-dire à saigner mon cheval et à boire son sang.

Toutes les dames poussèrent un cri d'horreur. Le général remarqua que les Kalmouks[8] en usaient de même en de

1. **Caucase :** chaîne de montagnes de Russie s'étendant de la mer Noire à la mer Caspienne.
2. ***Âryennes, touraniennes* :** familles de langues indo-européennes.
3. **Ministre :** voir n. 3 p. 101.
4. **Une traite :** un trajet.
5. ***Charruas* :** Indiens nomades qui vivaient dans les régions frontalières de l'Argentine et de l'Uruguay.
6. **Pampas :** vastes plaines herbeuses de l'Amérique du Sud.
7. ***Gauchos* :** gardiens de troupeaux, montés à cheval (équivalent des *cowboys* de l'Amérique du Nord).
8. **Kalmouks :** peuple mongol de Sibérie.

semblables extrémités. Le comte me demanda comment j'avais trouvé cette boisson.

— Moralement, répondis-je, elle me répugnait fort ; mais physiquement je m'en trouvai fort bien, et c'est à elle que je dois l'honneur de dîner ici aujourd'hui. Beaucoup d'Européens, je veux dire de Blancs, qui ont longtemps vécu avec les Indiens, s'y habituent et même y prennent goût. Mon excellent ami, don Fructuoso Rivera, président de la république, perd rarement l'occasion de le satisfaire. Je me souviens qu'un jour, allant au congrès en grand uniforme, il passa devant un *rancho*[1] où l'on saignait un poulain. Il s'arrêta, descendit de cheval pour demander un *chupon*, une sucée, après quoi il prononça un de ses plus éloquents discours.

— C'est un affreux monstre que votre président ! s'écria Mlle Iwinska.

— Pardonnez-moi, chère Pani, lui dis-je, c'est un homme très distingué, d'un esprit supérieur. Il parle merveilleusement plusieurs langues indiennes fort difficiles, surtout le *charrua*, à cause des innombrables formes que prend le verbe, selon son régime direct ou indirect, et même selon les rapports sociaux existant entre les personnes qui le parlent.

J'allais donner quelques détails assez curieux sur le mécanisme du verbe *charrua*, mais le comte m'interrompit pour me demander où il fallait saigner les chevaux quand on voulait boire leur sang.

— Pour l'amour de Dieu, mon cher professeur, s'écria Mlle Iwinska avec un air de frayeur comique, ne le lui dites pas. Il est homme à tuer toute son écurie, et à nous manger nous-mêmes quand il n'aura plus de chevaux.

Sur cette saillie[2] les dames quittèrent la table en riant, pour aller préparer le thé et le café, tandis que nous fumerions. Au bout d'un quart d'heure, on envoya demander au salon M. le général. Nous voulions le suivre tous ; mais on nous dit que ces dames ne voulaient qu'un homme à la fois.

1. ***Rancho* :** ferme.
2. **Saillie :** trait d'esprit improvisé.

Bientôt nous entendîmes au salon de grands éclats de rire et des battements de main. — Mlle Ioulka fait des siennes, dit le comte. — On vint le demander lui-même ; nouveaux rires, nouveaux applaudissements. Ce fut mon tour après lui. Quand j'entrai dans le salon, toutes les figures avaient pris un semblant de gravité qui n'était pas de trop bon augure[1]. Je m'attendais à quelque niche[2].

— Monsieur le professeur, me dit le général de son air le plus officiel, ces dames prétendent que nous avons fait trop d'accueil à leur champagne, et ne veulent nous admettre auprès d'elles qu'après une épreuve. Il s'agit de s'en aller les yeux bandés du milieu du salon à cette muraille, et de la toucher du doigt. Vous voyez que la chose est simple, il suffit de marcher droit. Êtes-vous en état d'observer la ligne droite ?

— Je le pense, monsieur le général.

Aussitôt Mlle Iwinska me jeta un mouchoir sur les yeux et le serra de toute sa force par-derrière. — Vous êtes au milieu du salon, dit-elle, étendez la main… Bon ! Je parie que vous ne toucherez pas la muraille.

— En avant, marche ! dit le général.

Il n'y avait que cinq ou six pas à faire. Je m'avançai lentement, persuadé que je rencontrerais quelque corde ou quelque tabouret, traîtreusement placé sur mon chemin pour me faire trébucher. J'entendais des rires étouffés qui augmentaient mon embarras. Enfin je me croyais tout à fait près du mur lorsque mon doigt, que j'étendais en avant, entra tout à coup dans quelque chose de froid et de visqueux. Je fis une grimace et un saut en arrière, qui fit éclater tous les assistants. J'arrachai mon bandeau, et j'aperçus près de moi Mlle Iwinska tenant un pot de miel où j'avais fourré le doigt, croyant toucher la muraille. Ma consolation fut de voir les deux aides-de-camp passer par la même épreuve, et ne pas faire meilleure contenance que moi.

1. **Un semblant de gravité qui n'était pas de trop bon augure :** un faux air sérieux qui annonçait que quelque chose se préparait.
2. **Quelque niche :** quelque mauvais tour.

Pendant le reste de la soirée, Mlle Iwinska ne cessa de donner carrière[1] à son humeur folâtre[2]. Toujours moqueuse, toujours espiègle, elle prenait tantôt l'un, tantôt l'autre pour objet de ses plaisanteries. Je remarquai cependant qu'elle s'adressait le plus souvent au comte, qui, je dois le dire, ne se piquait jamais[3], et même semblait prendre plaisir à ses agaceries. Au contraire, quand elle s'attaquait à l'un des aides-de-camp, il fronçait le sourcil, et je voyais son œil briller de ce feu sombre qui en réalité avait quelque chose d'effrayant. « Folâtre comme une chatte et blanche comme la crème. » Il me semblait qu'en écrivant ce vers Mickiewicz avait voulu faire le portrait de la *panna* Iwinska.

V

On se retira assez tard. Dans beaucoup de grandes maisons lithuaniennes, on voit une argenterie magnifique, de beaux meubles, des tapis de Perse précieux, et il n'y a pas, comme dans notre chère Allemagne, de bons lits de plume à offrir à un hôte fatigué. Riche ou pauvre, gentilhomme ou paysan, un Slave sait fort bien dormir sur une planche. Le château de Dowghielly ne faisait point exception à la règle générale. Dans la chambre où l'on nous conduisit, le comte et moi, il n'y avait que deux canapés recouverts en maroquin[4]. Cela ne m'effrayait guère, car dans mes voyages j'avais couché souvent sur la terre nue, et je me moquai un peu des exclamations du comte sur le manque de civilisation de ses compatriotes. Un domestique vint nous tirer nos bottes et nous donna des robes de chambre et des pantoufles. Le comte, après avoir ôté son habit, se promena quelque temps en silence, puis, s'arrêtant devant le canapé où déjà je m'étais étendu : — Que pensez-vous, me dit-il, de Ioulka ?

---

1. **Donner carrière :** donner libre cours.
2. **Folâtre :** enjouée.
3. **Ne se piquait jamais :** ne se fâchait jamais.
4. **En maroquin :** en cuir.

— Je la trouve charmante.

— Oui, mais si coquette !... Croyez-vous qu'elle ait du goût réellement pour ce petit capitaine blond ?

— L'aide-de-camp ?... Comment pourrais-je le savoir ?

— C'est un fat[1]... donc il doit plaire aux femmes.

— Je nie la conclusion, monsieur le comte. Voulez-vous que je vous dise la vérité ? Mlle Iwinska pense beaucoup plus à plaire au comte Szémioth qu'à tous les aides-de-camp de l'armée.

Il rougit sans me répondre ; mais il me sembla que mes paroles lui avaient fait un sensible plaisir. Il se promena encore quelque temps sans parler, puis, ayant regardé à sa montre : — Ma foi, dit-il, nous ferions bien de dormir, car il est tard.

Il prit son fusil et son couteau de chasse, qu'on avait déposés dans notre chambre, et les mit dans une armoire dont il retira la clé. — Voulez-vous la garder ? me dit-il en me la remettant à ma grande surprise, je pourrais l'oublier. Assurément vous avez plus de mémoire que moi.

— Le meilleur moyen de ne pas oublier vos armes, lui dis-je, serait de les mettre sur cette table près de votre sofa.

— Non... Tenez, à parler franchement, je n'aime pas à avoir des armes près de moi quand je dors... Et la raison, la voici. Quand j'étais aux hussards de Grodno[2], je couchais un jour dans une chambre avec un camarade, mes pistolets étaient sur une chaise auprès de moi. La nuit, je suis réveillé par une détonation. J'avais un pistolet à la main ; j'avais fait feu, et la balle avait passé à deux pouces de la tête de mon camarade... Je ne me suis jamais rappelé le rêve que j'avais eu.

Cette anecdote me troubla un peu. J'étais bien assuré de n'avoir pas de balle dans la tête ; mais quand je considérais la taille élevée, la carrure herculéenne[3] de mon compagnon,

1. **Fat :** homme prétentieux mais sans intérêt.
2. **Aux hussards de Grodno :** dans le régiment de hussards (cavaliers) de Grodno, ville russe proche de la Pologne.
3. **Herculéenne :** digne d'Hercule, impressionnante.

ses bras nerveux couverts d'un noir duvet, je ne pouvais m'empêcher de reconnaître qu'il était parfaitement en état de m'étrangler avec ses mains, s'il faisait un mauvais rêve. Toutefois je me gardai de lui montrer la moindre inquiétude ; seulement je plaçai une lumière sur une chaise auprès de mon canapé, et je me mis à lire le *Catéchisme* de Lawicki, que j'avais apporté. Le comte me souhaita le bonsoir, s'étendit sur son sofa, s'y retourna cinq ou six fois ; enfin il parut s'assoupir, bien qu'il fût pelotonné comme l'amant d'Horace[1], qui, renfermé dans un coffre, touche sa tête de ses genoux repliés :

... Turpi clausus in arca,
Contractum genibus tangas caput[2] ...

De temps en temps il soupirait avec force, ou faisait entendre une sorte de râle[3] nerveux que j'attribuais à l'étrange position qu'il avait prise pour dormir. Une heure peut-être se passa de la sorte. Je m'assoupissais moi-même. Je fermai mon livre, et je m'arrangeais de mon mieux sur ma couche, lorsqu'un ricanement étrange de mon voisin me fit tressaillir. Je regardai le comte. Il avait les yeux fermés, tout son corps frémissait, et de ses lèvres entr'ouvertes s'échappaient quelques mots à peine articulés.

— Bien fraîche !... bien blanche !... Le professeur ne sait ce qu'il dit... Le cheval ne vaut rien... Quel morceau friand[4] !... — Puis il se mit à mordre à belles dents le coussin où posait sa tête, et en même temps il poussa une sorte de rugissement si fort qu'il se réveilla.

Pour moi, je demeurai immobile sur mon canapé et fis semblant de dormir. Je l'observais pourtant. Il s'assit, se frotta les yeux, soupira tristement et demeura près d'une

---

1. **Horace :** un des grands poètes latins (65-8 av. J.-C.).
2. « Enfermé honteusement dans un coffre, tu y es replié, tes genoux touchant la tête. » (*Satires*, II, 7.)
3. **Râle :** grondement, respiration bruyante.
4. **Friand :** appétissant, délicieux.

heure sans changer de posture, absorbé, comme il semblait, dans ses réflexions. J'étais cependant fort mal à mon aise, et je me promis intérieurement de ne jamais coucher à côté de M. le comte. À la longue pourtant, la fatigue triompha de l'inquiétude, et lorsqu'on entra le matin dans notre chambre, nous dormions l'un et l'autre d'un profond sommeil.

VI

Après le déjeuner, nous retournâmes à Médintiltas. Là, ayant trouvé le docteur Frœber seul, je lui dis que je croyais le comte malade, qu'il avait des rêves affreux, qu'il était peut-être somnambule, et qu'il pouvait être dangereux dans cet état.

— Je me suis aperçu de tout cela, me dit le médecin. Avec une organisation[1] athlétique, il est nerveux comme une jolie femme. Peut-être tient-il cela de sa mère... Elle a été diablement méchante ce matin... Je ne crois pas beaucoup aux histoires de peurs et d'envies de femmes grosses[2] ; mais ce qui est certain, c'est que la comtesse est maniaque[3] et la manie est transmissible par le sang...

— Mais le comte, repris-je, est parfaitement raisonnable ; il a l'esprit juste, il est instruit, beaucoup plus que je ne l'aurais cru, je vous l'avoue ; il aime la lecture...

— D'accord, d'accord, mon cher monsieur, mais il est souvent bizarre. Il s'enferme quelquefois pendant plusieurs jours ; souvent il rôde la nuit ; il lit des livres incroyables... de la métaphysique allemande... de la physiologie[4], que sais-je ? Hier encore il lui en est arrivé un ballot[5] de Leipzig[6].

1. **Organisation :** constitution physique.
2. **Grosses :** enceintes.
3. **Maniaque :** en proie à la manie, folle.
4. **Physiologie :** étude du fonctionnement du corps et des organes.
5. **Ballot :** sac.
6. **Leipzig :** ville de l'est de l'Allemagne, haut lieu de l'imprimerie et de l'édition.

SITUER

À l'issue du dîner dans la maison Dowghiello, le narrateur se retrouve à coucher dans la même chambre que le comte Szémioth. Il faut se rappeler que, lors de sa première nuit au château, il avait pu constater que le comte s'adonnait à des occupations nocturnes pour le moins surprenantes. Cette nuit confirme le caractère étrange et inquiétant du personnage.

RÉFLÉCHIR

PERSONNAGES : l'homme sauvage

1. « Il prit son fusil et son couteau de chasse » (l. 1079) : que rappellent ces deux objets ?

2. À quels traits le caractère « bestial » du comte tient-il ?

3. À quoi peut-on comparer la position du comte durant son sommeil ? À quoi le narrateur la compare-t-il ? Quel effet cette comparaison produit-elle ici ?

4. « Bien fraîche !... bien blanche !... » (l. 1120) ; de quoi le comte rêve-t-il ? Que désignent ces paroles ?

THÈMES : une nuit d'angoisse

5. Par quels sentiments le narrateur passe-t-il au cours de cette nuit ?

6. À quelle affection le comte semble-t-il être sujet ? Pourquoi ne s'est-il jamais rappelé le rêve qu'il avait eu ?

7. « je me mis à lire le *Catéchisme* de Lawicki » (l. 1103) ; pourquoi le professeur lit-il ainsi ? Quel intérêt a-t-il à rester éveillé ?

ÉCRIRE

8. La nuit est propice aux mauvais rêves et à la peur, surtout lorsqu'il faut dormir dans un lieu inhabituel. Faites le récit d'une telle nuit, partagée entre sommeil agité et réveil angoissé.

Faut-il parler net ? un Hercule a besoin d'une Hébé[1]. Il y a ici des paysannes très jolies… Le samedi soir, après le bain, on les prendrait pour des princesses… Il n'y en a pas une qui ne fût fière de distraire monseigneur. À son âge, moi, le diable m'emporte !… Non, il n'a pas de maîtresse, il ne se marie pas, il a tort. Il lui faudrait un dérivatif[2].

Le matérialisme grossier du docteur me choquant au dernier point, je terminai brusquement l'entretien en lui disant que je faisais des vœux pour que le comte Szémioth trouvât une épouse digne de lui. Ce n'est pas sans surprise, je l'avoue, que j'avais appris du docteur ce goût du comte pour les études philosophiques. Cet officier de hussards, ce chasseur passionné lisant de la métaphysique allemande et s'occupant de physiologie, cela renversait mes idées. Le docteur avait dit vrai cependant, et dès le jour même j'en eus la preuve.

— Comment expliquez-vous, monsieur le professeur, me dit-il brusquement vers la fin du dîner, comment expliquez-vous la *dualité* ou la *duplicité* de notre nature ?… — Et comme il s'aperçut que je ne le comprenais pas parfaitement, il reprit : — Ne vous êtes-vous jamais trouvé au haut d'une tour ou bien au bord d'un précipice, ayant à la fois la tentation de vous élancer dans le vide et un sentiment de terreur absolument contraire ?…

— Cela peut s'expliquer par des causes toutes physiques, dit le docteur ; I° la fatigue qu'on éprouve après une marche ascensionnelle détermine un afflux de sang au cerveau, qui…

— Laissons là le sang, docteur, s'écria le comte avec impatience, et prenons un autre exemple. Vous tenez une arme à feu chargée. Votre meilleur ami est là. L'idée vous vient de lui mettre une balle dans la tête. Vous avez la plus grande horreur d'un assassinat, et pourtant vous en avez la pensée. Je crois, messieurs, que si toutes les pensées qui nous viennent en tête dans l'espace d'une heure,… je crois que si

1. **Un Hercule, une Hébé :** Hercule épousa Hébé, déesse de la jeunesse, et obtint ainsi l'immortalité.
2. **Dérivatif :** distraction.

toutes *vos* pensées, monsieur le professeur, que je tiens pour un sage, étaient écrites, elles formeraient un volume in-folio[1] peut-être, d'après lequel il n'y a pas un avocat qui ne plaidât avec succès votre interdiction[2], pas un juge qui ne vous mît en prison ou bien dans une maison de fous.

— Ce juge, monsieur le comte, ne me condamnerait pas assurément pour avoir cherché ce matin pendant plus d'une heure la loi mystérieuse d'après laquelle les verbes slaves prennent un sens futur en se combinant avec une préposition ; mais si par hasard j'avais eu quelque autre pensée, quelle preuve en tirer contre moi ? Je ne suis pas plus maître de mes pensées que des accidents extérieurs qui me les suggèrent. De ce qu'une pensée surgit en moi, on ne peut pas conclure un commencement d'exécution, ni même une résolution. Jamais je n'ai eu l'idée de tuer personne ; mais si la pensée d'un meurtre me venait, ma raison n'est-elle pas là pour l'écarter ?

— Vous parlez de la raison bien à votre aise ; mais est-elle toujours là, comme vous dites, pour nous diriger ? Pour que la raison parle et se fasse obéir, il faut de la réflexion, c'est-à-dire du temps et du sang-froid. A-t-on toujours l'un et l'autre ? Dans un combat, je vois arriver sur moi un boulet qui ricoche, je me détourne et je découvre mon ami, pour lequel j'aurais donné ma vie, si j'avais eu le temps de réfléchir…

J'essayai de lui parler de nos devoirs d'homme et de chrétien, de la nécessité où nous sommes d'imiter le guerrier de l'Écriture, toujours prêt au combat[3] ; enfin je lui fis voir qu'en luttant sans cesse contre nos passions nous acquérions des forces nouvelles pour les affaiblir et les dominer. Je ne réussis, je le crains, qu'à le réduire au silence, et il ne paraissait pas convaincu.

1. **In-folio :** voir n. 3 p. 87.
2. **Votre interdiction :** l'interdiction d'exercer vos fonctions.
3. **Le guerrier de l'Écriture, toujours prêt au combat :** citation de saint Paul, deuxième Épître à Timothée. L'apôtre est un bon soldat du Christ, toujours prêt à lutter et à souffrir.

Je demeurai encore une dizaine de jours au château. Je fis une autre visite à Dowghielly, mais nous n'y couchâmes point. Comme la première fois, Mlle Iwinska se montra espiègle et enfant gâtée. Elle exerçait sur le comte une sorte de fascination, et je ne doutai pas qu'il n'en fût fort amoureux. Cependant il connaissait bien ses défauts et ne se faisait pas d'illusions. Il la savait coquette, frivole, indifférente à tout ce qui n'était pas pour elle un amusement. Souvent je m'apercevais qu'il souffrait intérieurement de la savoir si peu raisonnable ; mais dès qu'elle lui avait fait quelque petite mignardise[1], il oubliait tout, sa figure s'illuminait, il rayonnait de joie. Il voulut m'amener une dernière fois à Dowghielly la veille de mon départ, peut-être parce que je restais à causer avec la tante pendant qu'il allait se promener au jardin avec la nièce ; mais j'avais fort à travailler, et je dus m'excuser, quelle que fût son insistance. Il revint dîner, bien qu'il nous eût dit de ne pas l'attendre. Il se mit à table, et ne put manger. Pendant tout le repas, il fut sombre et de mauvaise humeur. De temps à autre, ses sourcils se rapprochaient et ses yeux prenaient une expression sinistre. Lorsque le docteur sortit pour se rendre auprès de la comtesse, le comte me suivit dans ma chambre, et me dit tout ce qu'il avait sur le cœur. — Je me repens bien[2], s'écria-t-il, de vous avoir quitté pour aller voir cette petite folle, qui se moque de moi et qui n'aime que les nouveaux visages ; mais heureusement tout est fini entre nous, j'en suis profondément dégoûté, et je ne la reverrai jamais… — Il se promena quelque temps de long en large selon son habitude, puis il reprit : — Vous avez cru peut-être que j'en étais amoureux ? C'est ce que pense cet imbécile de docteur. Non, je ne l'ai jamais aimée. Sa mine rieuse m'amusait. Sa peau blanche me faisait plaisir à voir… Voilà tout ce qu'il y a de bon chez elle… la peau surtout. De cervelle, point. Jamais je n'ai vu en elle autre chose qu'une jolie poupée, bonne à regarder quand on s'ennuie et qu'on n'a pas de livre nouveau… Sans doute on peut dire que c'est

1. **Quelque petite mignardise :** quelque délicatesse, quelque gentillesse.
2. **Je me repens bien :** je regrette bien.

une beauté... Sa peau est merveilleuse !... monsieur le professeur, le sang qui est sous cette peau doit être meilleur que celui d'un cheval ?... Qu'en pensez-vous ?

Et il se mit à éclater de rire, mais ce rire faisait mal à entendre.

Je pris congé de lui le lendemain pour continuer mes explorations dans le nord du palatinat[1].

VII

Elles durèrent environ deux mois, et je puis dire qu'il n'y a guère de village en Samogitie où je ne me sois arrêté et où je n'aie recueilli quelques documents. Qu'il me soit permis de saisir cette occasion pour remercier les habitants de cette province, et en particulier MM. les ecclésiastiques, pour le concours vraiment empressé qu'ils ont accordé à mes recherches et les excellentes contributions dont ils ont enrichi mon dictionnaire.

Après un séjour d'une semaine à Szawlé, je me proposais d'aller m'embarquer à Klaypeda (port que nous appelons Memel) pour retourner chez moi, lorsque je reçus du comte Szémioth la lettre suivante, apportée par un de ses chasseurs[2] :

« Monsieur le professeur,

« Permettez-moi de vous écrire en allemand. Je ferais encore plus de solécismes[3], si je vous écrivais en jmoude, et vous perdriez toute considération pour moi. Je ne sais si vous en avez déjà beaucoup, et la nouvelle que j'ai à vous communiquer ne l'augmentera peut-être pas. Sans plus de préface, je me marie, et vous devinez bien à qui. *Jupiter se rit des serments des amoureux*[4]. Ainsi fait Pirkuns, notre Jupiter samogitien. C'est donc Mlle Julienne Iwinska que j'épouse le

1. **Palatinat :** voir n. 1 p. 100.
2. **Un de ses chasseurs :** un de ses messagers.
3. **Solécismes :** fautes.
4. **Jupiter se rit des serments des amoureux :** citation d'Ovide, *L'Art d'aimer*, I, 633 *(« Iupiter ex alto periuria ridet amantum »).*

8 du mois prochain. Vous seriez le plus aimable des hommes si vous veniez assister à la cérémonie. Tous les paysans de Médintiltas et lieux circonvoisins viendront chez moi manger quelques bœufs et d'innombrables cochons, et, quand ils seront ivres, ils danseront dans ce pré, à droite de l'avenue que vous connaissez. Vous verrez des costumes et des coutumes dignes de votre observation. Vous me ferez le plus grand plaisir et à Julienne aussi. J'ajouterai que votre refus nous jetterait dans le plus triste embarras. Vous savez que j'appartiens à la communion évangélique, de même que ma fiancée ; or notre ministre[1], qui demeure à une trentaine de lieues, est perclus de la goutte[2], et j'ai osé espérer que vous voudriez bien officier à sa place. Croyez-moi, mon cher professeur, votre bien dévoué,

« MICHEL SZÉMIOTH. »

Au bas de la lettre, en forme de *post-scriptum*, une assez jolie main féminine avait ajouté en jmoude :

« Moi, muse de la Lithuanie, j'écris en jmoude. Michel est un impertinent de douter de votre approbation. Il n'y a que moi en effet qui sois assez folle pour vouloir d'un garçon comme lui. Vous verrez, monsieur le professeur, le 8 du mois prochain, une mariée un peu *chic*. Ce n'est pas du jmoude, c'est du français. N'allez pas au moins avoir des distractions[3] pendant la cérémonie ! »

Ni la lettre ni le *post-scriptum* ne me plurent. Je trouvai que les fiancés montraient une impardonnable légèreté dans une occasion si solennelle. Cependant le moyen de refuser ? J'avouerai encore que le spectacle annoncé ne laissait pas de me donner des tentations. Selon toute apparence, dans le grand nombre de gentilshommes[4] qui se réuniraient au château de Médintiltas, je ne manquerais pas de trouver des

1. **Notre ministre :** notre prêtre.
2. **Est perclus de la goutte :** souffre de la goutte, inflammation douloureuse des articulations.
3. **Avoir des distractions :** avoir l'esprit distrait.
4. **Gentilshommes :** hommes de la noblesse.

personnes instruites qui me fourniraient des renseignements utiles. Mon glossaire[1] jmoude était très riche ; mais le sens d'un certain nombre de mots appris de la bouche de paysans grossiers demeurait encore pour moi enveloppé d'une obscurité relative. Toutes ces considérations réunies eurent assez de force pour m'obliger à consentir à la demande du comte, et je lui répondis que dans la matinée du 8 je serais à Médintiltas. Combien j'eus lieu de m'en repentir !

VIII

En entrant dans l'avenue du château, j'aperçus un grand nombre de dames et de messieurs en toilette du matin, groupés sur le perron ou circulant dans les allées du parc. La cour était pleine de paysans endimanchés. Le château avait un air de fête ; partout des fleurs, des guirlandes, des drapeaux et des festons[2]. L'intendant me conduisit à la chambre qui m'avait été préparée au rez-de-chaussée, en me demandant pardon de ne pouvoir m'en offrir une plus belle ; mais il y avait tant de monde au château, qu'il avait été impossible de me conserver l'appartement que j'avais occupé à mon premier séjour, et qui était destiné à la femme du maréchal de la noblesse[3] ; ma nouvelle chambre d'ailleurs était très convenable, ayant vue sur le parc, et au-dessous de l'appartement du comte. Je m'habillai en hâte pour la cérémonie, je revêtis ma robe ; mais ni le comte ni sa fiancée ne paraissaient. Le comte était allé la chercher à Dowghielly. Depuis longtemps, ils auraient dû être arrivés ; mais la toilette d'une mariée n'est pas une petite affaire, et le docteur avertissait les invités que, le déjeuner ne devant avoir lieu qu'après le service religieux, les appétits trop impatients feraient bien de prendre leurs précautions à un certain buffet garni de gâteaux et de toute sorte de liqueurs. Je remarquai à cette occasion combien l'attente excite à la

1. **Mon glossaire :** mon lexique, mon dictionnaire.
2. **Festons :** guirlandes.
3. **Maréchal de la noblesse :** président de la noblesse.

médisance ; deux mères de jolies demoiselles invitées à la fête ne tarissaient pas en épigrammes[1] contre la mariée.

Il était plus de midi quand une salve de boîtes[2] et de coups de fusil signala son arrivée, et bientôt après une calèche de gala entra dans l'avenue traînée par quatre chevaux magnifiques. À l'écume qui couvrait leur poitrail, il était facile de voir que le retard n'était pas de leur fait. Il n'y avait dans la calèche que la mariée, Mme Dowghiello et le comte. Il descendit et donna la main à Mme Dowghiello. Mlle Iwinska, par un mouvement plein de grâce et de coquetterie enfantine, fit mine de vouloir se cacher sous son châle pour échapper aux regards curieux qui l'entouraient de tous les côtés. Pourtant elle se leva debout dans la calèche, et elle allait prendre la main du comte, quand les chevaux du brancard[3], effrayés peut-être de la pluie de fleurs que les paysans lançaient à la mariée, peut-être aussi éprouvant cette étrange terreur que le comte Szémioth inspirait aux animaux, se cabrèrent en s'ébrouant ; une roue heurta la borne au pied du perron, et on put croire pendant un moment qu'un accident allait avoir lieu. Mlle Iwinska laissa échapper un petit cri… On fut bientôt rassuré. Le comte, la saisissant dans ses bras, l'emporta jusqu'au haut du perron aussi facilement que s'il n'avait tenu qu'une colombe. Nous applaudissions tous à son adresse et à sa galanterie chevaleresque. Les paysans poussaient des *vivat* formidables, la mariée, toute rouge, riait et tremblait à la fois. Le comte, qui n'était nullement pressé de se débarrasser de son charmant fardeau, semblait triompher en le montrant à la foule qui l'entourait…

Tout à coup une femme de haute taille, pâle, maigre, les vêtements en désordre, les cheveux épars, et tous les traits contractés par la terreur, parut en haut du perron, sans que personne pût savoir d'où elle venait.

— À l'ours ! criait-elle d'une voix aiguë ; à l'ours ! des fusils !… Il emporte une femme ! tuez-le ! Feu ! feu !

1. **Épigrammes :** mots ironiques, railleries.
2. **Une salve de boîtes :** coups tirés par de petits canons destinés aux fêtes.
3. **Brancard :** pièce de bois à laquelle les chevaux sont attelés.

C'était la comtesse. L'arrivée de la mariée avait attiré tout le monde au perron, dans la cour, ou aux fenêtres du château. Les femmes même qui surveillaient la pauvre folle avaient oublié leur consigne ; elle s'était échappée, et sans être observée de personne était arrivée jusqu'au milieu de nous. Ce fut une scène très pénible. Il fallut l'emporter malgré ses cris et sa résistance. Beaucoup d'invités ne connaissaient pas sa maladie. On dut leur donner des explications. On chuchota longtemps à voix basse. Tous les visages étaient attristés. — Mauvais présage ! disaient les personnes superstitieuses, et le nombre en est grand en Lithuanie.

Cependant Mlle Iwinska demanda cinq minutes pour faire sa toilette et mettre son voile de mariée, opération qui dura une bonne heure. C'était plus qu'il ne fallait pour que les personnes qui ignoraient la maladie de la comtesse en apprissent la cause et les détails.

Enfin la mariée reparut magnifiquement parée et couverte de diamants. Sa tante la présenta à tous les invités, et lorsque le moment fut venu de passer à la chapelle, à ma grande surprise, en présence de toute la compagnie, Mme Dowghiello appliqua un soufflet[1] sur la joue de sa nièce, assez fort pour faire retourner ceux qui auraient eu quelque distraction. Ce soufflet fut reçu avec la plus parfaite résignation, et personne ne parut s'en étonner ; seulement un homme en noir écrivit quelque chose sur un papier qu'il avait apporté, et quelques-uns des assistants y apposèrent leur signature de l'air le plus indifférent. Ce ne fut qu'à la fin de la cérémonie que j'eus le mot de l'énigme. Si je l'eusse deviné, je n'aurais pas manqué de m'élever avec toute la force de mon ministère sacré contre cette odieuse pratique, laquelle a pour but d'établir un cas de divorce en simulant que le mariage n'a eu lieu que par suite de violence matérielle exercée contre une des parties contractantes[2].

Après le service religieux, je crus de mon devoir d'adresser quelques paroles au jeune couple, m'attachant à leur mettre

1. **Soufflet :** gifle.
2. **Une des parties contractantes :** l'un des deux mariés.

devant les yeux la gravité[1] et la sainteté de l'engagement qui venait de les unir, et comme j'avais encore sur le cœur le *post-scriptum* déplacé de Mlle Iwinska, je lui rappelai qu'elle entrait dans une vie nouvelle, non plus accompagnée d'amusements et de joies juvéniles, mais pleine de devoirs sérieux et de graves épreuves. Il me sembla que cette partie de mon allocution produisit beaucoup d'effet sur la mariée, comme sur toutes les personnes qui comprenaient l'allemand.

Des salves d'armes à feu et des cris de joie accueillirent le cortège au sortir de la chapelle, puis on passa dans la salle à manger. Le repas était magnifique, les appétits fort aiguisés, et d'abord on n'entendit d'autre bruit que celui des couteaux et des fourchettes ; mais bientôt, avec l'aide des vins de Champagne et de Hongrie, on commença à causer, à rire et même à crier. La santé de la mariée fut portée avec enthousiasme. À peine venait-on de se rasseoir, qu'un vieux *pane*[2] à moustaches blanches se leva, et d'une voix formidable : — Je vois avec douleur, dit-il, que nos vieilles coutumes se perdent. Jamais nos pères n'eussent porté ce toast avec des verres de cristal. Nous buvions dans le soulier de la mariée, et même dans sa botte, car de mon temps les dames portaient des bottes en maroquin[3] rouge. Montrons, amis, que nous sommes encore de vrais Lithuaniens. — Et toi, madame, daigne me donner ton soulier.

La mariée lui répondit en rougissant, avec un petit rire étouffé : — Viens le prendre, monsieur… mais je ne te ferai pas raison dans ta botte[4].

Le *pane* ne se le fit pas dire deux fois, se mit galamment à genoux, ôta un petit soulier de satin blanc à talon rouge, l'emplit de vin de Champagne et but si vite et si adroitement qu'il n'y en eut pas plus de la moitié qui coula sur ses habits. Le soulier passa de main en main, et tous les hommes y

1. **La gravité :** le sérieux.
2. ***Pane* :** titre donné aux nobles polonais.
3. **En maroquin :** voir n. 4 p. 135.
4. **Je ne te ferai pas raison dans ta botte :** je n'utiliserai pas ta botte pour faire ce que tu dis.

burent, mais non sans peine. Le vieux gentilhomme réclama le soulier comme une relique précieuse, et Mme Dowghiello fit prévenir une femme de chambre de venir réparer le désordre de la toilette de sa nièce.

Ce toast fut suivi de beaucoup d'autres, et bientôt les convives devinrent si bruyants, qu'il ne me parut plus convenable de demeurer parmi eux. Je m'échappai de la table sans que personne fît attention à moi, et j'allai respirer l'air en dehors du château ; mais là encore je trouvai un spectacle peu édifiant[1]. Les domestiques et les paysans, qui avaient eu de la bière et de l'eau-de-vie à discrétion, étaient déjà ivres pour la plupart. Il y avait eu des disputes et des têtes cassées. Çà et là, sur le pré, des ivrognes se vautraient privés de sentiment, et l'aspect général de la fête tenait beaucoup d'un champ de bataille. J'aurais eu quelque curiosité de voir de près les danses populaires ; mais la plupart étaient menées par des bohémiennes effrontées, et je ne crus pas qu'il fût bienséant de me hasarder dans cette bagarre. Je rentrai donc dans ma chambre, je lus quelque temps, puis me déshabillai et m'endormis bientôt.

Lorsque je m'éveillai, l'horloge du château sonnait trois heures. La nuit était claire, bien que la lune fût un peu voilée par une légère brume. J'essayai de retrouver le sommeil ; je ne pus y parvenir. Selon mon usage en pareille occasion, je voulus prendre un livre et étudier, mais je ne pus trouver les allumettes à ma portée. Je me levai et j'allais tâtonnant dans ma chambre, quand un corps opaque[2], très gros, passa devant ma fenêtre, et tomba avec un bruit sourd dans le jardin. Ma première impression fut que c'était un homme, et je crus qu'un de nos ivrognes était tombé par la fenêtre. J'ouvris la mienne et regardai ; je ne vis rien. J'allumai enfin une bougie, et, m'étant remis au lit, je repassai mon glossaire[3] jusqu'au moment où l'on m'apporta mon thé.

Vers onze heures, je me rendis au salon, où je trouvai beaucoup d'yeux battus et de mines défaites ; j'appris en

1. **Peu édifiant :** peu moral.
2. **Opaque :** qui ne laisse pas passer la lumière, qui produit une ombre.
3. **Mon glossaire :** voir n. 1 p. 145.

effet qu'on avait quitté la table fort tard. Ni le comte ni la jeune comtesse n'avaient encore paru. À onze heures et demi, après beaucoup de méchantes plaisanteries, on commença à murmurer, tout bas d'abord, bientôt assez haut. Le docteur Frœber prit sur lui d'envoyer le valet de chambre du comte frapper à la porte de son maître. Au bout d'un quart d'heure, cet homme redescendit, et, un peu ému, rapporta au docteur Frœber qu'il avait frappé plus d'une douzaine de fois, sans obtenir de réponse. Nous nous consultâmes, Mme Dowghiello, le docteur et moi. L'inquiétude du valet de chambre m'avait gagné. Nous montâmes tous les trois avec lui. Devant la porte, nous trouvâmes la femme de chambre de la jeune comtesse tout effarée, assurant que quelque malheur devait être arrivé, car la fenêtre de madame était toute grande ouverte. Je me rappelai avec effroi ce corps pesant tombé devant ma fenêtre. Nous frappâmes à grands coups. Point de réponse. Enfin le valet de chambre apporta une barre de fer, et nous enfonçâmes la porte… Non ! le courage me manque pour décrire le spectacle qui s'offrit à nos yeux. La jeune comtesse était étendue morte sur son lit, la figure horriblement lacérée, la gorge ouverte, inondée de sang. Le comte avait disparu, et personne depuis n'a eu de ses nouvelles.

Le docteur considéra l'horrible blessure de la jeune femme. — Ce n'est pas une lame d'acier, s'écria-t-il, qui a fait cette plaie… C'est une morsure !…

Le professeur ferma son livre, et regarda le feu d'un air pensif.

— Et l'histoire est finie ? demanda Adélaïde.

— Finie ! répondit le professeur d'une voix lugubre.

— Mais, reprit-elle, pourquoi l'avez-vous intitulée *Lokis* ? Pas un seul des personnages ne s'appelle ainsi.

— Ce n'est pas un nom d'homme, dit le professeur… Voyons, Théodore, comprenez-vous ce que veut dire Lokis ?

— Pas le moins du monde.

— Si vous vous étiez bien pénétré de la loi de transformation du sanscrit au lithuanien, vous auriez reconnu dans lokis

Situer

Le récit du professeur s'achève sur le meurtre de la nouvelle mariée. Bien qu'aucune élucidation ne soit donnée dans l'épilogue, tout concourt à désigner le comte Szémioth comme le coupable.

Réfléchir

QUI PARLE ? QUI VOIT ? **Le principe d'objectivité**

1. En quoi le narrateur se distingue-t-il du reste des convives ? Pourquoi ce détail est-il important ?

2. Par qui la cause de la mort est-elle donnée ?

THÈMES : **nuit de noce**

3. « après beaucoup de méchantes plaisanteries » (l. 1481) : quel est le sujet des plaisanteries de l'assistance ? Comment s'explique-t-il ?

GENRES : **scène de crime**

4. Relevez les indications marquant la chronologie des faits.

5. « La nuit était claire, bien que la lune fût un peu voilée par une légère brume » (l. 1465-1466) : quel rôle cette indication joue-t-elle ?

6. Par quels procédés le narrateur retarde-t-il la découverte du meurtre ? Quel est l'effet produit ?

7. Pourquoi est-il nécessaire d'enfoncer la porte ? Quelle précision essentielle ce fait apporte-t-il ?

8. « personne depuis n'a eu de ses nouvelles » (l. 1501) : quelle fonction cette remarque remplit-elle ?

9. Comparez cette scène de crime avec celle de *La Vénus d'Ille* (l. 911-985) : qu'ont-elles en commun ? Qu'est-ce qui les distingue cependant ?

Écrire

10. En vous appuyant sur la description correspondante de *La Vénus d'Ille*, vous rédigerez une description plus détaillée des lieux du crime, en introduisant des indices aidant à comprendre le déroulement des événements.

11. Vous imaginerez une fin différente, dans laquelle on finit par retrouver le comte.

le sanscrit *arkcha* ou *rikscha*. On appelle lokis en lithuanien l'animal que les Grecs ont nommé αρκτος, les Latins *ursus* et les Allemands *Bär*[1].

Vous comprenez maintenant mon épigraphe :

Miszka su Lokiu
Abu du tokiu.

Vous savez que dans le *Roman de Renart*[2] l'ours s'appelle *damp Brun*. Chez les Slaves, on le nomme Michel, Miszka en lithuanien, et ce surnom remplace presque toujours le nom générique, lokis. C'est ainsi que les Français ont oublié leur mot néolatin de goupil ou gorpil[3] pour y substituer celui de renard. Je vous en citerai bien d'autres exemples...

Mais Adélaïde remarqua qu'il était tard, et on se sépara.

1. *αρκτος, Ursus, Bär* : tous ces noms désignent l'ours.
2. ***Roman de Renart*** : œuvre médiévale composée de plusieurs poèmes où les animaux se conduisent comme des hommes (à comparer aux *Fables* de La Fontaine).
3. **Goupil, gorpil** : anciens noms du renard.

POINT FINAL ?

Dans une lettre à son amie Jenny Dacquin, Mérimée explique qu'il écrivit cette nouvelle lors d'un séjour à la cour, au château de Fontainebleau, afin d'offrir une histoire extravagante et abominable à l'impératrice et à son cercle d'intimes, qui en raffolaient alors. Pour autant, doit-on considérer Lokis *comme une pure fantaisie de circonstance ? Il semble au contraire que ce conte, rédigé quelques mois avant la mort de son auteur, résume l'œuvre et l'inspiration de Mérimée. Il se présente en particulier comme une réécriture de* La Vénus d'Ille.

QUI PARLE ? QUI VOIT ? Science et érudition

Malgré le caractère fictif de ses récits, Mérimée n'est pas avare de souvenirs personnels ni d'éléments autobiographiques.

1. Quels sont les points communs entre le narrateur de *Lokis* et celui de *La Vénus d'Ille* ? Quelles affinités entretiennent-ils avec l'auteur lui-même ?

2. En quoi l'identité du narrateur explique-t-elle qu'aucune élucidation du crime ne soit donnée ?

3. Étudiez le rôle du mythe et des légendes dans cette nouvelle ; qu'apportent-ils au récit ?

4. Quels motifs ce conte emprunte-t-il à la mythologie classique ?

5. À quels lecteurs Mérimée a-t-il destiné cette nouvelle ?

6. Quelles preuves concrètes des recherches effectuées par l'auteur ce conte donne-t-il ?

THÈMES : la tragédie de l'amour

Comme dans *La Vénus d'Ille*, c'est un mariage qui apporte le malheur aux personnages de ce conte. En traitant cet aspect, Mérimée aborde un thème cher aux romanciers de son siècle.

7. Étudiez le couple formé par Mlle Iwinska et le comte Szémioth et montrez que tous deux se présentent comme deux figures opposées, au physique comme au moral.

8. Le thème du mariage est abordé à deux reprises dans *Lokis* ; comment est-il traité à chaque fois ?

9. Quelle place le destin et la nécessité jouent-ils dans cette nouvelle ?

10. Quel(s) rapport(s) cette nouvelle entretient-elle avec le genre de la tragédie ?

GENRES : les figures du fantastique

Lokis mêle plusieurs motifs qui constituent le fonds du roman noir et de la littérature fantastique, comme si l'auteur avait voulu parodier ou du moins imiter ces genres.

11. Quelle est la nature véritable du comte Szémioth ? À quelle sorte d'êtres appartient-il ? Citez d'autres exemples célèbres.

12. Qu'est-ce qui rattache son personnage à la figure du vampire ? Comment le thème du vampirisme est-il abordé dans la nouvelle ?

13. Quelle autre figure typique le lecteur de *Lokis* rencontre-t-il ? Comment la distance du narrateur vis-à-vis du genre se marque-t-elle dans ce cas particulier ?

GENRES : exotisme et couleur locale

Malgré son originalité évidente, *Lokis* s'insère parfaitement dans la production littéraire d'un auteur qui excelle dans la peinture de caractères et de lieux pittoresques.

14. Montrez comment, dans *Lokis* et dans *La Vénus d'Ille*, Mérimée joue sur l'exotisme en présentant des univers opposés.

15. De quelles ressources l'auteur dispose-t-il pour « créer » la couleur locale ?

16. Certains passages du récit peuvent apparaître comme des digressions : lesquels ? Quel rôle jouent-ils cependant ?

Federigo*

Il y avait une fois un jeune seigneur nommé Federigo, beau, bien fait, courtois et débonnaire[1], mais de mœurs fort dissolues ; car il aimait avec excès le jeu, le vin et les femmes, surtout le jeu ; n'allait jamais à confesse, et ne hantait les églises que pour y chercher des occasions de péché. Or il advint que Federigo, après avoir ruiné au jeu douze fils de famille (qui se firent ensuite malandrins[2], et périrent sans confession dans un combat acharné avec les condottieri[3] du roi), perdit lui-même, en moins de rien, tout ce qu'il avait gagné, et de plus tout son patrimoine, sauf un petit manoir, où il alla cacher sa misère derrière les collines de Cava[4].

Trois ans s'étaient écoulés depuis qu'il vivait dans la solitude, chassant le jour, et faisant, le soir, sa partie d'hombre[5] avec le métayer[6]. Un jour qu'il venait de rentrer au logis après une chasse, la plus heureuse qu'il eût encore faite, Jésus-Christ, suivi des saints apôtres, vint frapper à sa porte et lui demanda l'hospitalité. Federigo, qui avait l'âme généreuse, fut charmé de voir arriver des convives en un jour où il avait amplement de quoi les régaler. Il fit donc entrer les pèlerins dans sa case[7], leur offrit de la meilleure grâce du monde la table et le couvert, et les pria de l'excuser s'il ne les traitait pas selon leur mérite, se trouvant pris au dépourvu. Notre-Seigneur, qui savait à quoi s'en tenir sur l'opportunité de sa visite, pardonna à Federigo ce petit trait de vanité en

* Ce conte est populaire dans le royaume de Naples. On y remarque, ainsi que dans beaucoup d'autres nouvelles originaires de la même contrée, un mélange bizarre de la mythologie grecque avec les croyances du christianisme ; il paraît avoir été composé vers la fin du Moyen Âge (note de l'auteur).

1. **Courtois et débonnaire :** raffiné et d'une grande bonté.
2. **Malandrins :** brigands, voleurs.
3. **Condottieri :** officiers, chefs de soldats mercenaires.
4. **Cava :** petite ville entre Naples et Salerne.
5. **Hombre :** jeu de cartes d'origine espagnole.
6. **Métayer :** paysan qui cultive une terre qui ne lui appartient pas et qui est la propriété d'un fermier riche ou d'un seigneur.
7. **Sa case :** sa maison (de l'italien *casa*).

faveur de ses dispositions hospitalières. « Nous nous contenterons de ce que vous avez, lui dit-il, mais faites apprêter votre souper le plus promptement possible, vu qu'il est tard, et que celui-ci a grand faim », ajouta-t-il en montrant saint Pierre. Federigo ne se le fit pas répéter, et voulant offrir à ses hôtes quelque chose de plus que le produit de sa chasse, il ordonna au métayer de faire main basse sur son dernier chevreau, qui fut incontinent[1] mis à la broche.

Lorsque le souper fut prêt et la compagnie à table, Federigo n'avait qu'un regret, c'était que son vin ne fût pas meilleur. « Sire, dit-il à Jésus-Christ :

« Sire, je voudrais bien que mon vin fût meilleur ;
Néanmoins, tel qu'il est, je l'offre de grand cœur[2]. »

Sur quoi, Notre-Seigneur ayant goûté le vin : « De quoi vous plaignez-vous ? » dit-il à Federigo ; « votre vin est parfait ; je m'en rapporte à cet homme » (désignant du doigt l'apôtre saint Pierre). Saint Pierre, l'ayant savouré, le déclara excellent *(proprio stupendo*[3]*)*, et pria son hôte de boire avec lui.

Federigo, qui prenait tout cela pour de la politesse, fit néanmoins raison à l'apôtre ; mais quelle fut sa surprise en trouvant ce vin plus délicieux qu'aucun de ceux qu'il eût jamais goûtés au temps de sa plus grande fortune ! Reconnaissant à ce miracle la présence du Sauveur, il se leva aussitôt comme indigne de manger en si sainte compagnie : mais Notre-Seigneur lui ordonna de se rasseoir ; ce qu'il fit sans trop de façons. Après le souper, durant lequel ils furent servis par le métayer et sa femme, Jésus-Christ se retira avec les apôtres dans l'appartement qui leur avait été préparé. Pour Federigo, demeuré seul avec le métayer, il fit sa partie d'hombre comme à l'ordinaire, en buvant ce qui restait du vin miraculeux.

---

1. **Incontinent :** immédiatement, sans attendre.
2. **« Sire, je voudrais bien [...] » :** l'origine de ces deux vers nous est inconnue.
3. ***Proprio stupendo* :** vraiment merveilleux.

Le jour suivant, les saints voyageurs étant réunis dans la salle basse avec le maître du logis, Jésus-Christ dit à Federigo : « Nous sommes très contents de l'accueil que tu nous a fait, et voulons t'en récompenser. Demande-nous trois grâces à ton choix et elles te seront accordées ; car toute puissance nous a été donnée au ciel, sur la terre et dans les enfers. »

Lors Federigo tirant de sa poche le jeu de cartes qu'il portait toujours sur lui : « Maître, dit-il, faites que je gagne infailliblement toutes les fois que je jouerai avec ces cartes. — Ainsi soit-il ! » dit Jésus-Christ *(Ti sia concesso*[1]*)*.

Mais saint Pierre, qui était auprès de Federigo, lui disait à voix basse : « À quoi penses-tu, malheureux pécheur ? Tu devais demander au maître le salut de ton âme.

— Je m'en inquiète peu, répondit Federigo.

— Tu as encore deux grâces à obtenir, dit Jésus-Christ.

— Maître, poursuivit l'hôte, puisque vous avez tant de bonté, faites, s'il vous plaît, que quiconque montera dans l'oranger qui ombrage ma porte, n'en puisse descendre sans ma permission. — Ainsi soit-il ! » dit Jésus-Christ.

À ces mots, l'apôtre saint Pierre donnant un grand coup de coude à son voisin : « Malheureux pécheur, lui dit-il, ne crains-tu pas l'enfer réservé à tes méfaits ? Demande donc au maître une place dans son saint paradis ; il en est temps encore...

— Rien ne presse », repartit Federigo en s'éloignant de l'apôtre, et Notre-Seigneur ayant dit : « Que souhaites-tu pour troisième grâce ?

— Je souhaite, répondit-il, que quiconque s'assiéra sur cet escabeau, au coin de ma cheminée, ne puisse s'en relever qu'avec mon congé[2]. » Notre-Seigneur, ayant exaucé ce vœu comme les deux premiers, partit avec ses disciples.

Le dernier apôtre ne fut pas plus tôt hors du logis, que Federigo, voulant éprouver la vertu de ses cartes, appela son métayer, et fit une partie d'hombre avec lui, sans regarder son jeu. Il la gagna d'emblée, ainsi qu'une seconde et une

1. ***Ti sia concesso* :** que cela te soit accordé.
2. **Qu'avec mon congé :** qu'avec ma permission de partir.

troisième. Sûr alors de son fait, il partit pour la ville, et descendit dans la meilleure hôtellerie, dont il loua le plus bel appartement. Le bruit de son arrivée s'étant aussitôt répandu, ses anciens compagnons de débauche vinrent en foule lui rendre visite.

« Nous te croyions perdu pour jamais, s'écria don Giuseppe ; on assurait que tu t'étais fait ermite[1].

— Et l'on avait raison, répondit Federigo.

— À quoi diable as-tu passé ton temps depuis trois ans qu'on ne te voit plus ? demandèrent à la fois tous les autres.

— En prières, mes très chers frères, repartit Federigo d'un ton dévot[2] ; et voici mes *Heures*[3] », ajouta-t-il en tirant de sa poche le paquet de cartes qu'il avait précieusement conservé.

Cette réponse excita un rire général, et chacun demeura convaincu que Federigo avait réparé sa fortune en pays étranger aux dépens de joueurs moins habiles que ceux avec lesquels il se retrouvait alors, et qui brûlaient de le ruiner pour la seconde fois. Quelques-uns voulaient, sans plus attendre, l'entraîner à une table de jeu ; mais Federigo, les ayant priés de remettre la partie au soir, fit passer la compagnie dans une salle où l'on avait servi, par son ordre, un repas délicat, qui fut parfaitement accueilli.

Ce dîner fut plus gai que le souper des apôtres ; il est vrai qu'on n'y but que du malvoisie et du lacryma[4] ; mais les convives, excepté un, ne connaissaient pas de meilleur vin.

Avant l'arrivée de ses hôtes, Federigo s'était muni d'un jeu de cartes parfaitement semblable au premier, afin de pouvoir, au besoin, le substituer à l'autre, et en perdant une partie sur trois ou quatre, écarter tout soupçon de l'esprit de ses adversaires. Il avait mis l'un à sa droite et l'autre à sa gauche.

1. **Ermite :** homme pieux qui se retire du monde pour consacrer sa solitude à la méditation et à la prière.
2. **D'un ton dévot :** d'un ton empreint de piété et de religion.
3. **Mes *Heures* :** mon livre de prières (à réciter à certains moments de la journée).
4. **Du malvoisie et du lacryma :** vins doux célèbres ; le second, appelé lacryma-christi (« larme du Christ »), provient des vignobles du Vésuve.

Lorsqu'on eut dîné, la noble bande étant assise autour d'un tapis vert, Federigo mit d'abord sur table les cartes profanes[1], et fixa les enjeux à une somme raisonnable pour toute la durée de la séance. Voulant alors se donner l'intérêt du jeu, et connaître la mesure de sa force, il joua de son mieux les deux premières parties, et les perdit l'une et l'autre, non sans un dépit secret. Il fit ensuite apporter du vin, et profita du moment où les gagnants buvaient à leurs succès passés et futurs, pour reprendre d'une main les cartes profanes, et les remplacer de l'autre par les bénites.

Quand la troisième partie fut commencée, Federigo, ne donnant plus aucune attention à son jeu, eut le loisir d'observer celui des autres, et le trouva déloyal. Cette découverte lui fit grand plaisir. Il pouvait dès lors vider en conscience les bourses de ses adversaires. Sa ruine avait été l'ouvrage de leur fraude, non de leur bien-jouer ou de leur fortune : il pouvait donc concevoir une meilleure opinion de sa force relative, opinion justifiée par des succès antérieurs. L'estime de soi (car à quoi ne s'accroche-t-elle pas ?), la certitude de la vengeance et celle du gain, sont trois sentiments bien doux au cœur de l'homme. Federigo les éprouva tous à la fois ; mais songeant à sa fortune passée, il se rappela les douze fils de famille aux dépens desquels il s'était enrichi ; et, persuadé que ces jeunes gens étaient les seuls honnêtes joueurs auxquels il eût jamais eu affaire, il se repentit[2], pour la première fois, des victoires remportées sur eux. Un nuage sombre succéda sur son visage aux rayons de la joie qui perçait, et il poussa un profond soupir en gagnant la troisième partie.

Elle fut suivie de plusieurs autres, dont Federigo s'arrangea pour gagner le plus grand nombre, en sorte qu'il recueillit dans cette première soirée de quoi payer son dîner et un mois du loyer de son appartement. C'était tout ce qu'il voulait pour ce jour-là. Ses compagnons, désappointés[3], promirent, en le quittant, de revenir le lendemain.

1. **Profanes :** qui n'avaient pas été bénies.
2. **Il se repentit :** il regretta.
3. **Désappointés :** déçus.

Le lendemain et les jours suivants, Federigo sut gagner et perdre si à propos, qu'il acquit en peu de temps une fortune considérable, sans que personne en soupçonnât la véritable cause. Alors il quitta son hôtel pour aller habiter un grand palais où il donnait de temps à autre des fêtes magnifiques. Les plus belles femmes se disputaient un de ses regards ; les vins les plus exquis couvraient tous les jours sa table, et le palais de Federigo était réputé le centre des plaisirs.

Au bout d'un an de jeu discret, il résolut de rendre sa vengeance complète, en mettant à sec les principaux seigneurs du pays. À cet effet, ayant converti en pierreries la plus grande partie de son or, il les invita huit jours d'avance à une fête extraordinaire pour laquelle il mit en réquisition[1] les meilleurs musiciens, baladins, etc., et qui devait se terminer par un jeu des mieux nourris. Ceux qui manquaient d'argent en extorquèrent aux juifs ; les autres apportèrent ce qu'ils avaient, et tout fut raflé. Federigo partit dans la nuit avec son or et ses diamants.

De ce moment, il se fit une règle de ne jouer à coup sûr qu'avec les joueurs de mauvaise foi, se trouvant assez fort pour se tirer d'affaire avec les autres. Il parcourut ainsi toutes les villes de la terre, jouant partout, gagnant toujours, et consommant en chaque lieu ce que le pays produisait de plus excellent.

Cependant le souvenir de ses douze victimes se présentait sans cesse à son esprit, et empoisonnait toutes ses joies. Enfin il résolut un beau jour de les délivrer ou de se perdre avec elles.

Cette résolution prise, il partit pour les enfers un bâton à la main, et un sac sur le dos, sans autre escorte que sa levrette[2] favorite, qui s'appelait Marchesella. Arrivé en Sicile, il gravit le mont Gibel[3], et descendit ensuite dans le volcan, autant au-dessous du pied de la montagne, que la montagne elle-même s'élève au-dessus de Piamonte. De là, pour aller

1. **Il mit en réquisition :** il réserva.
2. **Levrette :** femelle du lévrier.
3. **Le mont Gibel :** autre nom donné à l'Etna.

chez Pluton[1], il faut traverser une cour gardée par Cerbère[2]. Federigo la franchit sans difficulté, pendant que Cerbère faisait fête à sa levrette, et vint frapper à la porte de Pluton.

Lorsqu'on l'eut conduit en sa présence : « Qui es-tu ? lui demanda le roi de l'abîme.

— Je suis le joueur Federigo.

— Que diable viens-tu faire ici ?

— Pluton, répondit Federigo, si tu estimes que le premier joueur de la terre soit digne de faire ta partie d'hombre, voici ce que je te propose : nous jouerons autant de parties que tu voudras ; que j'en perde une seule, et mon âme te sera légitimement acquise, avec toutes celles qui peuplent tes États ; mais si je gagne, j'aurai le droit d'en choisir une parmi tes sujettes, pour chaque partie que j'aurai gagnée, et de l'emporter avec moi.

— Soit, dit Pluton ; et il demanda un paquet de cartes.

— En voici un », dit aussitôt Federigo en tirant de sa poche le jeu miraculeux, et ils commencèrent à jouer.

Federigo gagna une première partie, et demanda à Pluton l'âme de Stefano Pagani, l'un des douze qu'il voulait sauver. Elle lui fut aussitôt livrée ; et l'ayant reçue, il la mit dans son sac. Il gagna de même une seconde partie, puis une troisième, et jusqu'à douze, se faisant livrer chaque fois, et mettant dans son sac, une des âmes auxquelles il s'intéressait. Lorsqu'il eut complété la douzaine, il offrit à Pluton de continuer.

« Volontiers, dit Pluton (qui pourtant s'ennuyait de perdre), mais sortons un instant ; je ne sais quelle odeur fétide[3] vient de se répandre ici. »

Or il cherchait un prétexte pour se débarrasser de Federigo ; car à peine celui-ci était-il dehors avec son sac et ses âmes, que Pluton cria de toute sa force qu'on fermât la porte sur lui.

Federigo, ayant de nouveau traversé la cour des enfers, sans que Cerbère y prît garde, tant il était charmé de sa

1. **Pluton :** dieu romain des Enfers et des mondes souterrains.
2. **Cerbère :** le chien à trois têtes chargé de garder l'entrée des Enfers.
3. **Fétide :** nauséabonde, puante.

levrette, regagna péniblement la cime du mont Gibel. Il appela ensuite Marchesella, qui ne tarda pas à le rejoindre, et redescendit vers Messine[1], plus joyeux de sa conquête spirituelle, qu'il ne l'avait jamais été d'aucun succès mondain. Arrivé à Messine, il s'y embarqua pour retourner en terre ferme, et terminer sa carrière dans son antique manoir.

. . . .

(À quelques mois de là, Marchesella mit bas une portée de petits monstres, dont quelques-uns avaient jusqu'à trois têtes. On les jeta tous à l'eau.)

. . . .

Au bout de trente ans (Federigo en avait alors soixante-dix), la Mort entra chez lui et l'avertit de mettre sa conscience en règle, parce que son heure était venue. « Je suis prêt, dit le moribond ; mais avant de m'enlever, ô Mort, donne-moi, je te prie, un fruit de l'arbre qui ombrage ma porte. Encore ce petit plaisir, et je mourrai content.

— S'il ne te faut que cela, dit la Mort, je veux bien te satisfaire » ; et elle monta dans l'oranger pour cueillir une orange. Mais lorsqu'elle voulut descendre, elle ne le put pas ; Federigo s'y opposait.

« Ah ! Federigo, tu m'as trompée, s'écria-t-elle ; je suis maintenant en ta puissance ; mais rends-moi la liberté, et je te promets dix ans de vie.

— Dix ans ! voilà grand-chose ! dit Federigo. Si tu veux descendre, ma mie[2], il faut être plus libérale.

— Je t'en donnerai vingt.

— Tu te moques !

— Je t'en donnerai trente.

— Tu n'es pas tout à fait au tiers.

— Tu veux donc vivre un siècle ?

— Tout autant, ma chère.

— Federigo, tu n'es pas raisonnable.

— Que veux-tu ! j'aime à vivre.

---

1. **Messine :** ville de Sicile, sur le détroit qui sépare l'île de l'Italie.
2. **Ma mie :** mon amie, ma chère.

— Allons, va pour cent ans, dit la Mort ; il faut bien en passer par-là » ; et elle put aussitôt descendre.

Dès qu'elle fut partie, Federigo se leva dans un état de santé parfaite, et commença une nouvelle vie avec la force d'un jeune homme et l'expérience d'un vieillard. Tout ce que l'on sait de cette nouvelle existence est qu'il continua à satisfaire curieusement toutes ses passions, et particulièrement ses appétits charnels[1], faisant un peu de bien quand l'occasion s'en présentait, mais sans plus songer à son salut que pendant sa première vie.

Les cent ans révolus, la Mort vint de nouveau frapper à sa porte, et le trouva dans son lit.

« Es-tu prêt ? lui dit-elle.

— J'ai envoyé chercher mon confesseur, répondit Federigo ; assieds-toi près du feu jusqu'à ce qu'il vienne. Je n'attends que l'absolution[2] pour m'élancer avec toi dans l'éternité. »

La Mort, qui était bonne personne, alla s'asseoir sur l'escabeau, et attendit une heure entière, sans voir arriver le prêtre. Commençant enfin à s'ennuyer, elle dit à son hôte : « Vieillard, pour la seconde fois, n'as-tu pas eu le temps de te mettre en règle, depuis un siècle que nous ne nous sommes vus ?

— J'avais, par ma foi, bien autre chose à faire, dit le vieillard avec un sourire moqueur.

— Eh bien ! reprit la Mort indignée de son impiété, tu n'as plus une minute à vivre !

— Bah ! dit Federigo, tandis qu'elle cherchait en vain à se lever ; je sais par expérience que tu es trop accommodante pour ne pas m'accorder encore quelques années de répit.

— Quelques années, misérable ! (et elle faisait d'inutiles efforts pour sortir de la cheminée).

— Oui sans doute ; mais cette fois-ci, je ne serai point exigeant, et, comme je ne tiens plus à la vieillesse, je me contenterai de quarante ans pour ma troisième course. »

1. **Ses appétits charnels :** son goût pour les plaisirs de la chair.
2. **Absolution :** dernière bénédiction délivrée à un mourant.

La Mort vit bien qu'elle était retenue sur l'escabeau, comme autrefois sur l'oranger, par une puissance surnaturelle ; mais, dans sa fureur, elle ne voulait rien accorder.

« Je sais un moyen de te rendre raisonnable », dit Federigo ; et il fit jeter trois fagots sur le feu. La flamme eut en un moment rempli la cheminée, en sorte que la Mort était au supplice.

« Grâce, grâce, s'écria-t-elle en sentant brûler ses vieux os ; je te promets quarante ans de santé. »

À ces mots, Federigo dénoua le charme[1], et la Mort s'enfuit à demi rôtie.

Au bout du terme, elle revint chercher son homme, qui l'attendait de pied ferme, un sac sur le dos.

« Pour le coup, ton heure est venue, lui dit-elle en entrant brusquement : il n'y a plus à reculer ; mais que veux-tu faire de ce sac ?

— Il contient les âmes de douze joueurs de mes amis, que j'ai autrefois délivrés de l'enfer.

— Qu'ils y rentrent avec toi ! » dit la Mort ; et saisissant Federigo par les cheveux, elle s'élança dans les airs, vola vers le midi[2], et s'enfonça avec sa proie dans les gouffres du mont Gibel. Arrivée aux portes de l'enfer, elle frappa trois coups.

« Qui est là ? dit Pluton.

— Federigo le joueur, répondit la Mort.

— N'ouvrez pas, s'écria Pluton, qui se rappela aussitôt les douze parties qu'il avait perdues : ce coquin-là dépeuplerait mon empire. »

Pluton refusant d'ouvrir, la Mort transporta son prisonnier aux portes du purgatoire ; mais l'ange de garde lui en interdit l'entrée, ayant reconnu qu'il se trouvait en état de péché mortel. Il fallut donc à toute force et au grand regret de la Mort, qui en voulait à Federigo, diriger le convoi vers les régions célestes.

« Qui es-tu ? » dit saint Pierre à Federigo, quand la Mort l'eut déposé à l'entrée du paradis.

1. **Dénoua le charme :** mit fin au pouvoir magique.
2. **Vers le midi :** vers le sud.

« Votre ancien hôte, répondit-il, celui qui vous régala jadis du produit de sa chasse.

— Oses-tu bien te présenter ici dans l'état où je te vois ? s'écria saint Pierre. Ne sais-tu pas que le ciel est fermé à tes pareils ? Quoi ! tu n'es pas même digne du purgatoire, et tu veux une place dans le paradis !

— Saint Pierre, dit Federigo, est-ce ainsi que je vous reçus quand vous vîntes avec votre divin maître, il y a environ cent quatre-vingts ans, me demander l'hospitalité ?

— Tout cela est bel et bon, repartit saint Pierre d'un ton grondeur, quoique attendri ; mais je ne puis pas prendre sur moi de te laisser entrer. Je vais informer Jésus-Christ de ton arrivée : nous verrons ce qu'il dira. »

Notre-Seigneur, étant averti, vint à la porte du paradis, où il trouva Federigo à genoux sur le seuil, avec ses douze âmes, six de chaque côté. Lors, se laissant toucher de compassion : « Passe encore pour toi, dit-il à Federigo ; mais ces douze âmes que l'enfer réclame, je ne saurais en conscience les laisser entrer.

— Eh quoi ! Seigneur, dit Federigo, lorsque j'eus l'honneur de vous recevoir dans ma maison, n'étiez-vous pas accompagné de douze voyageurs, que j'accueillis, ainsi que vous, du mieux qu'il me fut possible ?

— Il n'y a pas moyen de résister à cet homme, dit Jésus-Christ : entrez donc, puisque vous voilà ; mais ne vous vantez pas de la grâce que je vous fais : elle serait de mauvais exemple. »

Mérimée présente cet essai comme « une sorte de traduction » (lettre à Champfleury du 7 juin 1868) d'un conte populaire napolitain. La part d'originalité et de création personnelle y serait donc fort réduite. Il a toutefois laissé libre cours à sa fantaisie pour la rédaction de ce conte plaisant.

STRUCTURE : une série de tableaux cocasses

1. Combien d'épisodes composent ce conte ?

2. Relevez les éléments qui indiquent l'origine italienne de ce conte populaire.

GENRES : « un mélange bizarre »

L'auteur présente dans une note ce récit comme un « mélange bizarre de la mythologie grecque avec les croyances du christianisme ».

3. Comment le genre du texte est-il défini dès les premières lignes ?

4. Quelles sont les références à la mythologie grecque ? aux croyances du christianisme ? Pourquoi peut-on parler de « mélange » ?

5. À quel(s) épisode(s) biblique(s) la scène initiale du dîner fait-elle référence ? Quel autre épisode le miracle accompli par Jésus-Christ rappelle-t-il (l. 38-47) ? Justifiez votre réponse.

TONALITÉS : le ton de la parodie

Le conte met en scène de grandes figures de la tradition populaire et religieuse. Mais il les traite de façon incongrue.

6. Étudiez le personnage de saint Pierre ; quels sont ses traits principaux ? En quoi participe-t-il de la tonalité générale de ce conte ?

7. Comment la figure de la mort est-elle généralement présentée ? Comparez les représentations traditionnelles avec le portrait dressé par l'auteur.

8. Comment les enfers et Pluton sont-ils décrits (l. 185-230) ? Pourquoi peut-on parler d'un ton parodique ?

THÈMES : le péché

Bien que le héros soit présenté comme un pécheur invétéré, ce conte délivre une morale sur le repentir et la rédemption.

9. Comment Federigo rachète-t-il ses fautes ? Quel sentiment motive ses actions tout au long de ce récit ?

10. Pourquoi n'a-t-il pas de scrupules à ruiner ses adversaires au jeu ?

ÉCRIRE

11. Rédigez à votre tour une version parodique d'un conte ou d'une légende célèbre.

L'UNIVERS DE L'ŒUVRE

Dossier documentaire et pédagogique

LE TEXTE
ET SES IMAGES

QUESTIONS

La Vénus d'Ille : Vénus, déesse de l'amour (p. de couverture, p. 2 et 3)

1. Comparez ces trois statues de Vénus avec la description de la Vénus d'Ille ; laquelle est la plus proche de la statue imaginée par Mérimée ?

2. Qu'est-ce qui distingue la Vénus de Quinipily des deux autres ? Qu'est-ce qui fait d'elle une représentation de la déesse de l'amour ?

3. Que tient la Vénus d'Arles dans sa main droite ? Quelle est la signification de cet objet ?

4. Comment l'artiste a-t-il mis en valeur la tension entre sensualité et pudeur (photographie de la couverture et doc. 2) ?

Il Viccolo di Madama Lucrezia : une maison hantée ? (p. 5)

5. Quels sont les éléments du décor permettant d'identifier les lieux comme typiquement italiens ?

6. En quoi l'endroit peut-il paraître mystérieux et inquiétant ? Étudiez le cadrage de la photographie : en quoi renforce-t-il ces aspects ?

Lokis : l'homme et l'animal (p. 6-7)

7. Comment la relation entre l'homme et l'animal est-elle traitée dans les documents 6 et 7 ? Qui est la victime de l'autre ?

8. Quelles sont les caractéristiques physiques de la tête d'ours que le document 7 met en valeur ? Comparez la tête d'homme-ours représentée sur cette planche avec le portrait du comte Szémioth.

9. Quelles peuvent être les caractéristiques morales d'un homme-ours ? Sont-elles incarnées par le personnage du comte Szémioth ?

10. À quelle tradition la figure du loup-garou appartient-elle ? Quelles caractéristiques de l'imagerie populaire le document 6 présente-t-il ?

Lokis : la figure du vampire (p. 8)

11. Étudiez le décor de cette photographie tirée du film *Dracula* ; quel type de lieu paraît-il désigner ? Comparez ce décor avec la photographie de la maison de Lucrèce Borgia (p. 5) ; quels en sont les éléments principaux ? Quel rôle jouent-ils ?

12. Cette photographie pourrait illustrer la nouvelle *Lokis* : à quels personnages de la nouvelle pourraient correspondre les deux personnages du film ?

13. Qu'est-ce qu'un vampire ? En quoi le comte Szémioth s'apparente-t-il à un vampire ?

LECTURE D'UNE IMAGE

Le robot-femme *(Metropolis)*, p. 4

Présentation

Cette photographie extraite du film *Metropolis*, vision futuriste et pessimiste de l'humanité réalisée par le cinéaste allemand Fritz Lang en 1926, montre un savant fou devant sa création.

Description

Au premier plan, sur la droite de l'image, un homme, de profil, contemple l'objet qu'il vient de créer. Le costume sombre du savant se fond dans le décor et contribue à accentuer le contraste entre les parties éclairées et ce qui reste dans l'ombre.

L'objet métallique a une forme humaine et présente les caractéristiques de la féminité (silhouette, bouche et yeux, poitrine). Il s'agit d'un robot dont les mécanismes sont en partie apparents. Il est facile d'identifier l'homme comme étant son créateur, puisqu'il présente les traits typiques du savant fou : lunettes, cheveux gris blancs ébouriffés et tirés vers l'arrière. Il regarde sa créature et ses traits expriment l'admiration, la surprise, voire l'effroi.

Interprétation et commentaire

Cette scène, issue d'un film d'anticipation, reprend un motif emprunté aux mythes les plus anciens, celui de l'artiste démiurge, capable de recréer la vie par son art et son inventivité. D'après certains récits mythologiques, Prométhée façonna l'homme à partir d'argile et de boue et lui insuffla la vie après avoir volé le feu divin. De cette tradition sont nés divers récits relatant la même histoire. Ainsi, la légende de Pygmalion, rapportée par le poète latin Ovide (*cf.* **D'autres textes**), exploite ce motif de l'œuvre d'art qui prend vie, en l'occurrence une statue de femme dont le créateur est tombé amoureux. L'épisode filmé par Fritz Lang semble rejouer cette légende célèbre, dont *La Vénus d'Ille* n'est que l'une des multiples variantes littéraires. Le roman gothique* de Mary Shelley, *Frankenstein ou le Prométhée moderne* (1817), en est sans doute la version la plus fameuse, dont Fritz Lang s'inspire incontestablement. Mérimée a dû pour sa part s'inspirer d'un conte d'Hoffmann, auteur qu'il connaissait bien et qu'il admirait, *L'Homme au sable*, où un jeune homme naïf s'éprend d'une ravissante automate créée par le physicien démoniaque Spallanzani. Cette histoire donnera lieu à un opéra-comique de Jacques Offenbach (1819-1880), *Les Contes d'Hoffmann*, créé à Paris après la mort du compositeur, en 1881, qui servira à son tour de modèle pour le ballet *Coppélia* de Léo Delibes (1836-1891), représenté pour la première fois en 1870. Dans la nouvelle de Mérimée, on comparera aisément le savant du film à l'antiquaire passionné et excessif incarné par M. de Peyrehorade, littéralement épris de sa Vénus. Les objets animés, les œuvres d'art qui prennent vie sont d'ailleurs un motif récurrent de la littérature fantastique du XIXe siècle, associé à celui du revenant.

QUAND MÉRIMÉE ÉCRIVAIT...

Le phénomène fantastique au XIXe siècle

Le fantastique apparaît comme un phénomène curieux qui traverse le siècle de Mérimée et touche simultanément la plupart des littératures d'Europe et même d'Amérique. Introduit à la fin du XVIIIe siècle par le roman gothique anglais et par les contes d'Hoffmann, le genre fantastique inspirera des auteurs comme Balzac (*La Peau de chagrin*, 1831), Nodier, Gautier, Mérimée et Maupassant en France, Gogol et Tourgueniev en Russie, Irving, Hawthorne, Oscar Wilde (*Le Portrait de Dorian Gray*, 1890) et surtout Poe, dans le monde anglo-saxon. Il accompagne de fait le romantisme, avec lequel il partage de nombreux motifs. Il convient donc d'éclairer les raisons d'un tel engouement, aussi bien de la part des écrivains que de leurs lecteurs, pour ces récits mêlant le réel au merveilleux.

AUX FRONTIÈRES DU RÉEL

Le 15 novembre 1851, Mérimée publie dans *La Revue des Deux Mondes* un long article sur l'auteur russe Nicolas Gogol. Il y donne une brève définition de ce que doit être l'écriture fantastique :

« On sait la recette d'un bon conte fantastique : commencez par des portraits bien arrêtés de personnages bizarres, mais possibles, et donnez à leurs traits la réalité la plus minutieuse. Du bizarre au merveilleux la transition sera insensible et le lecteur se trouvera en plein fantastique bien avant qu'il se soit aperçu que le monde réel est loin derrière lui. »

C'est bien ainsi qu'il faut comprendre le fantastique, comme un genre littéraire situé à la frontière entre réel et merveilleux ;

la réalité qui forme l'arrière-plan du récit y est certes étrange et dérangeante, mais elle reste vraisemblable. Le fantastique repose sur l'intrusion du rêve et du merveilleux dans un monde par ailleurs familier. Selon Mérimée, c'est le caractère imperceptible de ce passage d'un univers à l'autre qui détermine la réussite du conte. Ainsi, dans une lettre à Édouard Delessert de 1848, il avait déjà posé ce principe comme clé du succès :

« Et puis il ne faut pas oublier que lorsqu'on raconte quelque chose de surnaturel, on ne saurait trop multiplier les détails de réalité matérielle. C'est là le grand art de Hoffmann dans ses contes fantastiques. »

De fait, *La Vénus d'Ille* peut se lire selon une double perspective, comme un conte fantastique ou comme une enquête policière. Le caractère policier de ce texte fut noté par certains des contemporains de l'auteur. Le dénouement du récit n'offre en effet aucune explication véritable des événements tragiques qui se sont déroulés dans la petite localité du Midi de la France et tous les détails du drame sont susceptibles de recevoir une double explication. L'élucidation du meurtre n'est pas donnée et l'hypothèse d'une vengeance du muletier espagnol, bien que non retenue par la justice, reste la seule explication plausible au regard de la vraisemblance. Plus généralement, il est intéressant de noter que les auteurs de récits fantastiques ont aussi été les auteurs des premiers romans policiers de la littérature moderne, ainsi Balzac avec *Une ténébreuse affaire* (1841), souvent décrit comme le premier roman policier de la littérature française, ou Poe avec « Double assassinat dans la rue Morgue » (1841) ou *La Lettre volée* (1844). Cette loi du genre impose une structure narrative créant et ménageant le suspense tout en essaimant des indices, parfois infimes, qui conduiront à un dénouement, suivi ou non d'une élucidation (*cf.* **Formes et langages**). Elle fait donc appel à la sagacité du lecteur et lui impose un rôle actif d'enquêteur, élément qui explique sans doute la popularité du genre. L'auteur oblige son lecteur à interroger l'architecture de son propre texte, établissant ainsi un rapport de connivence avec lui.

EN MARGE DU ROMANTISME*

À ses débuts, Mérimée fut considéré comme un romantique. Ses amitiés et ses affinités semblaient en effet faire de lui un représentant de la génération des détracteurs de l'esthétique classique. Il fut ensuite considéré comme un réaliste, bien que son réalisme fût aux antipodes de celui d'un Balzac ou d'un Flaubert (*cf.* **Formes et langages**). Son premier essai littéraire, *Théâtre de Clara Gazul* (1825), qui joue sur l'exotisme espagnol et rompt avec la dramaturgie classique, pose en effet le jeune auteur comme l'un des précurseurs de ce que sera le romantisme à la française ; il semble annoncer les pièces *Hernani* et *Ruy Blas* de Victor Hugo. De même, ses écrits d'inspiration historique, sa tragédie *La Jacquerie* (1828) ou sa *Chronique du règne de Charles IX* (1829) qui prend pour prétexte les massacres de la Saint-Barthélemy, renvoient au roman historique de Walter Scott, le grand modèle tant de Balzac que d'Alexandre Dumas. Mais ils marquent aussi la fin de la carrière « romantique » d'un auteur qui ne cessera d'affirmer son indépendance vis-à-vis des modes tout en jouant avec elles.

Il est toutefois certain que le conte fantastique met en œuvre des thématiques qui sont aussi celles de l'esthétique et de l'inspiration romantiques. Le goût pour les vieilles légendes et les drames sombres du passé, source d'inspiration inépuisable de l'esthétique romantique, constitue le fonds des nouvelles présentées dans ce recueil. *La Vénus d'Ille* renvoie à une Antiquité païenne en proie à la magie et à la superstition, *Lokis* aux contes populaires de tradition slave, *Il Viccolo di Madama Lucrezia* a pour arrière-plan l'histoire sanglante de Lucrèce Borgia, que de nombreux auteurs du XIXe siècle ont exploitée – Victor Hugo en fit un drame –, et *Federigo* mêle avec fantaisie mythologie antique et croyances chrétiennes. Ce fonds commun de vieilles fables cruelles explique en partie la rencontre du romantisme et du genre fantastique. De même, la figure du revenant ou de l'être de l'entre-deux-mondes (*cf.* **Les thèmes**) joue un rôle de premier ordre dans la production littéraire et artistique du siècle de Mérimée. Enfin, l'exotisme (*cf.* **Une œuvre de son temps ?**), qui permet de transporter le lecteur dans des contrées lointaines et étranges, est un ressort que se partagent également artistes romantiques et littérature fantastique.

LES MODÈLES ET LES ÉMULES DE MÉRIMÉE

Avec Prosper Mérimée, Guy de Maupassant et Théophile Gautier sont les grands représentants français de la nouvelle à caractère fantastique. Maupassant concentre ses récits (*Le Horla*, *Sur l'eau*, etc.) autour des thèmes de la mort, des revenants et des hallucinations. Il reste en revanche fidèle à l'inspiration naturaliste qui anime son œuvre, puisque ses personnages, inspirés de la réalité contemporaine, évoluent dans un univers familier à l'auteur et à ses lecteurs. L'inspiration de Théophile Gautier rapproche ce dernier de Mérimée. Bien que contemporains, les deux auteurs ne semblent pas s'être connus ; ils ont cependant plus d'un point commun. Ils furent tous les deux de grands voyageurs, également éblouis par l'Espagne. Plusieurs des nouvelles de Gautier font appel aux temps reculés et mythiques de l'Antiquité et du Moyen Âge *(Le Roman de la momie*, *Le Pied de momie*, *Arria Marcella*, *Le Chevalier double)* et exploitent les thématiques du voyage, en particulier le voyage en Italie *(Avatar*, *Jettatura)*, et de l'exotisme. Tous les deux ont reconnu la dette qu'ils avaient à l'égard des contes d'Hoffmann, en leur consacrant des articles et des analyses critiques. Il convient par conséquent de lire leurs récits fantastiques en parallèle.

UNE ŒUVRE DE SON TEMPS ?

Mérimée et ses lecteurs : érudition et voyages

La plupart des nouvelles publiées par Mérimée font appel au goût prononcé de son lectorat pour la découverte et la connaissance de contrées ou de civilisations éloignées dans le temps et dans l'espace. Les innovations technologiques permettent à la bourgeoisie du XIXe siècle de s'adonner à un loisir nouveau, le tourisme. Si la connaissance des contrées lointaines et de l'histoire locale restait jusqu'alors le fait de quelques savants ou explorateurs isolés, elle devient de plus en plus accessible aux contemporains de Mérimée. Toute une littérature populaire faisant la part belle au voyage et au folklore voit le jour. L'œuvre de Mérimée accompagne cette révolution des mœurs.

À LA DÉCOUVERTE DES BELLES PROVINCES DE FRANCE

L'apparition du chemin de fer et de la marine à vapeur dans les premières décennies du siècle rend les voyages plus faciles et plus rapides. Ils rapprochent ainsi les différentes régions du monde et rendent l'expérience du voyage plus accessible et plus commune. En France, la première ligne, reliant Lyon à Saint-Étienne, est inaugurée en 1832. Suit l'ouverture de la ligne Paris-Saint-Germain, en 1837. À partir de cet événement retentissant, les voies de communication de la capitale avec les provinces vont s'étendre rapidement. Les Parisiens partent alors à la découverte d'un pays qu'ils connaissaient mal. Le phénomène se généralisant, c'est l'ensemble des régions françaises, jusqu'alors enclavées et isolées les unes des autres, qui sont progressivement reliées par le réseau ferroviaire. L'horizon des populations, qui se limitait auparavant au village, au canton ou à la commune, s'élargit considérablement. Le folklore et l'histoire régionale fournissent alors aux artistes et aux érudits une nouvelle matière à exploiter. Le tourisme culturel devient l'une des activités de prédilection des familles bourgeoises.

La littérature témoigne de cet engouement nouveau. Si le thème du jeune provincial montant à Paris pour chercher la fortune reste d'actualité et se trouve même revivifié par les nouvelles conditions de vie (*cf.* par exemple le personnage d'Eugène Rastignac dans *Le Père Goriot* de Balzac, ou celui de Frédéric Moreau dans *L'Éducation sentimentale* de Flaubert), si l'industrialisation massive des grandes villes cause un exode rural important, le mouvement s'inverse également et les citadins, en particulier ceux venus de la capitale, apprennent à découvrir les campagnes et les provinces qu'ils avaient jusqu'alors ignorées voire méprisées. La comédie à succès d'Eugène Labiche, *Le Voyage de M. Perrichon*, représentée pour la première fois en 1860, tourne en dérision la bêtise et la cuistrerie du bon bourgeois partant à la « conquête » des Alpes. *La Vénus d'Ille* exploite ce thème de la relation entre Paris et la province, marquée à la fois par une curiosité et par une méfiance réciproques. M. de Peyrehorade, campé comme le type du gentilhomme de province, ne cesse d'insister sur la supériorité présumée de son hôte, le narrateur, un Parisien. Il est vrai que ce n'est pas sans une certaine condescendance que ce dernier observe cette famille du Roussillon, en particulier le fils aîné, dont une partie de la physionomie est ainsi décrite : « C'étaient des mains de laboureur sortant des manches d'un dandy » (l. 143-144). Ce regain d'intérêt mutuel favorise la renaissance du folklore et de la littérature régionale. Le Félibrige, mouvement littéraire provençal réunissant à sa création sept compagnons autour du poète Frédéric Mistral (1830-1914), remet à l'honneur la culture méridionale et finit par fédérer un grand nombre d'artistes à travers l'Europe. Il fera de nombreux émules, parmi lesquels Alphonse Daudet, chantre de la Provence et du Midi. D'autres régions, comme la Bretagne, connaissent des mouvements comparables. Maupassant consacre un nombre important de nouvelles à décrire la société rurale de sa Normandie natale. De même, le rôle de Mérimée, Parisien d'origine mais grand voyageur, dans la perception d'une identité corse – il convient de citer sa fameuse nouvelle *Colomba* – n'est sans doute pas négligeable.

SOCIÉTÉS SAVANTES ET CONSTITUTION DU PATRIMOINE

L'une des conséquences essentielles de cette réappropriation par les Français de leur territoire national est la redécouverte du patrimoine architectural. Les écrits de Mérimée sont en relation directe avec son œuvre d'inspecteur général des monuments historiques. Il fut en effet le grand défenseur d'une notion alors révolutionnaire, celle d'un patrimoine, et donc d'un héritage à transmettre, qui méritait d'être protégé et porté à la connaissance du public le plus large. C'est encore *La Vénus d'Ille* qui illustre le mieux ce rapport étroit entre la vie et l'œuvre de son auteur. La situation initiale, celle d'un amateur d'art antique en voyage d'étude, fait du narrateur de la nouvelle un double de l'auteur. La chronologie – la mention du buste de Louis-Philippe (l. 80) nous indique que les événements décrits sont censés se dérouler sous le règne de ce roi – coïncide elle aussi avec la situation personnelle de Mérimée pendant la décennie 1830. De fait, lors d'une de ses tournées, en 1834, Mérimée visita le cloître d'Elne, Boulternère, le prieuré de Serrabone et le village d'Ille – bien qu'il ne le mentionne pas dans ses notes, en compagnie de son hôte de Perpignan, François Jaubert de Passa, lettré, archéologue et agronome. M. de Peyrehorade semble bien réunir en sa personne la plupart des traits de ces antiquaires et érudits provinciaux que l'auteur a pu rencontrer au cours de tels voyages. Le dialogue entre le narrateur et son hôte, devant la statue de la Vénus, reprend la teneur des nombreuses lettres que Mérimée échangea avec ses correspondants en matière de monuments historiques ; certaines expressions caractéristiques sont ainsi passées de la correspondance au récit fictif (*« Quid dicis ? »*, l. 382, dont Mérimée use dans ses lettres pour interroger un collègue sur un point d'architecture ou d'archéologie délicat). Pour ce qui est de la découverte autour de laquelle la nouvelle s'oriente, on peut rappeler que lorsqu'il visita Vienne, près de Lyon, Mérimée fut frappé par le réalisme de la Vénus qu'il y vit et écrivit à ce sujet : « L'auteur a fait respirer le marbre. » Surtout, il a pu s'inspirer d'une trouvaille comparable, faite en Bretagne, la Vénus de Quinipily, dont il parle dans ses *Notes d'un voyage dans l'ouest de la France* (1836) :

« La première fois qu'elle se trouve désignée dans un titre historique, c'est à la fin du XVIe siècle. L'évêque de Vannes fut informé qu'il existait au village de Bieuzy une statue de femme, qui était pour les habitants du lieu l'objet d'un culte particulier. Ils lui attribuaient le pouvoir de marier les garçons et les filles [...]. On rapporte vaguement qu'elle se trouvait alors parmi les ruines d'un édifice antique, mais je n'en ai trouvé nulle part de description satisfaisante. À bon droit scandalisé, l'évêque de Vannes requit le seigneur de Lannion de faire cesser ce désordre. Celui-ci, accompagné de ses vassaux, se présenta pour enlever l'idole ; mais les gens de Bieuzy prétendaient la garder, d'où s'ensuivit un combat. La victoire demeura aux assaillants, qui enlevèrent la statue et la portèrent en triomphe au château de Quinipily, appartenant au seigneur de Lannion. [...] La Vénus est taillée dans un seul bloc de granit, et d'un travail excessivement grossier. [...] Sur le bandeau du front, on voit ces trois lettres, d'environ un pouce et demi de long, et parfaitement formées : IIT, sculptées en relief, de la saillie d'une ligne à peu près. [...] Quant à ces trois terribles lettres IIT, j'avoue bonnement que je n'en sais que faire. Sont-ce des sigles ? Mais comment les expliquer ? Aujourd'hui le problème me paraît insoluble. »

AU-DELÀ DES FRONTIÈRES : CIVILISATIONS ET PAYS LOINTAINS

Si l'Europe a toujours vécu dans le culte du passé et des grandes figures de l'histoire, l'intérêt pour les civilisations anciennes de l'Antiquité et du Moyen Âge prend un tour nouveau au XIXe siècle. L'histoire et l'archéologie commencent alors à se constituer véritablement comme sciences. Elles deviennent un enjeu de débat pour les savants comme pour le grand public, un débat dont Mérimée fut à la fois témoin et acteur. L'exhumation des ruines de Pompéi et d'Herculanum à la fin du siècle précédent attise la curiosité des élites cultivées et lance la mode du voyage en Italie. La Grèce, le Proche-Orient et l'Égypte n'échappent pas à cet engouement. On se rend volontiers sur les sites archéologiques et l'on redécouvre les monuments laissés par les Anciens ; les grands musées, tels que le Louvre à Paris, le British Museum à Londres, enrichissent leurs collections à mesure que les fouilles se développent et le public bourgeois s'y presse. Les premiers guides de voyage modernes font leur apparition, tel celui de Karl Baedeker, dont les éditions allemande, française (1846) et anglaise (1861) deviennent la bible des touristes. Le narrateur de la nouvelle *Il Viccolo di Madama Lucrezia* est l'exemple de cette jeunesse aisée qui voyage en Italie pour y admirer les chefs-d'œuvre de l'art. Les contes fantastiques de Théophile Gautier *(Arria Marcella*, *Jettatura)* mettent également en scène des jeunes gens traversant l'Italie pour enrichir leur culture.

Mérimée s'est rendu sur ces hauts lieux et s'est lui-même confronté à l'héritage antique ; il visite Pompéi et la région de Naples en compagnie de son ami Stendhal. Il parcourt également la Grèce et la Turquie. Cependant, le pays qu'il connaît le mieux pour en avoir parcouru les sentiers les plus escarpés reste l'Espagne, à laquelle il consacre de nombreux écrits et celle de ses nouvelles qui reste la plus fameuse, *Carmen*. L'Égypte, qui inspira tant la veine fantastique de Théophile Gautier, est singulièrement absente de ses nouvelles, peut-être parce qu'il ne l'a jamais visitée en personne. En revanche, il entretint une grande familiarité avec le monde slave. La nouvelle *Lokis*, qu'il rédigea à la fin de sa vie, est le reflet de sa grande érudition en matière de folklore et de littérature lituaniens et russes. Le narrateur, qui se passionne pour les langues modernes et anciennes, est encore une fois un double de Mérimée, lui aussi féru de langues. Le XIXe siècle étant celui de l'affirmation des nationalismes, une telle attention portée aux langues et aux dialectes étrangers n'est pas le fait d'un génie isolé mais bien plutôt un révélateur de l'esprit du temps.

DE L'HISTOIRE À LA FABLE

La Vénus d'Ille, *Il Viccolo di Madama Lucrezia*, *Lokis*, *Federigo* appartiennent au partage des savoirs. C'est en cela aussi que Mérimée était romantique. De sa grande érudition il tire des contes où références historiques et littéraires se mêlent, où savoir livresque et savoir populaire se font écho. Ainsi, *La Vénus d'Ille* se situe à la frontière entre la fable inspirée de traditions populaires et la variation sur un thème cher à la tradition littéraire, celui de l'œuvre d'art qui vient à la vie. Il est en effet aisé de rattacher le conte mériméen au mythe ovidien de Pygmalion (*cf.* **D'autres textes**). Les lecteurs cultivés de Mérimée étaient incontestablement en mesure de saisir de telles références, et cette saisie contribue sans nul doute au plaisir que l'on peut tirer de la lecture de ces récits, où l'art consiste à mêler les savoirs empruntés à diverses traditions. *Federigo* est parfaitement emblématique de cette manière qu'a l'auteur de jouer avec les références de ses lecteurs et ses vastes connaissances pour créer une fable originale et pittoresque. Inspirée d'une légende populaire à Naples, cette histoire est présentée par lui-même comme « un mélange bizarre de la mythologie grecque avec les croyances du christianisme ». À la mythologie antique, elle emprunte un autre récit célèbre, la fable de Philémon et Baucis, elle aussi rapportée par Ovide. Sa description de l'Enfer mêle représentations antiques et croyances chrétiennes. Ce mélange a pour principal effet, dans le cas particulier de cette nouvelle, le comique. Cette dimension protéiforme du récit, qui mêle habilement les genres et les registres, caractérise à la fois l'esthétique fantastique et l'esthétique romantique. Chez Mérimée, elle naît d'une insatiable curiosité, alimentée par les lectures et les voyages.

FORMES ET LANGAGES

Mérimée et la nouvelle : un maître du genre

« LE STYLE DE PERSONNE »

Aux yeux des critiques, la nouvelle de Mérimée est un modèle du genre, une référence. Un tel jugement s'explique vraisemblablement par la rencontre heureuse d'un genre, celui de la nouvelle ou du conte, et d'un style très personnel en accord parfait avec ce genre. L'anagramme « M. Première Prose », formée à partir du nom de Prosper Mérimée, est attribuée à Victor Hugo, qui admira ses premiers essais littéraires, avant de prendre de la distance avec un auteur dont les positions tant littéraires que politiques répondaient de moins en moins à ces aspirations et desseins. En effet, considéré comme un romantique à ses débuts – d'où ses amitiés littéraires et artistiques –, puis comme un réaliste, Mérimée apparaît en fin de compte comme un auteur inclassable et indépendant de toute mode. En ce sens, il est véritablement classique. Dans *Le Degré zéro de l'écriture*, Roland Barthes compare l'écriture de Mérimée à celle de Fénelon, un siècle et demi séparant pourtant les deux hommes. Dans une conférence qu'il prononça à Oxford en 1890, une vingtaine d'années après la mort de Mérimée, le prosateur et théoricien de l'esthétique Walter Pater avait défini le style de ce dernier comme étant « le style de personne » (propos rapportés par Charles du Bos, dans son « Étude sur Mérimée », *cf.* **Lire, voir, entendre**). De fait, la singularité de l'écriture mériméenne au sein de son siècle est frappante. À sa première lecture de *La Vénus d'Ille*, Stendhal, le grand ami de Mérimée, se déclare exaspéré par les phrases horriblement courtes et sèches de ce récit. Or, cette sécheresse du style de Mérimée, devenue proverbiale, convient parfaitement à un genre littéraire se caractérisant lui-même par la brièveté. Avec la nouvelle, Mérimée semble avoir trouvé un genre à sa mesure. Après ses premiers essais, qui le portent vers le théâtre et la poésie, c'est d'ailleurs à ce genre qu'il consacre toute sa carrière littéraire.

LE CONTRAIRE DU ROMAN RÉALISTE

À quoi tient cette sécheresse ? Si Mérimée rompt avec le réalisme des romanciers de son siècle, c'est parce qu'il se refuse à écrire comme un Balzac et un Flaubert dont l'écriture, marquée par la prolifération des détails et des descriptions gratuites, tombe trop souvent à son goût dans l'insignifiant. Dans ses *Études de littérature russe*, publiées en 1854, il écrit du romancier russe Tourgueniev : « s'il est question d'une chaumière, [...] il en compte les bancs et ne fait pas grâce du moindre ustensile. Il décrit les habits de ses personnages, et n'en oubliera pas un bouton. » Selon lui, cette manière de décrire tient du défaut plus que du talent, bien qu'il se déclare admirateur de Tourgueniev, qui sait aussi « condenser ». Dans une lettre à ce même Tourgueniev, datée de décembre 1869, il critique Flaubert en parlant de son insistance à décrire un « petit paysage, très minutieusement étudié, et toujours choisi parmi ceux qui n'en valent pas la peine », si bien que les yeux du lecteur « se fatiguent à observer des animalcules au microscope ».

De telles descriptions, qui sont comme la marque de fabrique du roman du XIXe siècle, sont absentes des nouvelles de Mérimée. Ainsi, dans *La Vénus d'Ille*, rien ou presque n'est dit de la maison de M. de Peyrehorade, ni du château du comte Szémioth dans *Lokis*. Ces lieux auraient toutefois pu faire l'objet d'une description pittoresque. En revanche, la disposition des lieux les uns par rapport aux autres, dans *La Vénus d'Ille*, la situation de la chambre du narrateur, les bruits de pas dans l'escalier sont très exactement donnés, à titre d'indices. La description, chez Mérimée, n'apparaît que lorsqu'elle sert directement l'intrigue, en introduisant des détails susceptibles d'éclairer la suite des événements ; il en va de même des portraits des protagonistes, qui sont ou bien absents ou bien brossés rapidement mais de manière efficace. Dans *La Vénus d'Ille*, le seul objet qui soit décrit avec précision et force détails est la statue de M. de Peyrehorade, autour de laquelle s'organise l'intrigue. Si, à propos du muletier opposé à Alphonse dans la partie de paume, le narrateur précise qu'il était haut de six pieds et que sa peau était olivâtre (l. 685-686), c'est parce que ces traits le rapprochent de la statue de Vénus. Lorsqu'il décrit le comte Szémioth, le narrateur de *Lokis* n'insiste que sur les éléments de sa physionomie qui l'assimilent à une brute, à l'homme-ours qu'il se révèlera être. Dans *Il Viccolo di Madama Lucrezia*, le portrait peint de Lucrèce Borgia est plutôt sommaire mais mentionne les sourcils presque joints (l. 41), un détail qui, dans l'imaginaire des contemporains de l'auteur, indiquait une personne inquiétante et diabolique. La description de sa maison abandonnée, seul lieu véritablement décrit – dans une ville, Rome, qui ne manque pourtant pas de curiosités – répond à la même stratégie consistant à centrer tous les détails sur une intrigue et un effet qui donnent à la nouvelle son unité.

UNE STRUCTURE DRAMATIQUE

Si Mérimée nous apparaît comme un classique et un modèle, c'est aussi parce que la structure et l'organisation de ses récits semblent suivre un principe qui est celui de l'écriture dramatique et en particulier de la tragédie classique, fondée sur la règle des trois unités : lieu, temps et intrigue. Les trois nouvelles fantastiques de ce recueil – *Federigo* apparaît en effet plus comme une adaptation fantaisiste et plaisante d'un conte populaire que comme une création de l'auteur – prennent toutes comme prétexte un séjour en un lieu étranger. Ce motif insère le récit dans un cadre spatio-temporel défini et limité : les événements se déroulent en un espace restreint (les localités d'Ille et Puygarrig, le palais Aldobrandi et la ruelle appelée *Viccolo di Madama Lucrezia*, les terres du comte Szémioth et la demeure de Mlle Iwinska) et ont un début et une fin clairement définis, marqués par l'arrivée du narrateur sur son nouveau lieu de séjour et son départ de ce même lieu. Quant à la chronologie, elle se déroule sur un calendrier de quelques jours, que la narration permet de suivre aisément ; chaque journée, en apportant un élément nouveau, constitue en quelque sorte un acte du drame qui se joue. Le nombre des protagonistes est volontairement restreint et adopte une configuration que l'on retrouve presque à l'identique dans chacune des nouvelles : deux amants et futurs mariés, leur entourage immédiat, le narrateur, hôte des précédents.

Le déroulement de chaque nouvelle suit ainsi un plan parfaitement classique commençant par une scène d'exposition, une intrigue centrale et un dénouement. L'histoire narrée se clôt par conséquent sur elle-même. *La Vénus d'Ille* est de ce point de vue exemplaire : bien que la première phrase semble indiquer un début *in medias res**, la narration donne en fait d'emblée tous les éléments permettant de situer le contexte du récit et la relation initiale faite par son guide au narrateur, rapportant les conditions dans lesquelles l'idole fut découverte ainsi que la mésaventure survenue à Jean Coll, joue le rôle d'une véritable scène d'exposition sur le mode de la dramaturgie classique. La partie de jeu de paume, qui occupe le cœur de la nouvelle, marque le nœud du récit en scellant la tragédie à venir. Enfin, le dénouement se clôt sur un *post-scriptum* qui joue le rôle de morale de la fable tout en matérialisant la fin du récit. *Il Viccolo di Madama Lucrezia* se clôt de la même manière sur une « conclusion » et *Lokis* sur la phrase : « Mais Adélaïde remarqua qu'il était tard, et on se sépara. » (l. 1528)

Cette clôture des trois nouvelles détermine d'ailleurs leur situation d'énonciation : *La Vénus d'Ille* apparaît comme la relation exacte d'un événement réel survenu au cours d'un voyage accompli par l'auteur lui-même (le titre original du manuscrit est explicite : *Relation de la découverte faite à Ille, en 1834, d'une statue antique et d'inscriptions curieuses, expliquées par M. de Peyrehorade, Membre du Conseil général du Département des Pyrénées-Orientales, rédigée par M. Mérimée) ; Il Viccolo di Madama Lucrezia* se présente comme une lettre précisément datée (27 avril 1856), adressée à une dame (« S'il faut tout vous dire, Madame,... », l. 837) par un homme se remémorant un épisode survenu quelques années auparavant ; *Lokis* comme la lecture, par le professeur Wittembach, à une certaine Adélaïde des notes de son journal pour l'année 1866. Ce procédé appartient en propre à la tradition du conte où la situation d'énonciation est presque toujours établie par un auteur-narrateur qui s'identifie et un destinataire présent dans le texte même, présentant le conte à proprement parler comme un récit dans le récit. Le même procédé est mis en œuvre, de manière plus explicite et plus élaborée, dans le *Décaméron* de l'italien Boccace (1313-1375), « fondateur » du genre, comme dans *Les Contes de la bécasse* de Maupassant, pour ne citer que ces exemples.

DES RÉCITS MENÉS SUR LE MODE DE L'ENQUÊTE

À de nombreux égards, les nouvelles fantastiques de Mérimée s'apparentent à des intrigues policières. Lorsque Mérimée publie ses récits, le roman policier ne s'est certes pas encore constitué comme genre à part entière ; la série de récits de sir Arthur Conan Doyle (1859-1930), *Les Aventures de Sherlock Holmes*, destinée à devenir un modèle du genre, n'a pas encore vu le jour (elle sera rédigée entre 1891 et 1925). Pourtant, cette littérature, qui fait appel à la participation du lecteur en éprouvant sa sagacité, est bien dans l'air du temps. La littérature anglo-saxonne – il faut rappeler que Mérimée était anglophone et qu'il effectua plusieurs séjours en Angleterre – avait préparé l'avènement du genre avec le roman « noir » ou roman « gothique », mêlant science et surnaturel, légendes anciennes et hypothèses nouvelles sur les pouvoirs de l'inconscient et de l'esprit humain. Les romans d'Ann Radcliffe (*Les Mystères d'Udolphe*, 1794), de Gregory Lewis (*Le Moine*, 1796, auquel le narrateur d'*Il Viccolo di Madama Lucrezia* fait une allusion explicite, l. 796), de Mary Shelley (*Frankenstein ou le Prométhée moderne*, 1817) ont fortement impressionné les contemporains et connurent un succès considérable au-delà des frontières de l'Angleterre.

Dans cette littérature, les phénomènes étranges et fantastiques, parce qu'ils piquent la curiosité et attendent une explication, transforment le narrateur et le lecteur en détective chargé de comprendre et d'établir la vérité des faits. Edgar Allan Poe, avec ses *Histoires extraordinaires*, publiées à partir des années 1830 puis réunies en recueil, parvient à allier veine fantastique et veine « policière ». La traduction par Charles Baudelaire, entamée à partir de 1848, assure la gloire posthume de leur auteur. Deux nouvelles, « Double assassinat dans la rue Morgue » (*cf.* **D'autres textes**) et *La Lettre volée*, offrent des analogies certaines avec les écrits de Mérimée, sans qu'il soit pour autant nécessaire de supposer une influence directe des unes sur les autres.

Le narrateur de *La Vénus d'Ille*, d'*Il Viccolo di Madama Lucrezia* et de *Lokis* est mis dans le double rôle d'un observateur et d'un enquêteur ; dans deux de ces contes, il aura à élucider un meurtre, qui survient en fin de récit mais dont les éléments annonciateurs sont multipliés tout au long de la narration ; dans l'autre, il « fait le guet » devant une maison où se déroulent des événements troublants. Il est intéressant de noter que les narrateurs de *La Vénus d'Ille* et de *Lokis* sont tous deux présentés comme des savants, dont le travail consiste précisément à chercher et à enquêter. Le premier est un archéologue qui, à partir des indices souvent maigres et fragmentaires que lui fournissent les monuments du passé, doit être capable de reconstituer, par le biais de l'hypothèse et de l'interprétation, une réalité disparue. En ce sens, il est le paradigme* du détective, comme sa discussion avec M. de Peyrehorade à propos de la statue le montre bien : il sait observer de menus détails qui avaient échappé à l'attention de son hôte. Dans *Lokis*, le narrateur, un spécialiste des langues anciennes, est associé à un médecin, le docteur Frœber, lui-même homme de science et d'investigation, comme Sherlock Holmes le sera au docteur Watson.

Bien qu'il soit en position d'observateur, il n'a jamais directement accès aux événements. La chambre du narrateur, dans *La Vénus d'Ille*, lui permet d'observer le jardin et donc l'emplacement de la statue, mais pas la statue elle-même ; l'escalier lui permet d'entendre des bruits à partir desquels il peut deviner ce qui se passe sans pour autant en avoir la perception immédiate. D'ailleurs, ni le narrateur de *Lokis* ni celui de *La Vénus d'Ille* n'assistent au meurtre final. C'est une loi du genre du récit policier : l'enquêteur n'assiste jamais au crime mais se doit d'en reconstituer le déroulement à partir d'indices et de témoignages indirects. La construction du récit, qui place le meurtre à la fin, est telle qu'elle oblige en fait le lecteur à relire la nouvelle pour y rechercher tous les éléments explicatifs et annonciateurs. Cette participation active du lecteur, qui entraîne une identification avec le narrateur – dont les traits et l'identité restent d'ailleurs très vagues –, contribue évidemment au succès de ce genre de récits. *Il Viccolo di Madama Lucrezia* use des mêmes ingrédients tout en présentant une structure différente : l'élucidation des faits est en effet donnée, sous forme d'une *happy end** réunissant les deux amants. Son déroulement est celui d'une montée du suspense puis d'une retombée, alors que les deux autres récits sont conçus sur le mode de la tension et de la montée du suspense jusqu'au dénouement tragique.

Enfin, la réussite du genre tient au traitement des personnages secondaires, qui sont autant d'acteurs et de témoins potentiels, et qui permettent surtout d'offrir à l'intrigue un contexte original, en plongeant le lecteur dans un univers inhabituel.

LA DIVERSITÉ DES VOIX ET DES FORMES

Les nouvelles de Mérimée jouent largement sur la couleur locale. L'auteur apporte un soin particulier à recréer en quelques pages un univers particulier. Ayant beaucoup voyagé, maîtrisant plusieurs langues, Mérimée peut mettre à profit ses connaissances et ses souvenirs divers pour enrichir l'arrière-plan de chacun de ses récits. Il ne manque pas de mentionner les curiosités et les traditions locales (épisode de la partie de paume dans *La Vénus d'Ille*, description de la noce dans *Lokis*, etc.), ni de rappeler les vieilles légendes attachées aux lieux visités. *Federigo* est révélateur de cet intérêt de Mérimée pour les traditions locales.

Le talent de Mérimée s'exprime surtout dans les dialogues. On notera d'abord que ceux-ci occupent une place prépondérante au sein de ses nouvelles, alors que la description et la narration à proprement parler sont marquées par la sécheresse et la concision (voir plus haut). Surtout, l'auteur adapte son style à chaque protagoniste, en choisissant le registre de langue qui lui convient et en semant son discours d'expressions typiques, empruntées aux parlers locaux. L'ouverture de *La Vénus d'Ille* et le récit de la découverte de la statue par le guide catalan, outre le rôle de scène d'exposition qu'ils remplissent, permettent de créer d'embler une atmosphère méridionale et provinciale. Dans *Lokis*, l'auteur soigne particulièrement les propos du docteur Frœber, un ancien chirurgien-major des armées, ainsi que la rencontre avec la vieille sorcière lituanienne, que le comte présente lui-même comme « un échantillon de *couleur locale* » (l. 726-727). Il en va de même de la visite de la maison abandonnée dans *Il Viccolo di Madama Lucrezia* et de la figure de la vieille gardienne, autre « sorcière » romaine. En fait, on peut dire que l'écriture de Mérimée se distingue par le soin accordé à la peinture de ce qui constitue l'arrière-plan et donne à chaque récit une saveur particulière.

LA STRUCTURE DES NOUVELLES FANTASTIQUES

LA VÉNUS D'ILLE

PROGRESSION DU RÉCIT	CHRONOLOGIE	PERSONNAGES	LIEUX	ÉVÉNEMENTS
1 (l. 1-113)	1er jour, soirée	M. de Peyrehorade ; guide catalan	Abords du village d'Ille	Arrivée à Ille ; récit de la découverte de la statue et de la mésaventure survenue à Jean Coll.
2 (l. 114-257)	Soirée	M. de Peyrehorade ; Mme de Peyrehorade ; Alphonse de Peyrehorade	Maison Peyrehorade	Dîner.
3 (l. 258-305)	Soirée	Deux gamins du village	Maison Peyrehorade ; chambre du narrateur	Deux polissons voulant jouer un mauvais tour à la statue sont punis.
4 (l. 306-526)	2e jour, matinée	M. de Peyrehorade	Jardin de M. de Peyrehorade	Examen de la statue.
5 (l. 527-577)	Après-midi	Alphonse de Peyrehorade	Écurie	Entretien entre le narrateur et le futur marié.
6 (l. 578-639)	Soirée	M. de Peyrehorade ; Mme de Peyrehorade ; Alphonse de Peyrehorade ; Mlle de Puygarrig	Château de Puygarrig ; Village d'Ille	Dîner.
7 (l. 640-720)	3e jour, matinée	Alphonse de Peyrehorade ; villageois ; muletier espagnol	Terrain de paume d'Ille	Partie de paume.
8 (l. 721-767)	Journée	M. de Peyrehorade ; Mme de Peyrehorade ; Alphonse de Peyrehorade ; Mlle de Puygarrig ; tante de Mlle de Puygarrig ; habitants de Puygarrig	Puygarrig	Célébration du mariage et banquet.

PROGRESSION DU RÉCIT	CHRONO-LOGIE	PERSONNAGES	LIEUX	ÉVÉNEMENTS
9 (l. 768-874)	Soirée	M. de Peyrehorade, Mme de Peyrehorade ; Alphonse de Peyrehorade ; Mlle de Puygarrig ; convives illois	Maison Peyrehorade	Souper de fête.
10 (l. 875-910)	Nuit		Maison Peyrehorade ; chambre du narrateur	Bruits dans l'escalier.
11 (l. 911-1068)	4e jour, matinée	M. de Peyrehorade ; Mme de Peyrehorade ; Mlle de Puygarrig ; procureur du roi ; muletier espagnol ; hôtelier ; domestique de la famille Peyrehorade	Maison Peyrehorade ; chambre d'Alphonse	Découverte du cadavre d'Alphonse.
12 (l. 1069-1084)	Quelques jours après	M. de Peyrehorade	Jardin	Départ d'Ille.
13 (l. 1085-1097)				Épilogue.

IL VICCOLO DI MADAMA LUCREZIA

PROGRESSION DU RÉCIT	CHRONO-LOGIE	PERSONNAGES	LIEUX	ÉVÉNEMENTS
1 (l. 1-23)	Le narrateur a vingt-trois ans	Père du narrateur ; mère du narrateur	Paris	Départ pour Rome.
2 (l. 24-108)	1er jour	Marquise Aldobrandi ; Ottavio ; abbé Negroni	Rome ; palais Aldobrandi	Arrivée à Rome et première visite à la marquise Aldobrandi.
3 (l. 109-128)		Ami peintre	Rome	Conversation au sujet de la marquise.
4 (l. 129-160)	2e jour, journée	Ottavio ; abbé Negroni	Rome	Visite de la ville.

PROGRESSION DU RÉCIT	CHRONOLOGIE	PERSONNAGES	LIEUX	ÉVÉNEMENTS
5 (l. 161-172)	Soirée	Marquise Aldobrandi ; abbé Negroni	Palais Aldobrandi	Dîner.
6 (l. 173-267)	Plusieurs jours après	Marquise Aldobrandi ; abbé Negroni ; Mme de Strahlenheim	Palais Aldobrandi	Dîner et récits effroyables.
7 (l. 268-309)	Nuit	« Lucrèce »	Viccolo di Madama Lucrezia	Une mystérieuse inconnue aborde le narrateur sans se laisser connaître.
8 (l. 310-485)	Jour suivant	Gens du voisinage ; vieille gardienne	Viccolo di Madama Lucrezia	Visite de la maison abandonnée.
9 (l. 486-514)		Ami peintre	Rome	Conversation au sujet de « Lucrèce ».
10 (l. 515-631)	Soirs suivants	Ottavio ; abbé Negroni ; homme du peuple porteur d'un billet	Viccolo di Madama Lucrezia	Guet devant la maison mystérieuse ; le narrateur reçoit un coup de pistolet.
11 (l. 632-690)		Ottavio ; chirurgien	Rome ; hôtel du narrateur	Conversation avec Ottavio.
12 (l. 691-767)	Quelques jours après	Marquise Aldobrandi ; Ottavio	Palais Aldobrandi	Don Ottavio affirme être menacé et demande au narrateur de l'aider à quitter Rome.
13 (l. 768-864)	Nuit	Ottavio ; « Lucrèce » ; garçon d'hôtel ; gendarme	Rome ; hôtel du narrateur ; Route entre Rome et Florence	Le mystère est levé ; départ de Rome.
14 (l. 865-872)	De quelques jours à plusieurs années après		Florence ; Paris	Conclusion.

LOKIS

Chapitres	Chronologie	Persronnages	Lieux	Événements
I (l. 1-293)	1er jour	Docteur Frœber ; comtesse ; intendant ; servantes	Château de Médintiltas ; chambre du narrateur ; salle à manger	Arrivée au château. Installation du narrateur et dîner en compagnie du docteur Frœber.
II (l. 294-556)	1re nuit ; 2e jour	Comte Szémioth ; domestique	Chambre du narrateur ; bibliothèque	Le narrateur aperçoit un être étrange escaladant un arbre, qui se révèle être le comte. Conversation avec ce dernier sur les langues anciennes et Mlle Iwinska.
III (l. 557-946)	3e jour	Comte Szémioth ; Mlle Iwinska ; vieille sorcière ; Mlle Julienne ; général et princesse Véliaminof ; deux aides-de-camp	Environs de Médintiltas ; forêt ; Château de Dowghielly	Promenade et visite d'un ancien tumulus. Dîner au château de Dowghielly.
IV (l. 947-1047)	Soirée	Les mêmes	Château de Dowghielly	Dîner.
V (l. 1048-1133)	Nuit	Comte Szémioth	Une chambre du château	Le narrateur partage une chambre avec le comte.
VI (l. 1134-1260)	4e jour	Comte Szémioth ; docteur Frœber	Château de Médintiltas	Conversation avec le docteur Frœber Dîner.
VII (l. 1261-1321)	Plusieurs mois			Le narrateur reçoit l'annonce du mariage du comte et de Mlle Iwinska.
VIII (l. 1322-1528)	Journée et nuit	Comte Szémioth ; docteur Frœber ; Mlle Iwinska ; comtesse ; Mme Dowghiello ; convives (nobles et paysans lituaniens)	Château de Médintiltas	Noces. Meurtre de la mariée. Épilogue.

FEDERIGO

Progression du récit chronologie	Personnages	Lieux	Événements
« Un jour » (l. 1-87)	Le Christ et douze apôtres	Manoir de Federigo	Arrivée impromptue de convives et dîner.
Après la visite du Christ (l. 88-156)	Métayer ; anciens compagnons de débauche	Ville	Partie de cartes.
Une année (l. 157-184)	Joueurs	Ville	Federigo amasse une fortune au jeu.
« Un beau jour » (l. 185-234)	Marchesella (levrette) ; Cerbère ; Pluton	Enfers	Federigo rachète douze âmes damnées au jeu.
Trente ans après (l. 236-268)	La Mort	Manoir de Federigo	La mort vient chercher Federigo et se fait jouer de lui.
Cent ans après (l. 269-304)	La Mort	Manoir de Federigo	Deuxième visite de la Mort et deuxième tour de Federigo.
Quarante ans après (l. 305-355)	La Mort ; Pluton ; ange gardien du purgatoire ; saint Pierre ; Le Christ	Manoir de Federigo ; enfers ; purgatoire ; paradis	Troisième visite de la Mort ; Federigo et les les douze âmes sauvées par lui gagnent le paradis.

LES THÈMES

L'ENTRE-DEUX-MONDES : RESSORT DU GENRE FANTASTIQUE

La littérature fantastique repose sur la présence du merveilleux au sein du monde réel. Le fantastique naît d'une rencontre entre deux univers (le familier et l'étrange, le connu et l'inconnu) et de « l'intrusion brutale du mystère dans le cadre de la vie réelle[1] ». Il a ainsi à voir avec le merveilleux des contes de fées et avec l'imaginaire des légendes, qu'elles appartiennent à la mythologie classique ou à la tradition celtique, support des grandes fictions médiévales. La littérature médiévale, qui réserve à l'« autre Monde » une place de choix, est en effet faite de rencontres extraordinaires avec les créatures surnaturelles, venues d'ailleurs mais toujours prêtes à surgir au détour d'un chemin, fées et sorcières, animaux fantastiques (licornes, biches blanches, chiens ou loups gigantesques, etc.). Certains lieux, comme la forêt, les marais ou les ruines sont le cadre privilégié de ces rencontres improbables. Les contes de Mérimée relèvent incontestablement de cet imaginaire.

Lokis, plus que tout autre, puise dans cette inspiration qui appartient aussi bien à la culture populaire qu'à la littérature. Les récits légendaires y sont bien présents et constituent autant de récits dans le récit, tels le poème sur *Les trois fils de Boudrys*, œuvre de Mlle Iwinska imitant l'ancienne poésie (l. 421-500), la légende sur la république des animaux, narrée par le comte à l'occasion de la promenade en forêt (l. 623-629) ou le vieux conte slave de la nymphe des eaux appelée *roussalka* (l. 889-933). À deux reprises, le récit introduit une référence précise au conte médiéval, lorsque la vieille sorcière, revenant sur la république des animaux, déclare que « *Noble*, le lion, est mort » (l. 741) et lorsque l'épilogue rappelle le nom des personnages-

1. Voir Pierre-Georges Castex, *Le Conte fantastique en France*, Corti, 1951.

animaux du *Roman de Renart*. Pour les lecteurs de Mérimée, ces références renvoient à un univers littéraire bien connu.

L'homme-animal et autres lycanthropes

Toute l'intrigue de *Lokis* repose sur le motif de l'homme-animal. Le comte Szémioth se révèle en fait être le rejeton de l'union entre une femme (la comtesse, devenue folle) et un ours. Il n'est donc autre chose qu'un homme-ours, état qui explique son étrange comportement. La mythologie classique regorge de créatures monstrueuses à mi-chemin entre l'humanité et l'animalité, comme les centaures. Le Minotaure est lui-même une créature née de l'union entre un taureau et une femme, Pasiphaé. Le comte Szémioth est une sorte de Minotaure, condamné à se repaître de la chair des jeunes filles. Mais on peut également l'assimiler au loup-garou de la tradition populaire. Comme lui, il est homme le jour, un homme étrange et énigmatique mais parfaitement social, et bête féroce et sanguinaire certaines nuits. Lorsque le narrateur observe, la nuit du meurtre : « La nuit était claire, bien que la lune fût un peu voilée par une légère brume », le récit semble implicitement faire allusion aux croyances populaires attachées à la pleine lune ; c'est au cours de ces nuits fatidiques que les loups-garous et autres lycanthropes agissent. La scène de chasse, relatée avec beaucoup de vivacité par le docteur Frœber, renvoie le lecteur à l'univers aristocratique, mais également aux histoires de bêtes féroces terrorisant les populations, que l'on se racontait dans les campagnes au cours des veillées – on pense ici à la légende de la bête du Gévaudan.

Vampires et revenants

Les démons que sont les lycanthropes disposent d'un fort pouvoir de séduction, ce qui les rend encore plus redoutables. Ils ne s'attaquent généralement pas au premier venu mais à des proies choisies. Cette caractéristique les rattache, dans toutes les histoires terrifiantes, aux vampires et aux incubes, morts-vivants et démons assoiffés de sang, créatures de la nuit qui séduisent leurs victimes avant de les massacrer. Le comte Szémioth, aristocrate aux manières énigmatiques, vivant presque seul dans un château isolé, semble annoncer le comte Dracula du roman de Bram Stoker, avec lequel il présente plus d'une analogie. Ce thème du vampirisme est explicitement évoqué au cours de la narration pendant la scène du dîner à Dowghiello, lorsque le narrateur raconte plusieurs histoires de buveurs de sang (l. 947-996) qui suscitent le grand intérêt des convives et plus particulièrement du comte. La réunion de tous ces éléments permet de dire que *Lokis* est bien une histoire de vampires. La légende de Lucrèce Borgia, rapportée dans *Il Viccolo di Madama Lucrezia*, est également liée à ce thème puisque cette grande dame romaine mettait à mort ses amants après les avoir séduits, habitude sanguinaire qui l'apparente à la succube, version femelle de l'incube et du vampire. Le narrateur, avant de découvrir la vérité, finit d'ailleurs par croire à l'existence d'un revenant hantant la mystérieuse maison abandonnée. On peut aussi lire *La Vénus d'Ille* comme la première histoire de revenants de Mérimée, puisque les conditions de découverte de la statue – elle est exhumée, comme un mort – font d'elle un revenant, un être appartenant à une époque reculée et ramené à la vie par des archéologues imprudents. Les histoires de momies accablant de leur malédiction leurs découvreurs, qui vont se multiplier dans la littérature et le cinéma fantastiques, reprennent cette trame. Il faut rappeler que, si l'Égypte intéresse peu Mérimée, elle occupe une place centrale dans l'œuvre de son contemporain Théophile Gautier – citons *Le Roman de la momie* et, pour ce qui est du fantastique, *Le Pied de momie*, conte mettant en scène un pied de momie cherchant à retrouver le corps auquel il appartenait et auquel il avait été arraché par un collectionneur peu scrupuleux.

QUAND LES OBJETS S'ANIMENT : UNE MÉTAPHORE DE L'ART

L'autre thème auquel *La Vénus d'Ille* renvoie appartient, quant à lui, à une tradition plus littéraire et plus savante, dont la légende de Pygmalion, rapportée par le poète latin Ovide (*cf.* **D'autres textes**), est l'une des expressions les plus anciennes et les plus fameuses. L'artiste, ne pouvant trouver aucune femme digne de son amour, sculpte une statue incarnant la beauté parfaite et finit par l'aimer à l'instar d'une vraie femme, si bien que l'objet de pierre prend vie. Cette légende, au dénouement heureux, connaîtra de nombreux avatars, dont la nouvelle de Mérimée est l'un des plus réussis. *Il Viccolo di Madama Lucrezia* évoque également ce motif : au cours du dîner auquel assiste Mme de Strahlenheim, le narrateur, afin d'attirer l'attention sur lui, déclare, à propos du portrait de Lucrèce Borgia ornant la salon du palais Aldobrandi : « Quels yeux ! m'écriai-je ; on dirait que ces paupières vont remuer ! » (l. 184-185). Cette remarque en apparence anodine suscite une série de récits surnaturels tournant autour de la même idée, celui du portrait de Julius de Katzenellenbogen, relaté par Mme de Strahlenheim (l. 192-243), et celui de l'Anglais étranglé par une statue, relaté par l'abbé Negroni (l. 244-261), qui sonne comme une citation de *La Vénus d'Ille*, un clin d'œil de l'auteur renvoyant à ce qu'il considérait comme son chef-d'œuvre.

Pour rédiger ce conte, Mérimée disposait de modèles littéraires ; il eut aussi des imitateurs avoués. L'Anglais Henry James publia en 1874 dans le journal américain *The Nation* un article consacré aux nouvelles de Mérimée, dans lequel il fit part de l'impression très vive que produisit sur lui, qui n'était alors qu'un jeune homme, la lecture de *La Vénus d'Ille*, qu'il avait immédiatement tenté de traduire. Cette traduction n'aboutit pas mais elle lui inspira une histoire comparable, *The Last of the Valerii (Le Dernier des Valerii)*, où le héros, le comte Valerio, découvre une statue de Junon dans son jardin ; il finit par l'aimer au point d'en oublier son entourage et son épouse. En 1948, le romancier français Roger Peyrefitte publia *L'Oracle*, récit dont le personnage principal, un jeune archéologue, rencontre un conservateur de musée qui « fait l'amour » avec ses statues de marbre. Enfin, en 1994, Henry Bonnier reprit le thème dans son roman *Un rêve de pierre* : un jeune paysan provençal découvre, en labourant son champ, une Aphrodite de Praxitèle ; s'ensuit une série de malheurs dont le plus terrible sera la mort, plusieurs années après, du fils de ce paysan qui, tombé amoureux de la statue, finira par se pendre.

Au-delà du fantastique, tous ces récits peuvent se lire comme une réflexion métaphorique sur l'œuvre d'art et sur les rapports ambigus unissant l'artiste à sa création, l'esthète au bel objet. Dans la tradition occidentale, l'art se donne pour finalité de représenter la nature et le réel ; le chef-d'œuvre peut par conséquent être défini comme une œuvre qui réalise l'idéal de l'artiste, une œuvre qui puisse se confondre avec la réalité. Tout le prologue de *Il Viccolo di Madama Lucrezia* met en valeur ce motif de la ressemblance et de la copie parfaite. Un artiste doué de ce pouvoir extraordinaire rivalise de ce fait avec le Créateur, puisqu'il devient capable de recréer la nature en donnant vie à une matière inanimée. D'où le châtiment divin qu'il doit parfois subir. La présence de la religion, en arrière-plan, dans les nouvelles fantastiques de Mérimée, suggère cette interprétation. M. de Peyrehorade est puni pour avoir préféré une déesse païenne au dieu des chrétiens. Mais c'est aussi la créature elle-même qui se venge contre son créateur, pour l'avoir délaissée. On peut se demander s'il n'y a pas de la part de Mérimée une condamnation subtile du réalisme excessif des romanciers contemporains, qui cherchaient à recréer la réalité dans leurs œuvres.

LE MARIAGE : UN THÈME CENTRAL DANS LA LITTÉRATURE DU XIXe SIÈCLE

L'amour, le mariage et le couple constituent les fils directeurs communs aux trois grandes nouvelles fantastiques de Mérimée. Depuis le Moyen Âge, ils forment une triade capitale de la littérature occidentale. Le roman réaliste du XIXe siècle réactualise ce filon en en faisant, avec l'argent, la clef de voûte de la société bourgeoise. Or, dans cette longue tradition, le mariage a toujours été présenté comme une institution destructrice, opposée à l'amour véritable. Les grands couples de la littérature illustrent l'idée selon laquelle le seul grand amour est celui qui s'épanouit hors mariage, qu'il fût adultère ou qu'il se révélât impossible au regard des conventions sociales. Dans le mariage, il n'y aurait pas d'amour heureux. Les nouvelles de Mérimée ne rompent pas avec ces représentations négatives et pessimistes.

Il Viccolo di Madama Lucrezia met en scène une union impossible. Les deux amants, don Ottavio et « Lucrèce », s'aiment d'un amour passionné mais sont condamnés à ne pouvoir s'aimer que secrètement, leur mariage étant interdit par les conventions sociales : outre la grande disparité de leurs origines respectives, le jeune homme est destiné par sa famille à embrasser la prêtrise. La relation illicite qui les unit ne pourra trouver sa solution que dans la fuite et dans la mort du père ; elle manque de tourner à la tragédie, puisque le narrateur, impliqué malgré lui dans cet imbroglio amoureux, échappe de peu à la mort. L'épilogue en est cependant heureux car il passe par une réconciliation familiale. Mais la légende de Lucrèce Borgia joue le rôle de contrepoint terrifiant, en associant amour et mort. On retrouve par conséquent dans ce conte une situation et une intrigue assez classiques, qui collent bien au cadre romantique de l'Italie – on pense au drame des amants de Vérone, Roméo et Juliette, mais aussi à tous les récits qui se multiplient au XIXe siècle où l'Italie est le cadre privilégié d'amours passionnées en butte aux conventions ou aux événements ; Stendhal, l'ami de Mérimée, exploitera largement cette veine (*cf.* **D'autres textes**).

La Vénus d'Ille et *Lokis* abordent le thème sous un angle identique, en présentant un couple improbable. Cette fois-ci, ce n'est pas le mariage qui est impossible – il est au contraire favorisé par les événements et la société – mais l'amour même entre les deux jeunes gens appariés. Le narrateur de *La Vénus d'Ille* insiste à maintes reprises sur le peu d'intérêt qu'Alphonse de Peyrehorade semble porter à sa future épouse. Surtout, il oppose le « butor » qu'est le jeune homme – tant par sa force physique que par sa grossièreté – à la grâce de Mlle de Puygarrig. Le couple formé par ces deux fiancés paraît rejouer le conte de *La Belle et la Bête* – Alphonse a de fait plus d'intérêts pour ses chevaux et ses juments, des animaux, que pour la jeune fille.

Lokis raconte sensiblement la même histoire. Bien que le comte Szémioth soit un aristocrate en apparence raffiné, il est en fait un homme sauvage qui se comportera comme un véritable animal. Mlle Iwinska est au contraire une jeune fille espiègle, versée dans les arts. Lors de son arrivée mouvementée à Medintiltas, le jour des noces, elle est comparée à une colombe (l. 1366), animal frêle et délicat que le comte porte sans peine dans ses bras vigoureux. Les deux mariages se soldent par un meurtre, motivé par la jalousie d'une part – la statue de Vénus, symboliquement mariée à Alphonse, se venge d'avoir été trompée – et par la sauvagerie pure et simple d'autre part.

Les thèmes du mariage et du couple sont ainsi abordés par Mérimée de manière tragique. Quant à la jalousie et à la passion destructrices, sœurs de l'amour, elles sont des motifs récurrents dans son œuvre *(Carmen, Le Vase étrusque)*. Certains ont voulu y voir des allusions à la vie et aux sentiments personnels de l'auteur, qui eut plusieurs maîtresses sans jamais se marier. Bien que cette hypothèse ne soit pas sans fondement, il paraît plus judicieux de voir dans ce traitement littéraire de l'amour, qui n'est pas propre à l'œuvre de Mérimée, un révélateur de son époque.

D'AUTRES TEXTES

Le fantastique : un genre en quête de définition

- Ovide, *Les Métamorphoses*, vers 1 apr. J.-C.
- Gautier, *Omphale, Histoire rococo*, 1834.
- Maupassant, *La Main*, 1883.
- Poe, *Histoires extraordinaires*, « Double assassinat dans la rue Morgue », 1841.
- Verne, *Le Château des Carpathes*, 1892.

OVIDE, *LES MÉTAMORPHOSES*, VERS 1 APR. J.-C.

Les origines mythologiques

L'œuvre d'Ovide (43 av. J.-C.-17 ou 18 apr. J.-C.) se présente comme un recueil de légendes issues de la tradition littéraire gréco-latine ou de traditions populaires. L'une d'elles introduit le motif de l'objet d'art qui s'anime, promis à une grande postérité.

PYGMALION

« Pygmalion, parce qu'il avait constaté que les femmes vivaient dans le crime, parce qu'il était révolté par les vices dont la nature avait généreusement empli leur âme, vivait sans épouse, célibataire, et resta longtemps sans partager sa couche avec une compagne. Cependant, grâce à son merveilleux talent, il réussit à sculpter dans l'ivoire blanc comme neige un corps auquel il donna une beauté qu'aucune femme ne peut tenir de la nature. Il tomba amoureux de son œuvre. Elle a l'apparence d'une véritable jeune fille ; on dirait qu'elle vit et, si la pudeur ne l'en empêchait, qu'elle désire se mouvoir, tant l'art se dissimule sous l'art même. Pygmalion s'émerveille et son cœur s'enflamme pour cette imitation de corps. Souvent il porte ses mains sur l'œuvre pour la palper et savoir si c'est de la chair ou de l'ivoire. Il lui donne des baisers et s'imagine qu'ils lui sont rendus ; il lui parle, la serre dans ses bras et croit sentir ses doigts s'enfoncer dans la chair de son corps, craignant alors de laisser une marque bleue sur les membres qu'il presse. Tantôt il la caresse, tantôt il lui apporte ces cadeaux qui plaisent aux jeunes filles, des coquillages, des cailloux polis, de petits oiseaux, des fleurs aux mille couleurs, des lis, des balles peintes, des larmes tombées de l'arbre des Héliades. Il la pare également de vêtements, met à ses doigts des pierres précieuses et de longs colliers à son cou ; à ses oreilles pendent de légères perles, sur sa poitrine des chaînettes. Tout lui va et, nue, elle ne paraît pas moins belle. Il la couche sur des tapis peints de la pourpre de Sidon, l'appelle sa compagne de lit et pose son cou incliné sur des coussins de plumes, comme si elle pouvait y être sensible.

Le jour de la fête de Vénus, que tout Chypre célébrait en foule, était arrivé : les génisses au cou blanc comme neige, dont on avait recouvert les cornes d'or, étaient tombées sous le couteau, et l'encens fumait. Alors Pygmalion, s'étant acquitté de son offrande, s'arrêta devant l'autel et, d'une voix craintive, dit : “Dieux, si vous pouvez tout donner, je souhaite que mon épouse soit – il n'osa pas dire ‘la vierge d'ivoire’ – semblable à la vierge d'ivoire.” Vénus qui, brillante d'or, assistait en personne à sa fête, comprit le sens de ce vœu et, comme présage de sa bienveillance, la flamme se ralluma trois fois et une langue de feu s'éleva dans les airs. Lorsqu'il fut revenu, Pygmalion alla vers la statue de la jeune fille, la coucha sur son lit et l'embrassa ; elle lui sembla devenir tiède. Il approcha de nouveau sa bouche et palpa la poitrine de ses mains : l'ivoire s'amollit à son toucher et, perdant sa dureté, s'enfonce sous les doigts et cède, tout comme la cire de l'Hymette se ramollit au soleil, prend sous le pouce des formes variées et se prête à l'usage plus on use d'elle. Pygmalion reste interdit, ne sait s'il doit se réjouir et craint de se tromper. L'amant palpe et repalpe de la main l'objet de ses désirs : c'était bien un corps ; les veines palpitent au contact de son pouce. Alors le héros de Paphos adresse à Vénus des paroles débordantes de grâce. Sa bouche embrasse enfin une véritable bouche. La jeune fille sent les baisers qu'il lui donne et rougit. Levant un timide regard vers la lumière, elle voit en même temps le ciel et son amant. La déesse assiste à cette union, son ouvrage. Lorsque les cornes de la Lune se furent rapprochées neuf fois pour former un disque plein, la jeune femme mit au monde une fille, Paphos, de laquelle l'île tient son nom. »

OVIDE, *Les Métamorphoses*, livre X, la légende de Pygmalion, texte traduit par F. Le Blay, Larousse, Paris, 1999.

QUESTIONS

1. Quelle est la divinité présidant à cette légende ? Qu'incarne-t-elle ?
2. Quel(s) personnage(s) de *La Vénus d'Ille* pourrai(en)t être comparé(s) à Pygmalion ?

GAUTIER, *OMPHALE, HISTOIRE ROCOCO*, 1834

Variations sur un même thème

Plusieurs des récits fantastiques de Théophile Gautier ont pour prétexte ce même thème. Dans l'un d'eux, c'est une tapisserie représentant Hercule et Omphale, antique reine de Lydie, qui occupe les nuits du narrateur, un jeune homme séjournant chez un vieil oncle.

« En me déshabillant, il me sembla que les yeux d'Omphale avaient remué ; je regardai plus attentivement, non sans un léger sentiment de frayeur, car la chambre était grande, et la faible pénombre lumineuse qui flottait autour de la bougie ne servait qu'à rendre les ténèbres plus visibles. Je crus voir qu'elle avait la tête tournée en sens inverse. La peur commençait à me travailler sérieusement ; je soufflai la lumière. Je me tournai du côté du mur, je mis mon drap par-dessus ma tête, je tirai mon bonnet jusqu'à mon menton, et je finis par m'endormir.

Je fus plusieurs jours sans oser jeter les yeux sur la maudite tapisserie. [...]

Un soir, pourtant, je m'aguerris au point de jeter un coup d'œil sur la belle maîtresse d'Hercule ; elle me regardait de l'air le plus triste et le plus langoureux du monde. Cette fois-là j'enfonçai mon bonnet jusque sur mes épaules et je fourrai ma tête sous le traversin.

Je fis cette nuit-là un rêve singulier, si toutefois c'était un rêve.

J'entendis les anneaux des rideaux de mon lit glisser en criant sur leurs tringles, comme si l'on eût tiré précipitamment les courtines. Je m'éveillai ; du moins dans mon rêve il me sembla que je m'éveillais. Je ne vis personne. [...]

La tapisserie s'agita violemment. Omphale se détacha du mur et sauta légèrement sur le parquet ; elle vint à mon lit en ayant soin de se tourner du côté de l'endroit. Je crois qu'il n'est pas nécessaire de raconter ma stupéfaction. Le vieux militaire le plus intrépide n'aurait pas été trop rassuré dans une pareille circonstance, et je n'étais ni vieux ni militaire. J'attendis en silence la fin de l'aventure. »

Théophile GAUTIER, *Omphale, Histoire rococo*, 1834.

QUESTIONS

1. Dans quelles circonstances (temps et lieu) ce phénomène étrange se produit-il ? Comparez ces circonstances avec les contes de Mérimée *(La Vénus d'Ille, Lokis).*

2. Pourquoi est-ce Omphale et non Hercule qui prend vie ? Comment le phénomène se déroule-t-il ?

MAUPASSANT, *LA MAIN*, 1883

La littérature du crime et le goût pour le morbide

La mort inspira à Maupassant des contes où les phénomènes surnaturels et les histoires de revenants ont la part belle. Le narrateur de La Main, *un juge d'instruction, rapporte une affaire mystérieuse.*

« Or, j'appris un jour qu'un Anglais venait de louer pour plusieurs années une petite villa au fond du golfe. Il avait amené avec lui un domestique français, pris à Marseille en passant.

Bientôt tout le monde s'occupa de ce personnage singulier, qui vivait seul dans sa demeure, ne sortant que pour chasser et pour pêcher. Il ne parlait à personne, ne venait jamais à la ville, et, chaque matin, s'exerçait pendant une heure ou deux à tirer au pistolet et à la carabine.

Des légendes se firent autour de lui. On prétendit que c'était un haut personnage fuyant sa patrie pour des raisons politiques ; puis on affirma qu'il se cachait après avoir commis un crime épouvantable. On citait même des circonstances particulièrement horribles. […]

Un soir enfin, comme je passais devant sa porte, je l'aperçus qui fumait sa pipe, à cheval sur une chaise, dans son jardin. Je le saluai, et il m'invita à entrer pour boire un verre de bière. Je ne ne me le fis pas répéter.

Son salon était tendu de noir, de soie noire brodée d'or. De grandes fleurs jaunes couraient sur l'étoffe sombre, brillaient comme du feu.

Il annonça :

— C'été une drap japonaise.

Mais, au milieu du plus large panneau, une chose étrange me tira l'œil. Sur un carré de velours rouge, un objet noir se détachait. Je m'approchai : c'était une main, une main d'homme. Non pas une main de squelette, blanche et propre, mais une main noire desséchée, avec des ongles jaunes, les muscles à nu et des traces de sang ancien, de sang pareil à une crasse, sur les os coupés net, comme d'un coup de hache, vers le milieu de l'avant-bras.

Autour du poignet une énorme chaîne de fer, rivée, soudée à ce membre malpropre, l'attachait au mur par un anneau assez fort pour tenir un éléphant en laisse.

Je demandai : “Qu'est-ce que cela ?”

L'Anglais répondit tranquillement :

— C'été ma meilleur ennemi. Il vené d'Amérique. Il avé été fendu avec le sabre et arraché la peau avec une caillou coupante, et séché dans le soleil pendant huit jours. Aoh ! très bonne pour moi, cette.

Je touchai ce débris humain qui avait dû appartenir à un colosse. Les doigts, démesurément longs, étaient attachés par des tendons énormes que retenaient des lanières de peau par places. Cette main était affreuse à voir, écorchée ainsi, elle faisait penser naturellement à quelque vengeance de sauvage. […]

Une année entière s'écoula. Or un matin, vers la fin de novembre, mon domestique me réveilla en m'annonçant que sir John Rowel avait été assassiné dans la nuit.

Une demi-heure plus tard, je pénétrais dans la maison de l'Anglais avec le commissaire central et le capitaine de gendarmerie. Le valet, éperdu et désespéré, pleurait devant la porte. Je soupçonnai d'abord cet homme, mais il était innocent.

On ne put jamais trouver le coupable.

En entrant dans le salon de sir John, j'aperçus du premier coup d'œil le cadavre étendu sur le dos, au milieu de la pièce.

Le gilet était déchiré, une manche arrachée pendait, tout annonçait qu'une lutte terrible avait eu lieu.

L'Anglais était mort étranglé ! Sa figure noire et gonflée, effrayante, semblait exprimer une épouvante abominable ; il tenait entre ses dents serrées quelque chose ; et le cou, percé de cinq trous qu'on aurait dit faits avec des pointes de fer, était couvert de sang.

Un médecin nous rejoignit. Il examina longtemps les traces des doigts dans la chair et prononça ces étranges paroles :

— On dirait qu'il a été étranglé par un squelette.

Un frisson me passa dans le dos, et je jetai les yeux sur le mur, à la place où j'avais vu jadis l'horrible main d'écorché. Elle n'y était plus. La chaîne, brisée, pendait.

Alors je me baissai vers le mort, et je trouvai dans sa bouche crispée un des doigts de cette main disparue, coupé ou plutôt scié par les dents juste à la deuxième phalange.

Puis on procéda aux constatations. On ne découvrit rien. Aucune porte n'avait été forcée, aucune fenêtre, aucun meuble. Les deux chiens de garde ne s'étaient pas réveillés. »

Guy de MAUPASSANT, *La Main*, 1883.

QUESTIONS

1. Comparez les circonstances du meurtre et de sa découverte avec les meurtres de *La Vénus d'Ille* et de *Lokis*.

2. Quels sont ici les éléments caractéristiques du récit policier ?

3. Dans quelle nouvelle de Mérimée un autre Anglais assassiné dans de mystérieuses circonstances est-il mis en scène ?

POE, « DOUBLE ASSASSINAT DANS LA RUE MORGUE », 1841

Vers le roman policier

L'Américain Edgar Allan Poe rencontra un grand succès en France, en tant que maître du récit fantastique. L'originalité de ses récits tient également à ce qu'ils « inventent » le roman policier. Charles Baudelaire, admirateur de l'œuvre de Poe, en fut aussi le premier traducteur. Dans « Double assassinat dans la rue Morgue », le narrateur va devoir enquêter sur un meurtre étrange, relaté dans La Gazette des tribunaux.

« Ce matin, vers trois heures, les habitants du quartier Saint-Roch furent réveillés par une suite de cris effrayants qui semblaient venir du quatrième étage d'une maison de la rue Morgue, que l'on savait occupée en totalité par une dame l'Espanaye et sa fille, Mlle Camille l'Espanaye. Après quelques retards causés par des efforts infructueux pour se faire ouvrir à l'amiable, le grande porte fut forcée avec une pince, et huit ou dix voisins entrèrent, accompagnés de deux gendarmes.

Cependant, les cris avaient cessé ; mais, au moment où tout ce monde arrivait pêle-mêle au premier étage, on distingua deux fortes voix, peut-être plus, qui semblaient se disputer violemment et venir de la partie supérieure de la maison. Quand on arriva au second palier, ces bruits avaient également cessé, et tout était parfaitement tranquille. Les voisins se répandirent de chambre en chambre. Arrivés à une vaste pièce située sur le derrière, au quatrième étage, et dont on força la porte qui était fermée, avec la clef en dedans, ils se trouvèrent en face d'un spectacle qui frappa tous les assistants d'une terreur non moins grande que leur étonnement.

La chambre était dans le plus étrange désordre ; les meubles brisés et éparpillés dans tous les sens. Il n'y avait qu'un lit, les matelas en avaient été arrachés et jetés au milieu du parquet. Sur une chaise, on trouva un rasoir mouillé de sang ; dans l'âtre, trois longues et fortes boucles de cheveux gris, qui semblaient avoir été violemment arrachées avec leurs racines. Sur le parquet gisaient quatre napoléons, une boucle d'oreille ornée d'une topaze, trois grandes cuillers d'argent, trois plus petites en métal d'Alger, et deux sacs contenant environ quatre mille francs en or. Dans un coin, les tiroirs d'une commode étaient ouverts et avaient sans doute été mis au pillage, bien qu'on y ait trouvé plusieurs articles intacts. Un petit coffret de fer fut trouvé sous la literie (non pas sous le bois de lit) ; il était ouvert, avec la clef dans la serrure. Il ne contenait que quelques vieilles lettres et d'autres papiers sans importance.

On ne trouva aucune trace de Mme l'Espanaye ; mais on remarqua une quantité extraordinaire de suie dans le foyer ; on fit une recherche dans la cheminée, et – chose horrible à dire ! – on en tira le corps de la demoiselle, la tête en bas, qui avait été introduit de force et poussé par l'étroite ouverture jusqu'à une distance assez considérable. Le corps était tout chaud. En l'examinant, on découvrit de nombreuses excoriations[1], occasionnées sans doute par la violence avec laquelle il y avait été fourré et qu'il avait fallu employer pour le dégager. La figure portait quelques fortes égratignures, et la gorge était stigmatisée par des meurtrissures noires et de profondes traces d'ongles, comme si la mort avait eu lieu par strangulation.

Après un examen minutieux de chaque partie de la maison, qui n'amena aucune découverte nouvelle, les voisins s'introduisirent dans une petite cour pavée, située sur le derrière du bâtiment. Là, gisait le cadavre de la vieille dame, avec la gorge si parfaitement coupée que, quand on essaya de le relever, la tête se détacha du tronc. Le corps, aussi bien que la tête, était terriblement mutilé, et celui-ci à ce point qu'il gardait à peine une apparence humaine.

Toute cette affaire reste un horrible mystère, et jusqu'à présent on n'a pas encore découvert, que nous sachions, le moindre fil conducteur. »

Edgar Allan Poe, *Histoires extraordinaires,* « Double assassinat dans la rue Morgue », 1841, traduction de Charles Baudelaire.

1. **Excoriations :** écorchures superficielles.

QUESTIONS

1. Relevez tous les indices de la violence du crime. Comparez-les avec ceux relevés par les narrateurs de *La Vénus d'Ille* et de *Lokis*.

2. Quelles sont les autres similitudes entre ce crime et ceux perpétrés dans les deux contes de Mérimée ?

3. Identifiez, à partir de cet extrait, les marques formelles et stylistiques du récit policier.

VERNE, *LE CHÂTEAU DES CARPATHES*, 1892

Lieux étranges et inquiétants

La curiosité scientifique de Jules Verne, associée à une grande érudition, lui permit d'imaginer des voyages extraordinaires dans des mondes inexplorés. Le Château des Carpathes *emmène ses lecteurs dans une région reculée, lieu d'antiques légendes et de croyances superstitieuses.*

Franz, aventurier curieux, décide de percer le mystère qui semble entourer un vieux château. Son exploration des lieux le conduit jusqu'à une crypte.

« Cette crypte, en bon état de conservation, haute d'une douzaine de pieds, se développait circulairement sur un diamètre à peu près égal. Les nervures de sa voûte, que portaient les chapiteaux de huit piliers ventrus, rayonnaient vers une clef pendentive, au centre de laquelle était enchâssée une ampoule de verre, pleine d'une lumière jaunâtre.

En face de la porte, établie entre deux des piliers, il existait une autre porte, qui était fermée et dont les gros clous, rouillés à leur tête, indiquaient la place où s'appliquait l'armature extérieure des verrous.

Franz se redressa, se traîna jusqu'à cette seconde porte, chercha à en ébranler les lourds montants...

Ses efforts furent inutiles.

Quelques meubles délabrés garnissaient la crypte ; ici, un lit ou plutôt un grabat en vieux cœur de chêne, sur lequel étaient jetés différents objets de literie ; là, un escabeau aux pieds tors, une table fixée au mur par des tenons de fer. Sur la table se trouvaient divers ustensiles, un large broc rempli d'eau, un plat contenant un morceau de venaison froide, une grosse miche de pain, semblable à du biscuit de mer. Dans un coin murmurait une vasque, alimentée par un filet liquide, et dont le trop-plein s'écoulait par une perte ménagée à la base de l'un des piliers.

Ces dispositions préalablement prises n'indiquaient-elles pas qu'un hôte était attendu dans cette crypte, ou plutôt un prisonnier dans cette prison ! Le prisonnier était-il donc Franz, et avait-il été attiré par ruse ?

Dans le désarroi de ses pensées, Franz n'en eut pas même le soupçon. Épuisé par le besoin et la fatigue, il dévora les aliments déposés sur la table, il se désaltéra avec le contenu du broc ; puis il se laissa tomber en travers de ce lit grossier, où un repos de quelques minutes pouvait lui rendre un peu de ses forces.

Mais, lorsqu'il voulut rassembler ses idées, il lui sembla qu'elles s'échappaient comme une eau que sa main aurait voulu retenir.

Devrait-il plutôt attendre le jour pour recommencer ses recherches ? Sa volonté était-elle engourdie à ce point qu'il ne fût plus maître de ses actes ?...

“Non ! se dit-il, je n'attendrai pas !... Au donjon... il faut que j'arrive au donjon cette nuit même !...”

Tout à coup, la clarté factice que versait l'ampoule encastrée à la clef de voûte s'éteignit, et la crypte fut plongée dans une complète obscurité. »

Jules VERNE, *Le Château des Carpathes*, 1892.

QUESTIONS

1. Qu'évoque la Transylvanie dans les croyances populaires ?

2. Qu'est-ce qui indique que les lieux sont habités ? Comparez les observations de Franz avec celles du narrateur de *Il Viccolo di Madama Lucrezia* lors de sa visite de la maison abandonnée.

QUESTIONS D'ENSEMBLE

1. À partir des différents extraits, analysez le rôle dévolu aux objets dans le récit fantastique.

2. L'importance des lieux : en comparant ces extraits avec les nouvelles de Mérimée, vous relèverez les points communs à l'ensemble des lieux évoqués. Quels sont les éléments récurrents ? Quels sont les lieux dominants ? Quel rôle jouent-ils ? Que symbolisent-ils ?

Contrées éloignées, contes d'ailleurs

- Mérimée, *Djoûmane*, 1873.
- Stendhal, *Chroniques italiennes*, « Vanina Vanini », 1829.
- Gautier, *Jettatura*, 1856.
- Daudet, *Les Lettres de mon moulin*, « Le curé de Cucugnan », 1869.

MÉRIMÉE, *DJOÛMANE*, 1873

La veine orientaliste

Dès 1844, Mérimée avait projeté de faire un voyage en Algérie et avait commencé à apprendre l'arabe, suivant ainsi l'engouement de ses contemporains pour l'Orient et la culture islamique, né de l'installation française en Afrique du Nord et dans les pays du Levant. Cette inspiration orientaliste donna lieu à un récit mêlant amour et merveilleux, sur le mode des Contes des Mille et Une Nuits, *qui ne fut publié qu'après la mort de l'auteur.*

Le narrateur, jeune officier en poste en Algérie, égaré au cours d'une mission dans le désert, aperçoit une femme et la suit à son insu jusque dans un mystérieux réseau de galeries souterraines.

« J'avançais toujours, tâtant le rocher, lorsqu'au lieu du froid de la pierre, je sentis une tapisserie, qui, cédant sous ma main, laissa échapper un rayon de lumière. Redoublant de précaution, j'écartai sans bruit la tapisserie et me trouvai dans un petit couloir qui donnait dans une chambre fort éclairée dont la porte était ouverte. Je vis que cette chambre était tendue d'une étoffe à fleurs de soie et d'or. Je distinguai un tapis de Turquie, un bout de divan en velours. Sur le tapis, il y avait un narguileh d'argent et des cassolettes. Bref, un appartement somptueusement meublé dans le goût arabe.

Je m'approchai à pas de loup jusqu'à la porte. Une jeune femme était accroupie sur ce divan, près duquel était posée une petite table basse en marqueterie, supportant un grand plateau de vermeil chargé de tasses, de flacons et de bouquets de fleurs.

En entrant dans ce boudoir souterrain, on se sentait enivré de je ne sais quel parfum délicieux.

Tout respirait la volupté dans ce réduit ; partout je voyais briller de l'or, de riches étoffes, des fleurs rares et des couleurs variées. D'abord, la jeune femme ne m'aperçut pas ; elle penchait la tête et d'un air pensif roulait entre ses doigts les grains d'ambre jaune d'un long chapelet. C'était une vraie beauté. Ses traits ressemblaient à ceux de la malheureuse enfant que je venais de voir, mais plus formés, plus réguliers, plus voluptueux. Noire comme l'aile d'un corbeau, sa chevelure,

Longue comme un manteau de roi,

s'étalait sur ses épaules, sur le divan et jusque sur le tapis à ses pieds. Une chemise de soie transparente, à larges raies, laissait deviner des bras et une gorge admirables. Une veste de velours soutachée d'or serrait sa taille, et de ses pantalons courts en satin bleu sortait un pied merveilleusement petit, auquel était suspendue une babouche dorée qu'elle faisait danser d'un mouvement capricieux et plein de grâce.

Mes bottes craquèrent, elle releva la tête et m'aperçut.

Sans se déranger, sans montrer la moindre surprise de voir entrer chez elle un étranger le sabre à la main, elle frappa dans ses mains avec joie et me fit signe d'approcher. Je la saluai en portant la main à mon cœur et à ma tête, pour lui montrer que j'étais au fait de l'étiquette musulmane. Elle me sourit, et de ses deux mains écarta ses cheveux, qui couvraient le divan ; c'était me dire de prendre place à côté d'elle. Je crus que tous les parfums de l'Arabie sortaient de ces beaux cheveux. »

Prosper MÉRIMÉE, *Djoûmane*, 1873.

QUESTIONS

1. Relevez tous les détails définissant le caractère oriental des lieux et de la jeune femme.

2. Que symbolise l'Orient aux yeux du narrateur et de l'auteur ? À quel(s) sentiment(s) est-il associé ?

3. Où réside le merveilleux dans cette scène ?

STENDHAL, *CHRONIQUES ITALIENNES*,
« VANINA VANINI », 1829

Voyages romantiques

L'Italie compte parmi les lieux privilégiés de la rêverie et du romantisme. Le siècle de Mérimée voit la multiplication des récits et journaux de voyage en Italie, destination obligée de la jeunesse dorée et de la bourgeoisie cultivée. Stendhal, grand amoureux de l'Italie, fut le guide de son ami Mérimée lors de son voyage dans ce pays. Dans la nouvelle « Vanina Vanini », l'héroïne, une jeune et belle princesse romaine, découvre le comportement étrange de son père.

« Le lendemain du bal, Vanina remarqua que son père, le plus négligent des hommes, et qui de la vie ne s'était donné la peine de prendre une clef, fermait avec beaucoup d'attention la porte d'un petit escalier qui conduisait à un appartement situé au troisième étage du palais. Cet appartement avait des fenêtres sur une terrasse garnie d'orangers. Vanina alla faire quelques visites dans Rome ; au retour, la grande porte du palais étant embarrassée par les préparatifs d'une illumination, la voiture rentra par les cours de derrière. Vanina leva les yeux, et vit avec étonnement qu'une des fenêtres de l'appartement que son père avait fermé avec tant de soin était ouverte. Elle se débarrassa de sa dame de compagnie, monta dans les combles du palais, et à force de chercher parvint à trouver une petite fenêtre grillée qui donnait sur la terrasse garnie d'orangers. La fenêtre ouverte qu'elle avait remarquée était à deux pas d'elle. Sans doute cette chambre était habitée ; mais par qui ? Le lendemain Vanina parvint à se procurer la clef d'une petite porte qui ouvrait sur la terrasse garnie d'orangers.

Elle s'approcha à pas de loup de la fenêtre qui était encore ouverte. Une persienne servit à la cacher. Au fond de la chambre il y avait un lit et quelqu'un dans ce lit. Son premier mouvement fut de se retirer ; mais elle aperçut une robe de femme jetée sur une chaise. En regardant mieux la personne qui était au lit, elle vit qu'elle était blonde, et apparemment fort jeune. Elle ne douta plus que ce ne fût une femme. La robe jetée sur une chaise était ensanglantée ; il y avait aussi du sang sur des souliers de femme placés sur une table. L'inconnue fit un mouvement ; Vanina s'aperçut qu'elle était blessée. Un grand linge taché de sang couvrait sa poitrine ; ce linge n'était fixé que par des rubans ; ce n'était pas la main d'un chirurgien qui l'avait placé ainsi. Vanina remarqua que chaque jour, vers les quatre heures, son père s'enfermait dans son appartement, et ensuite allait vers l'inconnue ; il redescendait bientôt, et montait en voiture pour aller chez la comtesse Vitteleschi. Dès qu'il était sorti, Vanina montait à la petite terrasse, d'où elle pouvait apercevoir l'inconnue. Sa sensibilité était vivement excitée en faveur de cette jeune femme si malheureuse ; elle cherchait à deviner son aventure. La robe ensanglantée jetée sur une chaise paraissait avoir été percée de coups de poignard. Vanina pouvait compter les déchirures. Un jour elle vit l'inconnue plus distinctement : ses yeux bleus étaient fixés dans le ciel ; elle semblait prier. Bientôt des larmes remplirent ses beaux yeux ; la jeune princesse eut bien de la peine à ne pas lui parler. Le lendemain Vanina osa se cacher sur la petite terrasse avant l'arrivée de son père. Elle vit don Asdrubale entrer chez l'inconnue ; il portait un petit panier où étaient des provisions. Le prince avait l'air inquiet, et ne dit pas grand-chose. Il parlait si bas que, quoique la porte-fenêtre fût ouverte, Vanina ne put entendre ses paroles. Il partit aussitôt. »

STENDHAL, *Chroniques italiennes*, « Vanina Vanini », 1829.

QUESTION

De quelle nouvelle de Mérimée peut-on rapprocher cet extrait ? Pourquoi ?

GAUTIER, *JETTATURA*, 1856

L'esthétique de la couleur locale

Plusieurs contes de Gautier ont pour théâtre l'Italie. La nouvelle Jettatura *tire son inspiration d'une tradition populaire napolitaine, le « mauvais œil ». Le héros de ce récit, un jeune aristocrate français en voyage, est affecté sans le savoir de cette malédiction qui cause le malheur partout où il regarde. Le conte s'ouvre sur son arrivée à Naples.*

« Le *Léopold*, superbe bateau à vapeur toscan qui fait le trajet de Marseille à Naples, venait de doubler la pointe de Procida. Les passagers étaient tous sur le pont, guéris du mal de mer par l'aspect de la terre, plus efficace que les bonbons de Malte et autres recettes employées en pareil cas.

Sur le tillac, dans l'enceinte réservée aux premières places, se tenaient des Anglais tâchant de se séparer les uns des autres le plus possible et de tracer autour d'eux un cercle de démarcation infranchissable ; leurs figures splénétiques étaient soigneusement rasées, leurs cravates ne faisaient pas un faux pli, leurs cols de chemises roides et blancs ressemblaient à des angles de papier bristol ; des gants de peau de Suède tout frais recouvraient leurs mains, et le vernis de lord Elliot miroitait sur leurs chaussures neuves. On eût dit qu'ils sortaient d'un des compartiments de leurs nécessaires ; dans leur tenue correcte, aucun des petits désordres de toilette, conséquence ordinaire du voyage. Il y avait là des lords, des membres de la chambre des Communes, des marchands de la Cité, des tailleurs de Regent's street et des couteliers de Sheffield tous convenables, tous graves, tous immobiles, tous ennuyés. Les femmes ne manquaient pas non plus, car les Anglaises ne sont pas sédentaires comme les femmes des autres pays, et profitent du plus léger prétexte pour quitter leur île. Auprès des ladies et des mistresses, beautés à leur automne, vergetées des couleurs de la couperose, rayonnaient, sous leur voile de gaze bleue, de jeunes misses au teint pétri de crème et de fraises, aux brillantes spirales de cheveux blonds, aux dents longues et blanches, rappelant les types affectionnés par les keepsakes, et justifiant les gravures d'outre-Manche du reproche de mensonge qu'on leur adresse souvent. Ces charmantes personnes modulaient, chacune de son côté, avec le plus délicieux accent britannique, la phrase sacramentelle : *« Vedi Napoli e poi mori »*, consultaient leur Guide de voyage ou prenaient note de leurs impressions sur leur carnet, sans faire la moindre attention aux œillades à la don Juan de quelques fats parisiens qui rôdaient autour d'elles, pendant que les mamans irritées murmuraient à demi-voix contre l'impropriété française. »

Théophile GAUTIER, *Jettatura*, 1856.

QUESTIONS

1. Étudiez l'usage que le narrateur fait du lexique et montrez en quoi le vocabulaire participe de l'« exotisme » du récit.

2. Quels sont les lieux géographiques mentionnés dans cette ouverture ?

3. Que représente la figure de l'Anglais ?

DAUDET, *LES LETTRES DE MON MOULIN*,
« LE CURÉ DE CUCUGNAN », 1869

Traditions et contes populaires

Avec le développement du tourisme, le folklore et les traditions populaires deviennent un sujet de curiosité et un thème d'inspiration pour les artistes. Gautier s'inspire d'une superstition napolitaine dans Jettatura, *Mérimée adapte un conte populaire, également napolitain, dans* Federigo. *Alphonse Daudet est le chantre de la Provence. L'un de ses contes rapporte l'histoire d'un curé de village qui se rend au paradis, au purgatoire et en enfer pour connaître la destinée de ses paroissiens.*

« Et je cheminai… je cheminai ! Quelle battue ! J'ai la chair de poule, rien que d'y songer. Un petit sentier, plein de ronces, d'escarboucles qui luisaient et de serpents qui sifflaient, m'amena jusqu'à la porte d'argent.

"Pan ! pan !

— Qui frappe ? me fait une voix rauque et dolente.

— Le curé de Cucugnan.

— De… ?

— De Cucugnan.

— Ah !… Entrez."

J'entrai. Un grand bel ange, avec des ailes sombres comme la nuit, avec une robe resplendissante comme le jour, avec une clef de diamant pendue à sa ceinture, écrivait, cra-cra, dans un grand livre plus gros que celui de saint Pierre…

“Finalement, que voulez-vous et que demandez-vous ? dit l'ange.

— Bel ange de Dieu, je veux savoir – je suis bien curieux peut-être – si vous avez ici les Cucugnanais.

— Les… ?

— Les Cucugnanais, les gens de Cucugnan… que c'est moi qui suis leur prieur.

— Ah ! l'abbé Martin, n'est-ce pas ?

— Pour vous servir, monsieur l'ange.”

“Vous dites donc Cucugnan…”

Et l'ange ouvre et feuillette son grand livre, mouillant son doigt de salive pour que le feuillet glisse mieux…

“Cucugnan, dit-il en poussant un long soupir… Monsieur Martin, nous n'avons en Purgatoire personne de Cucugnan.

— Jésus ! Marie ! Joseph ! Personne de Cucugnan en Purgatoire ! Ô grand Dieu ! Où sont-ils donc ?

— Eh ! saint homme, ils sont en Paradis. Où diantre voulez-vous qu'ils soient ?

— Mais j'en viens, du Paradis…

— Vous en venez !… Eh bien ?

— Eh bien ! Ils n'y sont pas !… Ah ! bonne mère des anges !…

— Que voulez-vous, monsieur le curé ! S'ils ne sont ni en Paradis ni en Purgatoire, il n'y a pas de milieu, ils sont…

— Sainte Croix ! Jésus, fils de David ! Aï ! aï ! aï ! est-il possible ?… Serait-ce un mensonge du grand saint Pierre ?… Pourtant je n'ai pas entendu chanter le coq !… Aï ! pauvres de nous ! Comment irai-je en Paradis si mes Cucugnanais n'y sont pas ?

— Écoutez, mon pauvre monsieur Martin, puisque vous voulez coûte que coûte être sûr de tout ceci, et voir de vos yeux de quoi il retourne, prenez ce sentier, filez en courant, si vous savez courir. Vous trouverez, à gauche, un grand portail. Là, vous vous renseignerez sur tout. Dieu vous le donne !"

Et l'ange ferma la porte. »

Alphonse DAUDET, *Les Lettres de mon moulin*,
« Le curé de Cucugnan », 1869.

QUESTIONS

1. Comment le purgatoire et le paradis sont-ils décrits ?

2. Quelle est la tonalité de ce récit ?

3. Comparez cet extrait avec le voyage de Federigo aux enfers et son arrivée au purgatoire et au paradis.

QUESTIONS D'ENSEMBLE

1. À partir de ces extraits, vous déterminerez les ingrédients principaux de l'« exotisme ».

2. Quels sont les effets de « couleur locale » mis en œuvre dans ces textes ?

3. Ces extraits présentent et illustrent différentes formes de voyage : lesquelles ? Comparez avec les nouvelles de Mérimée.

LECTURES DES NOUVELLES FANTASTIQUES DE MÉRIMÉE

Bien qu'il fût un ami intime de Prosper Mérimée, Stendhal n'en était pas moins capable de jugements sévères à l'égard de ses écrits. Il fut un des premiers lecteurs de *La Vénus d'Ille* et les observations qu'il fit sur ce texte dénotent un esprit critique méticuleux et impartial.

« 15 mai 1837, de minuit à minuit et demi, *La Vénus d'Ille.*
1. Contours extrêmement nets et même secs. 2. Chose existante de par soi et non avec relation à des choses déjà connues (moyen de cet effet : les choses sont racontées nettement comme si l'auditeur était ignorant de tout, sans allusion aux choses déjà connues. Moins de grâce par ce système, mais toute l'attention du lecteur reste à la chose narrée). 3. Bien le cachet dramatique, l'originalité. 4. Ni profondeur, ni originalité (autre que dans la façon d'être montrés) dans les caractères. 5. Phrases horriblement courtes, style qui a l'air imité de Cousin (probablement imitation commune des mêmes originaux de l'an 1600). 6. L'auteur tourne au sec. 7. Admirable attention aux petites choses, trait du bon romancier, et hardiesse d'appuyer sur ces petites choses. 8. Grande imprudence de l'auteur : il se moque de son instrument naturel, de son hôte de tous les jours, l'antiquaire de province. Ce conte de vingt-cinq pages va augmenter et même fonder aux yeux des purement raisonnables sa réputation de méchanceté. (Personnel, id est, chose dont on se moquera dans vingt ans.) Il y a un moment de sécheresse causée par vingt lignes ou peut-être dix trop savantes. »

STENDHAL, *Le Rose et le Vert*
(remarques écrites en marge du manuscrit).

Le célèbre critique Sainte-Beuve émit à son tour un jugement sévère, qui reprend en termes plus imaginés les reproches de Stendhal sur le style sec de Mérimée.

« C'est bien, mais sec, dur, sans développement. Quand Mérimée atteint son effet, c'est par un coup si brusque, si court que cela a toujours l'air d'une attrape. [...] On reçoit cela... Vlan ! On n'a pas le temps de voir si c'est beau. Le style de Mérimée a un truc qui n'est qu'à lui ; mais ce n'est pas du grand art, ni du vrai naturel. Le vrai naturel est autrement libre et large que cela. »

SAINTE-BEUVE, *Mes poisons*
(cahiers intimes inédits du vivant de l'auteur), Plon-Nourrit, 1926.

Voici un témoignage conservé sur la lecture que Mérimée fit de *Lokis* devant l'impératrice Eugénie de Montijo.

« Mérimée lut de sa voix indifférente et monotone, interrompu seulement par des sourires ou par de légers murmures d'approbation dont l'Impératrice donnait le signal. *Lokis* est un petit roman très bien fait, très vigoureux d'exécution, très habilement varié de ton et où l'ironie se soutient à la hauteur voulue pour ne point gâter la couleur sombre du sujet. En le relisant ces jours-ci, il m'a semblé que c'était une des meilleures œuvres de Mérimée. Mais, ce soir-là, son ingrat et malheureux débit m'empêcha de m'en apercevoir.
Un peu après avoir fini, il se leva et me dit à demi-voix, d'un ton brusque :
“Avez-vous compris vous ?”
Je dus avoir l'air assez niais. J'aurais peut-être fini par trouver une réponse encore plus niaise, mais il ne m'en donna pas le temps.
“Vous n'avez pas compris, c'est parfait !” »

Augustin FILON, *Mérimée et ses amis*, Hachette, 1894.

Contre le jugement sévère de Stendhal, qui voyait dans la sécheresse de Mérimée le signe d'une faiblesse, d'autres critiques ont insisté sur l'équilibre d'un style qui semble répondre aux exigences de l'esthétique classique.

« Art complexe sous une apparente simplicité. Il est possible d'en dégager les grandes lignes, en lisant avec soin les *Notes de voyage*, où une esthétique est éparse. User de la couleur locale, mais n'en pas abuser, et se souvenir que chaque paysage se ramène à une simplicité de lignes et de tons qui en fait l'harmonie ; peindre avec exactitude, mais ne pas s'égarer dans les petits détails [...]. Or, ni le romantisme qui décline, ni le réalisme qui naît ne lui paraissent suffire à cette tâche. Il a contemplé la nature avec un regard assagi, et l'art classique garde ses préférences.

Le procédé est habile, qui consiste à fondre ainsi le merveilleux païen avec la vie moderne.

Cet art, on se plaît à le définir par antithèses : concision, mais sécheresse ; détails précis, mais rares ; psychologie exacte, mais courte ; composition rigoureuse, mais digressions fatigantes ; en revanche, dédain de la couleur, du paysage et du portrait, mais sobre manière de dessiner un tableau ou un personnage à l'aide des mots les plus généraux ; style simple, mais dur ; dialogue naturel, mais cassant. »

Pierre TRAHARD, *Prosper Mérimée et l'art de la nouvelle*, PUF, 1923.

Cette description de *La Vénus d'Ille* par le critique Roger Caillois peut se lire comme une définition du genre fantastique dans son ensemble.

« Le récit, insidieusement, amène à envisager l'hypothèse que les frontières les plus hermétiques de l'univers sont en réalité franchissables par des êtres absolument étrangers aux normes reconnues, qui n'appartiennent pas à l'humanité, mais qui en ont la ressemblance, la nostalgie ou la haine ; qui traversent les miroirs, qui n'ont pas besoin de vivre pour sentir et agir ; qui, surtout, ignorent la barrière décisive qui sépare l'inerte de l'inanimé, le métal de la chair, l'objet fabriqué de l'être engendré, frémissant, périssable. »

Roger CAILLOIS, « Mérimée et le fantastique : en relisant *La Vénus d'Ille* », *Nouvelle Revue des Deux Mondes*, octobre 1974.

LIRE, VOIR, ENTENDRE

Études biographiques

André BILLY, *Mérimée*, Paris, Flammarion, 1959.

Xavier DARCOS, *Mérimée*, Paris, Flammarion, Coll. « Grandes biographies », 1998.

Jean FREUSTIÉ, *Prosper Mérimée, Le Nerveux Hautain*, Paris, Hachette, 1982.

Paul LÉON, *Mérimée et son temps*, Paris, PUF, 1962.

L'auteur et son œuvre

Jean CHABOT, *L'Autre moi. Fantasmes et fantastique dans les nouvelles de Mérimée*, Aix-en-Provence, Édisud, 1983 (une lecture psychanalytique).

Antonia FONYI (sous la direction de), *Prosper Mérimée, écrivain, archéologue, historien*, Genève, Droz, 1999.

Maurice PARTURIER, « Sur les sources de *La Vénus d'Ille* », *Le Divan*, avril-juin 1995.

Pierre TRAHARD, *Prosper Mérimée et l'art de la nouvelle*, Paris, PUF, 1923.

Catherine VELAY-VALLANTIN, *L'Histoire des contes*, ch. III, *La Vénus d'Ille*, Paris, Fayard, 1992.

La revue *Europe* a consacré un numéro spécial à Mérimée en septembre 1975.

Le genre fantastique

Roger CAILLOIS, *Au cœur du fantastique*, Paris, Gallimard, 1965.

Pierre-Georges CASTEX, *Le Conte fantastique en France, de Nodier à Maupassant*, Paris, Corti, 1951.

Pierre-Georges CASTEX, *Anthologie du conte fantastique français*, Paris, Corti, 1977.

Tzvetan TODOROV, *Introduction à la littérature fantastique*, Paris, Seuil, Coll. « Points », 1970.

Pour la célébration du bicentenaire de la naissance de Prosper Mérimée en 2003, le ministère de la Culture propose sur son site web un hommage richement documenté :
http ://www.merimee.culture.fr/

LES TERMES DE CRITIQUE

Conte (ou nouvelle) : court récit de structure dramatique faisant intervenir peu de personnages. Le XIXᵉ siècle, qui consacre la suprématie du roman, connaît également la multiplication des contes (ou nouvelles) qui reprennent souvent les mêmes thèmes que la littérature romanesque. Ce phénomène s'explique par le développement de la presse qui concurrence l'édition classique et popularise la littérature en proposant à ses lecteurs les œuvres des auteurs à la mode sous la forme de romans publiés en feuilletons ou de nouvelles. Si les contemporains n'y ont souvent vu que des textes vite écrits et vite lus, tous les grands auteurs de l'époque ont d'abord publié leurs œuvres dans les grands journaux parisiens. Ainsi, *La Revue des Deux Mondes* publia la plupart des nouvelles de Mérimée. Pour désigner ces courts récits en prose, on parle tantôt de conte – c'est ainsi que Maupassant désigne ses créations – tantôt de nouvelle. Bien que la distinction entre les deux genres ne repose pas sur des critères formels stricts, on peut considérer que le conte est un récit empruntant ses motifs à la tradition orale et populaire tandis que la nouvelle se pose comme une création originale.

Début *in medias res* : début d'une histoire qui plonge directement l'auditeur ou le lecteur dans l'intrigue sans présentation préalable des faits ni des personnages.

Discours : tout type d'énoncé (oral ou écrit), défini selon la forme qu'il adopte et les conditions de son énonciation.

Fantastique : conçu comme une tension entre faits relevant de la réalité la plus immédiate, susceptibles de recevoir une explication rationnelle, et faits énigmatiques ne trouvant pas d'explication, le fantastique est un genre de l'entre-deux. Il entremêle de fait deux mondes, le monde réel et quotidien, et le monde des revenants et des créatures surnaturelles. Il puise son inspiration dans les légendes et les traditions les plus lointaines.

Happy end (happy ending) : expression désignant l'épilogue heureux d'une histoire, sur le mode des contes de fées : « Ils vécurent heureux et eurent beaucoup d'enfants. »

Métaphore : figure du discours consistant à établir, sans lien de comparaison explicite, une analogie entre deux réalités différentes.

Monologue intérieur : au théâtre, pensées d'un personnage prononcées sur scène ; désigne tout type de discours où un personnage rend compte à lui-même – il ne s'adresse pas à un interlocuteur mais se parle à lui-même – de ses pensées et de ses sentiments.

Nouvelle : voir « Conte ».

Paradigme : modèle type.

Protagoniste : dans une tragédie grecque, acteur qui jouait le rôle principal ; par extension, personnage d'une pièce de théâtre ou d'un récit qui participe à l'action.

Réalisme : idéal esthétique qui domine le roman du XIXe siècle. La littérature réaliste cherche à dépeindre l'humanité et la société telles qu'elles sont, refusant toute forme d'idéalisation artistique. D'un point de vue formel, la description (portrait, lieux) est l'expression par excellence de l'esthétique réaliste. La littérature réaliste tire son inspiration des travers et des drames du monde contemporain en accordant une place centrale à des motifs tels que le peuple, l'argent, l'ambition, ou le mariage, jusqu'alors absents de l'art ou traités sur le mode de la comédie et de la dérision.

Registre (de langue) : désigne la manière de s'exprimer renvoyant à une certaine catégorie de la population (classe sociale, tranche d'âge, etc.) ou à une situation particulière d'énonciation (conversation familière, discours officiel, etc.) ; on distingue surtout le registre familier et le registre soutenu.

Roman gothique (ou roman noir) : genre littéraire anglais apparu à la fin du XVIIIe siècle mettant en scène revenants et créatures monstrueuses, lieux hantés, meurtres sanglants, et jouant sur la peur.

Romantisme : mouvement littéraire et artistique né à la fin du XVIIIe siècle d'une réaction contre l'esthétique classique des générations précédentes. En France, la date de naissance officielle du mouvement est l'année 1830, qui voit se déchaîner les passions autour du drame de Victor Hugo, *Hernani*, dans un débat violent opposant le public bourgeois attaché aux formes traditionnelles et les jeunes romantiques conduits par Théophile Gautier. La légendaire soirée où la pièce fut représentée pour la première fois et le tumulte qui s'ensuivit, désormais connu comme la « bataille d'Hernani », ont été racontés par Théophile Gautier dans son *Histoire du Romantisme* (1874). Parmi les sources d'inspiration de l'esthétique romantique, on trouve les vieilles légendes du passé, empruntées aux diverses mythologies européennes, le fantastique (avec la figure dominante du revenant), l'orientalisme, éléments que l'on retrouve dans l'œuvre de Mérimée, qui se démarqua cependant du romantisme.

Scène d'exposition : au théâtre, première scène, au cours de laquelle un personnage expose les faits permettant de situer l'action. Ce rôle peut être tenu par un des personnages principaux de la pièce ou par un personnage secondaire qui ne remplit souvent que cette unique fonction, par exemple un messager. On comparera ce procédé aux explications données par le guide catalan au début de *La Vénus d'Ille.*

Scène de genre : passage d'une œuvre littéraire dont la finalité est d'offrir un tableau plaisant au lecteur, en jouant sur les motifs caractéristiques d'un genre donné.

Suspense : procédé du récit visant à créer une tension et l'attente d'un dénouement.

Tonalité : impression générale produite par un texte, renvoyant souvent à un genre déterminé (comique, pathétique, lyrique).

POUR MIEUX EXPLOITER LES QUESTIONNAIRES

Ce tableau fournit la liste des rubriques utilisées dans les questionnaires, avec les renvois aux pages correspondantes, de façon à permettre des **études d'ensemble** sur tel ou tel de ces aspects.

RUBRIQUES	PAGES			
	La Vénus d'Ille	*Il Viccolo di Madama Lucrezia*	*Lokis*	*Federigo*
GENRES	31, 35 43, 65	83, 98	127, 151, 154	166
MISE EN SCÈNE	57	97		
PERSONNAGES	25, 31, 35	69, 83	103, 109, 127, 139	
QUI PARLE ? QUI VOIT ?	25, 31, 49, 57 61, 65	77, 83, 98	103, 109, 127, 151 153	
SOCIÉTÉ	25, 58			
STRATÉGIES	31, 49, 66		103	
STRUCTURE	25, 43, 61	77, 98		166
THÈMES	25, 35, 43, 49, 58	69, 77, 98	109, 127, 139, 151, 153	167
TONALITÉS	31, 57	97		166

TABLE DES MATIÈRES

ANNEXES

COUVERTURE : *Aphrodite*, première moitié du IIIᵉ siècle av. J.-C., bronze et argent, Syrie. (Paris, musée du Louvre.)

CRÉDITS PHOTO :
Couverture : Ph. © H. Lewandowski/RMN. – p. 2 : Ph. © Venus de Quinipily. – p. 3 : Paris, musée du Louvre, Ph. © H. Lewandowski/RMN. – p. 4 : Ph. © Rue des Archives. – p. 5 : Paris, musée d'Orsay, Ph. © H. Lewandowski/RMN. – p. 6 ht : Amiens, musée de Picardie, Ph. © H. Lewandowski/RMN. – p. 6 bas : Paris, musée des arts et traditions populaires, Ph. © J. G. Berizzi/RMN. – p. 7 : Paris, musée du Louvre, Ph. © R. G. Ojeda/RMN. – p. 8 : Ph. Coll. Archives Larbor/DR. – p. 13 : Paris, Bibliothèque nationale de France, Ph. Coll. Archives Larbor. – p. 22 : Paris, Bibliothèque nationale de France, Ph. Émile Robert, Coll. Archives Larbor.

Direction éditoriale : Pascale Magni – *Coordination* : Franck Henry – *Édition* : Isabelle Lecharny – *Révision des textes* : Lucy Martinet – *Iconographie* : Christine Varin – *Maquette intérieure* : Josiane Sayaphoum – *Fabrication* : Jean-Philippe Dore – *Compogravure* : PPC.

Imprimé en France par France Quercy – N° de projet : 10107818 – Dépôt légal : août 2004